CROOKED HOUSE

AGATHA CHRISTIE EDITOR'S CHOICE

CROOKED HOUSE

비뚤어진 집 애거서 크리스티 장편 소설 | 권도희 옮김

황금가지

CROOKED HOUSE
by Agatha Christie Mallowan

정식 한국어 판 출간에 부쳐

나는 한국에서 우리 할머니의 작품을 정식으로 출간한다는 소식을 듣고 무척 기뻤다. 할머니가 1920년부터 1970년 무렵까지 오랜 세월에 걸쳐 집필한 작품들은 21세기인 지금 읽어도 신선하고 재미있다. 등장 인물들이 워낙 자연스러워서 요즘 사람들과 다를 바 없고 이들이 등장하는 상황과 장소가 전 세계 사람들의 애정과 향수를 자극하기 때문이다. 한국 독자들은 이번에 새로 나온 정식 한국어 판을 통해 그 동안 접하지 못했던 애거서 크리스티의 일부 작품들을 읽을 수 있을 것이다. 덕분에 한국에 새로운 세대의 애거서 크리스티 팬들이 탄생할지도 모르겠다는 생각을 하면 가슴이 벅차다.

애거서 크리스티는 대표적인 두 명의 주인공으로 기억되는 작가이다. 14권의 작품에 등장하는 마플 양은 영국의 작은 시골 마을에서 평온한 나날을 보내며 뜨개질과 수다로 소일하는 미혼의 할머니이지만, 놀라운 기억력과 날카로운 두뇌 회전으로 주변에서 벌어진 살인 사건을 해결한다.

그리고 마플 양과 상반되는 성격을 지닌 에르퀼 푸아로는 자신만만하고 콧수염을 포함한 자신의 외모와 벨기에라는 국적에 대한 자부심이 상당하다. 그는 이집트와 이라크를 비롯한 세계 각지에서 수수께끼를 해결하며 『오리엔트 특급 살인 *Murder On The Orient Express*』, 『나일 강의 죽음 *Death On The Nile*』, 『애크로이드 살인 사건 *The Murder Of Roger Ackroyd*』 등 애거서 크리스티의 여러 대표작에 모습을 드러낸다.

황금가지의 대담하고 참신한 표지와 전반적인 디자인 덕분에 작품의 성격이 잘 살아난 것 같아 기쁘다. 또한 한국 독자들이 할머니의 원작이 지닌 참된 묘미를 느낄 수 있도록 충실한 번역을 위해 애써 준 점도 높이 사고 싶다.

할머니의 작품이 20세기의 그 어떤 작가들보다 많이 팔리고 있는 이유는 나이와 국적에 상관없이 읽을 수 있는 재미와 감동을 갖추었기 때문이다. 모쪼록 한국 독자들도 황금가지에서 선보이는 애거서 크리스티 작품들을 즐겁게 감상하기를 바란다.

매튜 프리처드

애거서 크리스티의 손자

ACL 이사장

차례

제1장

내가 처음 소피아 레오니데스를 알게 된 건 전쟁이 끝나 갈 무렵 이집트에서였다. 그녀는 외무부에서 상당히 높은 관리직을 맡아 파견 나와 있었다. 처음에 나는 그녀를 공적인 업무로 알게 되었다. 그리고 이내 그녀가 어린 나이에도 불구하고 그 정도 위치에 오를 수 있을 만큼 유능하다는 사실을 알게 되었다.(당시 소피아의 나이는 겨우 스물두 살이었다.)

그리고 몹시 기쁘게도 나는 그녀가 극히 편안해 보이는 외모와 분명한 성격 그리고 거침없는 유머 감각을 가지고 있다는 것을 알게 되었다. 우린 친구가 되었다. 그녀는 다른 사람의 이야기를 잘 들어 주는 편이었고, 우리는 종종 저녁 식사를 함께 하거나 같이 춤을 추러 다니며 즐거운 시간을 보내곤 했다.

그게 내가 아는 전부였다. 유럽 전쟁이 끝나갈 즈음, 동양으로 전

근 명령을 받고 나서야, 나는 그녀에게 다른 감정을 가지고 있다는 것을 알게 되었다. 나는 소피아를 사랑했고 그녀와 결혼하고 싶었다.

그 사실을 안 것은 소피아와 셰퍼드네에서 저녁 식사를 할 때였다. 난 조금도 놀라지 않았다. 그저 오래전부터 익숙했던 감정을 새삼스레 깨달은 기분이랄까. 난 새로운 눈으로 그녀를 바라보았다. 이미 오랫동안 알고 지냈던 모습이었지만 내 눈에 비치는 그녀의 모든 것이 좋았다. 이마 위로 물결치듯 흘러내린 검은 곱슬머리, 생기 넘치는 푸른 눈동자, 도전적으로 보이는 살짝 각진 턱, 쭉 뻗은 콧날. 빳빳하게 다림질된 하얀 셔츠에 몸에 잘 맞는 연한 회색 정장을 입은 모습도 좋았다. 그녀는 생기 넘치는 영국인처럼 보였고, 그런 그녀의 모습은 3년 동안이나 고국에 돌아가지 못한 내게 강렬한 인상을 주었다. 진짜 영국인이라고 할지라도 그녀보다 더 영국적으로 보이지는 않을 듯했다. 난 문득 궁금해졌다. 소피아가 겉으로 보이는 것처럼 속내도 영국인 같을 것인지, 아니면 그렇게 보이도록 완벽하게 연기를 하는 것인지.

그동안 서로 생각을 교환하며, 좋아하는 것과 싫어하는 것이 무엇인지, 앞으로 무엇을 할 것인지, 가까운 친구들이나 아는 사람들에 대한 이야기를 허심탄회하게 나누었으면서도 소피아가 집이나 가족들에 대해서는 한 번도 이야기를 꺼낸 적이 없다는 사실을 나는 알아차렸다. 그녀는 나에 대해 모든 것을 알고 있었지만(앞서도 말했지만, 그녀는 남의 말을 잘 들어 준다.) 나는 그녀에 대해 아는 것이 하나도 없었다. 소피아가 전혀 흠잡을 데 없는 집안 출신일 거라고 나름대로 추측은 하고 있었지만, 그녀가 그런 이야기를 한 적은 한 번도 없었다. 그리고 나는 그런 사실을 지금 이 순간까지 전혀 깨닫지 못하고 있었다.

소피아가 내게 무슨 생각을 하고 있는지 물었다.

난 솔직하게 대답했다.

"당신 생각을 하고 있었어요."

"그렇군요."

그 말은 그녀가 내 생각을 이미 알고 있었다는 것처럼 들렸다.

"우리는 앞으로 2년 정도는 만나지 못할 겁니다. 영국에 언제 돌아가게 될지는 모르겠군요. 하지만 돌아가는 대로 당신을 찾아가 청혼할 생각입니다."

그녀는 속눈썹조차 깜박거리지 않았다. 그냥 자리에 앉은 채 나를 쳐다보지 않고 담배만 피우고 있었다.

일이 분 가량 그 상태로 시간이 흐르자, 난 그녀가 내 말을 제대로 이해하지 못한 건 아닐까 초조해지기 시작했다.

"들어 봐요. 당장 결혼하자는 게 아니에요. 지금 상황으로는 아무것도 할 수 없으니까. 무엇보다 당신이 내 청혼을 거절할지도 모르는데, 그렇게 되면 난 몹시 비참한 심정으로 떠나게 될 거고, 그러다 자포자기한 심정으로 어떤 끔찍한 여자와 결혼해 버릴 수도 있겠지. 그리고 당신이 나를 거절하지 않는다고 하더라도, 지금 당장 무슨 일을 할 수 있겠어요? 결혼부터 하고 나 혼자 떠나야 할까? 약혼만 해 놓고 오랜 시간을 속절없이 떨어져 지내야 할까? 난 당신한테 그렇게는 할 수 없어요. 혹시 당신이 다른 사람을 만나 나에 대한 책임감 때문에 괴로워하게 될지도 모르는 일이니까. 지금 우리는 열에 들뜬 것처럼 모든 것이 정신없이 변하는 분위기 속에 살고 있어요. 우리 주위에는 온통 금세 사랑에 빠지고 결혼했다가도 이내 헤어지는 사람들뿐이지. 난 당신이 집으로 돌아가서 편안하고 자유롭게 지내면서, 주위를 둘러보고, 전쟁이 끝난 새로운 세상에 대해 나름대로 판단이 섰을 때 마음을 정했으면 좋겠습니다. 소피아, 당신과 나의 감정은 영원해야만 해요. 그런 결혼이 아니라면 내게는 아무런 소용이 없으니까."

"그건 나 역시 마찬가지예요."

소피아가 대답했다.

"한편으로는 말이지. 음, 내가 당신을 어떻게 생각하고 있는지 알릴 자격은 있다고 생각했어요."

"하지만 달콤한 속삭임 한번 한 적 없잖아요?"

소피아가 중얼거렸다.

"소피아, 정말 모르는 겁니까? 그동안 내가 당신을 사랑한다는 말을 하지 않으려고 얼마나 애를 써 왔는지……."

그녀가 내 말을 가로막았다.

"알아요, 찰스. 그리고 난 당신의 그런 엉뚱한 면이 좋아요. 당신이 영국에 돌아오면 날 만나러 올 수 있을 거예요. 그때까지도 당신 마음이 변하지 않았다면……."

이번에는 내가 그녀의 말을 가로챘다.

"그럴 일은 절대로 없을 거예요."

"찰스, 어떤 일에나 변수는 있게 마련이에요. 예상치 못한 일들이 계획을 망치는 일은 언제나 있어요. 단적으로 당신은 나에 대해 아는 것이 거의 없잖아요, 안 그래요?"

"당신이 어디에 사는지조차 모르죠."

"난 스윈리 딘에 살아요."

난 고개를 끄덕였다. 그곳은 시티*의 자본가들을 위한 훌륭한 골프장이 세 개나 있는 것으로 유명한 런던 외곽 지역이었다.

소피아는 깊은 생각에 잠긴 듯 부드러운 목소리로 말을 이었다.

"비뚤어진 작은 집에서……."

그때 내 얼굴에 약간 놀란 표정이 떠올랐던 모양인지, 그녀가 재미있다는 듯 그 인용구를 자세히 설명하기 시작했다.

"'그래서 그들은 모두 함께 비뚤어진 작은 집에서 살았네.' 우리 가족이 그래요. 그렇다고 정말로 그런 작은 집에서 사는 건 아니에요. 확실히 삐딱하기는 하지만. 박공에서 대들보로 이어지는 부분이 기울어졌거든요."

"대가족인가 보군요. 형제자매는 어떻게 되죠?"

"남동생, 여동생, 어머니, 아버지, 삼촌, 숙모, 할아버지, 이모할머니, 새할머니가 있어요."

"세상에!"

---

* 영국 금융 상업의 중심지.

나는 약간 압도당한 기분으로 소리쳤다.

소피아가 웃었다.

"물론 예전부터 함께 살았던 건 아니에요. 전쟁이 일어나고 공습이 있다 보니 그렇게 된 거죠. 하지만 잘 모르긴 해도……."

그녀는 생각에 잠긴 듯 얼굴을 찡그렸다.

"우리 가족은 어쩌면 정신적으로는 언제나 함께 살고 있는 건지도 몰라요. 할아버지의 시선과 보호 아래에서 말이에요. 할아버지는 여든 살이 넘으셨고 키는 1미터 50센티미터 정도시죠. 그런데도 옆에 서면 누구라도 작아 보이게 만드는 그런 분이세요."

"재미있는 분이실 것 같군요."

"할아버지는 정말 재미있는 분이세요. 스미르나* 출신 그리스 인이시죠. 성함은 애리스티드 레오니데스예요."

소피아는 눈을 반짝거리며 장난스럽게 덧붙였다.

"또 엄청난 부자이기도 하죠."

"전쟁이 끝난 뒤에도 예전의 부를 유지할 수 있는 사람이 몇이나 있겠어요?"

소피아가 확신에 차서 대답했다.

"우리 할아버지 같은 분은 충분히 그럴 수 있죠. 재산을 축내려는 어떤 계략도 할아버지한테는 영향을 미칠 수가 없으니까요. 도리어 그 재산을 축내려고 했던 사람까지 끌어들이시는 분이시죠. 정말

---

* 터키 서부 이즈미르 주의 주도 이즈미르의 옛 명칭.

궁금해요. 당신이 우리 할아버지를 좋아하게 될지 어떨지."

"당신은 어떻는데요?"

"이 세상 누구보다도 좋아해요."

제2장

내가 영국에 돌아간 건 그로부터 2년이 훨씬 지난 뒤였다. 쉽지 않은 세월이었다. 난 소피아에게 편지를 썼고, 그녀는 꼬박꼬박 답장을 해 주었다. 우리가 주고받은 건 연애 편지는 아니었다. 서로 친한 친구에게 쓰듯 편지를 썼을 뿐이었다. 그냥 생각과 고민을 나누고, 일상 생활을 이야기했다. 하지만 내가 그녀를 생각하듯, 소피아 역시 나를 생각하고 있다는 것을 알고 있었기에 우리 두 사람의 감정은 점점 더 깊고 강렬해졌다.

하늘이 살짝 찌푸린 9월의 어느 날, 나는 영국으로 돌아왔다. 저녁 불빛에 나뭇잎은 금색으로 물들어 있었고 잎사귀는 바람에 가볍게 흔들리고 있었다. 나는 공항에서 소피아에게 전보를 쳤다.

지금 도착했어요. 괜찮다면 오늘 저녁 마리오네에서 9시에 만납시다. 찰스.

두 시간 가량 지난 뒤, 나는 자리에 앉아 《타임스》를 읽고 있었다. 결혼, 출생, 부고란을 훑어보던 중 레오니데스의 이름이 눈에 들어 왔다.

9월 19일, 스윈리 딘의 스리 게이블스에서 애리스티드 레오니데스 가 향년 85세로 별세. 유족으로 미망인 브렌다 레오니데스가 있음. 깊 은 애도를 표하며.

그 기사 바로 아래 또 다른 공고가 나와 있었다.

레오니데스. 스윈리 딘의 스리 게이블스 저택에서 애리스티드 레오 니데스 별세. 유족으로 자녀들과 손자들이 있음. 화환은 스윈리 딘의 성 엘드레드 교회로.

그 공지들은 내게 호기심을 불러일으켰다. 언뜻 봐서는 신문사의 실수로 기사가 중복되어 나온 듯이 보였다. 하지만 다른 무엇보다 도 소피아가 걱정되었다. 나는 급히 그녀에게 다시 전보를 보냈다.

당신 할아버지가 돌아가셨다는 걸 조금 전에 알게 되었어요. 정말 안타까운 일입니다. 언제 당신을 만날 수 있는지 알려 줘요. 찰스.

저녁 6시경, 아버지의 집으로 소피아의 답신이 왔다.

9시에 마리오네에서 만날 수 있어요. 소피아.

소피아와 다시 만난다는 생각만으로도 나는 가슴이 두근거렸고 긴장되었다. 시간은 미칠 정도로 느리게 흘렀다. 나는 마리오의 가게에 약속 시간보다 20분이나 일찍 도착했다. 소피아도 나보다 겨우 5분 늦게 모습을 나타냈다.

오랫동안 보지 못했던 누군가를 다시 만나는 일은 언제나 가슴 설레게 마련이다. 그 사람이 마음속의 많은 부분을 차지하고 있던 사람이라면 더욱더 그렇다. 마침내 소피아가 회전문을 열고 가게 안으로 들어왔을 때 우리가 이렇게 만나고 있다는 사실이 전혀 실감나지 않았다. 그녀는 검은색 옷을 입고 있었고, 어이없게도 나는 그 사실에 깜짝 놀라고 말았다! 다른 많은 여자들도 대부분 검은색 옷을 입고 있었고, 더군다나 소피아의 경우 할아버지가 돌아가셨으니 애도의 뜻으로 검은색 옷을 입는 것이 당연한 일임에도 그녀가 검은색 옷을 입고 나타났다는 사실이 내게는 낯설게 느껴졌다.

우리는 칵테일을 주문하고 자리에 앉았다. 우리는 카이로 시절에 알고 지냈던 옛 친구들의 안부를 물으며 어수선하게 이야기를 나누기 시작했다. 다분히 부자연스러운 느낌이 드는 대화였지만, 다시 만난 어색함을 잊게 만들기에는 충분했다. 나는 그녀의 할아버지의 죽음에 대해 애도를 표했고 소피아는 조용히 '아주 갑작스럽게' 돌아가셨다고 대답했다. 그런 다음 우리는 다시 추억에 잠기기 시작했다. 나는 불편한 기분을 느끼기 시작했다. 뭔가 문제가 있었다. 뭔가. 이건 재회에 따르는 자연스러운 어색함이 아니었다. 뭔가 잘못되었고, 소피아에게 무슨 문제가 있는 것이 틀림없었다. 혹시 그녀는 나 아닌 다른 누군가를 만나게 되었다는 말을 하려고 이 자리에 나온 게 아닐까? 나에 대한 그녀의 감정은 '전부 착각'이었던 게 아닐까?

왠지 그럴 거라는 생각은 들지 않았다. 하지만 무슨 일이 생긴 것인지는 도무지 알 수가 없었다. 그동안에도 우리의 어색한 대화는 계속되었다.

그때 갑자기 종업원이 다가와 커피 잔을 탁자 위에 올려놓고 조심스레 물러갔다. 모든 것이 분명해졌다. 소피아와 나는 예전에 그랬던 것처럼 이렇게 식당에서 만나 작은 탁자를 사이에 두고 함께 앉아 있었다. 우리가 떨어져 지낸 세월은 존재하지 않는 것 같았다.

"소피아."

내가 불렀다.

그러자 그녀 역시 내 이름을 말했다.

"찰스!"

나는 깊은 안도의 한숨을 내쉬었다.

"다행히 이제야 제대로 된 것 같군요. 대체 우리 사이에 무슨 문제가 있었던 거죠?"

"아마 내 잘못일 거예요. 내가 어리석었어요."

"하지만 이제는 괜찮은 거죠?"

"예, 아무 문제 없어요."

우리는 서로를 바라보며 미소 지었다.

"소피아! 언제 나와 결혼해 줄 거예요?"

그녀의 미소가 사라졌다. 무슨 일인지는 모르지만 처음에 느꼈던 문제 때문인 듯했다.

"모르겠어요. 찰스, 당신하고 결혼할 수 있을지 사실 확실하지 않아요."

"하지만, 소피아! 왜 안 된다는 거죠? 내가 아직 낯설게 느껴져서 그런 거예요? 나와 다시 익숙해질 시간이 필요해서? 아니면, 다른 사람이라도 생긴 건가? 아니……."

나는 말을 끊었다.

"내가 생각해도 바보 같군요. 그런 일은 없었을 거라는 걸 알면서."

"그래요. 그런 일은 없었어요."

소피아가 고개를 저었다. 나는 기다렸다. 그녀가 낮은 목소리로 말했다.

"사실은 할아버지가 돌아가신 것 때문에 그래요."

"할아버지가 돌아가신 것 때문이라니? 대체 무슨 일인데요? 왜 그 일 때문에 우리 사이가 달라져야 한다는 거죠? 도저히 상상할 수는 없지만 혹시 돈 때문에 그러는 건가요? 할아버지가 유산을 전혀 남기지 않았나요? 하지만 분명히……."

"재산 때문은 아니에요."

소피아가 잠시나마 미소를 지으며 대답했다.

"속담처럼 속옷만 입고 와도 된다고 말하려는 모양인데요. 우리 할아버지는 동전 한 푼이라도 잃어버리신 적이 없어요."

"그렇다면 대체 무슨 일이에요?"

"할아버지가 돌아가신 거요. 저기요, 찰스. 내 생각에는 할아버지가 그냥 돌아가신 것 같지 않아요. 어쩌면 할아버지는 살해……당하신 것 같아요."

나는 그녀를 쳐다보았다.

"하지만…… 그건 정말 황당한 생각이군요. 도대체 왜 그런 생각을 하게 된 거죠?"

"물론 처음에는 나도 그렇게 생각하지 않았어요. 가장 먼저 이상하다고 여긴 건 의사 선생님이었죠. 그래서 아직도 사망 진단서에 서명을 하지 않았어요. 아마 검시를 하려고 하는 것 같아요. 경찰 입장에서 보면 확실하게 의심이 가는 부분이 있나 봐요."

나는 그녀와 논쟁을 벌일 생각은 없었다. 소피아는 똑똑한 여자였다. 그녀가 그런 결론을 내렸을 때는 나름대로 타당한 이유가 있었을 것이다. 그 대신 나는 진정으로 말했다.

"그런 의심들이 맞지 않는 경우도 꽤 많아요. 그리고 설사 그런 생각이 사실이라고 할지라도 그게 당신과 나 사이에 왜 영향을 미친다는 거죠?"

"어떤 경우에는 그럴 수도 있죠. 당신은 외무부에 몸을 담고 있어요. 그 일을 계속 하기 위해서는 아내를 맞이할 때도 신중해야 하죠.

아니, 아무래도 상관없다고 말할 거라면 제발 아무 말도 하지 마요. 당신은 틀림없이 그렇게 말할 거예요. 그리고 당신이 정말로 그렇게 생각한다는 것도 알고 있고, 나 역시 이론적으로는 그 생각에 동조하고 있으니까요. 하지만 나도 자존심은 있어요. 유별나게 자존심이 강한 편이죠. 난 우리 결혼이 모두에게 좋은 일이어야 한다고 생각해요. 사랑을 위해서 어느 한쪽이 조금이라도 희생하는 건 원하지 않아요! 그리고 당신 말이 맞을 수도 있어요…….”

“그러니까 의사가 실수했을 가능성도 있다는 말이군요?”

“하지만 의사가 잘못 안 게 아니라 해도 문제 될 건 없어요. 그럴 만한 사람이 할아버지를 죽였다면 말이에요.”

“대체 무슨 소리를 하는 거예요, 소피아?”

“입에 담기에 너무 지저분한 일이에요. 하지만 누구든 정직한 게 좋은 거니까.”

그녀가 내가 무슨 말을 할지 미리 알고 있었다.

“안 돼요, 찰스. 더 이상은 아무 말도 하지 않을 거예요. 어쩌면 벌써 너무 많은 이야기를 해 버렸는지도 몰라요. 하지만 난 오늘 밤 당신을 만나러 오기로 결심했어요. 당신을 직접 보고 이해시켜야만 하니까요. 이 일이 완전히 해결될 때까지 우리는 아무 일도 할 수 없다는 걸 말이에요.”

“적어도 어떻게 된 상황인지 말은 해 줘요.”

소피아는 고개를 저었다.

“말하고 싶지 않아요.”

"하지만 소피아······."

"안 돼요, 찰스. 나는 당신이 우리 문제를 내 관점에서 보게 되길 원하지 않아요. 난 당신이 어떤 선입관도 없이 객관적인 눈으로 우리 문제를 보기를 원해요."

"내가 어떻게 그럴 수가 있겠어요?"

소피아는 나를 쳐다보았다. 그녀의 밝은 푸른색 눈동자가 이상하게 빛나고 있었다.

"아버님에게 물어보세요."

카이로에서 지낼 때 나는 소피아에게 아버지가 런던 경시청의 부청장이라는 말을 한 적이 있다. 아버지는 지금도 현직에서 일하고 계시다. 그녀의 말에 나는 온몸에 차가운 기운을 느꼈다.

"상황이 그 정도로 안 좋다는 말인가요?"

"그런 것 같아요. 저기 출입문 옆에 혼자 앉아 있는 남자 보여요? 멍해 보이는 전직 군인 같은 남자 말이에요."

"그래요."

"저 사람, 저녁 때 스윈리 딘 기차역에서도 보았어요."

"당신을 미행하고 있다는 얘기예요?"

"예. 아무래도 우리 둘 다 감시당하고 있는 것 같아요. 어쩌면 오늘 저녁에는 그냥 집에 있는 편이 나았을지도 모르죠. 하지만 난 당신을 만나기로 결심했어요."

그녀는 약간 각진 턱을 도전적으로 내밀었다.

"난 욕실 창문으로 나와 수도관을 타고 빠져나왔어요."

"소피아!"

"하지만 경찰들 역시 유능한 모양이에요. 물론 내가 당신에게 보낸 전보도 봤겠지만요. 신경 쓰지 마세요. 지금 우리는 여기 함께 있으니까……. 하지만 지금부터는 우리도 각자 연기를 좀 해야 할 것 같아요."

소피아는 잠시 말을 멈추었다가 이내 덧붙였다.

"안타깝게도 우리가 서로 사랑하고 있다는 사실은 의심의 여지가 없군요."

"그건 당연한 일이에요. 그리고 안타깝다는 말도 하지 말아요. 당신과 나는 생사를 넘나드는 위기를 겪으며 전쟁에서 살아남았잖아요. 왜 한 노인의 죽음 때문에 우리가 이래야 하는 건지 알 수가 없군요. 할아버지 연세가 어떻게 된다고 했죠?"

"여든다섯이셨어요."

"맞아, 그랬죠.《타임스》에서 봤어요. 내게 묻는다면 당신 할아버지는 그저 노환으로 돌아가신 거라고 대답하겠어요. 지나가는 사람 누구를 붙잡고 물어봐도 다 나처럼 이야기할걸요."

"당신이 우리 할아버지를 알고 있다면 그렇게 돌아가셨다는 사실에 놀라지 않을 수 없었을 거예요!"

제3장

나는 언제나 아버지의 경찰 업무에 상당한 관심을 가지고 있었지만 이번처럼 개인적으로 사건에 직접 개입해야 하는 상황에 대해서는 아무런 준비가 되어 있지 않았다.

아직 아버지를 만나지 못했다. 내가 도착했을 때 아버지는 집에 계시지 않았고, 나는 곧장 목욕과 면도를 한 뒤 옷을 갈아입고 소피아를 만나러 밖으로 나왔기 때문이다. 내가 집에 돌아오자 아버지가 서재에 계시다고 글로버가 알려 주었다.

아버지는 엄청나게 쌓인 서류 더미를 앞에 놓고 얼굴을 찡그린 채 책상에 앉아 있었다. 내가 들어가자 아버지는 자리에서 벌떡 일어났다.

"찰스! 잘 왔다. 정말 오랜만이구나."

전쟁이 발발한 이후로 5년 만의 부자 상봉이었지만, 우리 두 사람의 재회는 프랑스 인이었다면 틀림없이 실망할 수준이었다. 사실 아버지를 다시 만나게 되어 기쁘기로 말하자면 어느 누구 못지않았다. 아버지와 나는 아주 사이가 좋았을 뿐만 아니라 서로를 잘 이해하는 사이였기 때문이다.

"위스키도 있단다. 마시고 싶으면 말하렴. 네가 도착했을 때 집에 있어 주지 못해 미안하구나. 일이 많아서 말이다. 갑자기 끔찍한 사건이 터졌지 뭐냐."

나는 의자에 몸을 기대앉은 채 담배에 불을 붙였다.

"애리스티드 레오니데스 사건 말이군요?"

내가 물었다.

아버지는 이마를 찌푸렸다. 그리고 뭔가 탐색하는 시선으로 나를 쳐다보았다. 아버지의 목소리는 차분하면서도 단호했다.

"지금 뭐라고 했지, 찰스?"

"제 말이 맞았나 보군요."

"네가 어떻게 그 사건을 알고 있는 거냐?"

"정보를 얻었어요."

아버지는 다음 말이 이어지기를 기다리고 있었다.

"제가 알고 있는 정보는 그 집에 살고 있는 사람에게 직접 들은 겁니다."

"그래, 찰스. 계속해 봐라."

"아버지는 좋아하시지 않을지 모르겠지만, 카이로에 파견 나갔을 때 소피아 레오니데스를 만났어요. 저는 그녀와 사랑에 빠졌습니다.

우리는 결혼하기로 했어요. 오늘 밤 그녀를 만나고 왔습니다. 소피아와 함께 저녁 식사를 했지요."

"같이 저녁 식사를 했다고? 런던에서 말이냐? 어떻게 그 아가씨가 그럴 수가 있지? 가족 모두에게 그 집을 떠나지 말아 달라고 요청했는데. 물론 정중하게 말이다."

"그런 것 같더군요. 소피아는 욕실 창문으로 나와 수도관을 타고 빠져나왔다고 했으니까요."

그 순간 아버지의 입가에 미소가 감돌았다.

"아주 재주가 많은 아가씨인가 보구나."

"아버지 부하들도 꽤 유능하던걸요. 군인처럼 생긴 친구가 마리오 식당까지 소피아를 미행했더군요. 아버지한테 어떤 보고가 올라갈지 미리 말씀드리죠. 키 180센티미터 남짓, 갈색 머리에 갈색 눈동자, 감청색 가는 세로 줄무늬 양복 등등."

아버지는 굳은 표정으로 나를 쳐다보았다.

"정말 진심인 거냐?"

아버지가 물었다.

"예, 진심이에요. 아버지."

순간 침묵이 흘렀다.

"반대하시는 겁니까?"

"일주일 전만 해도 마음에 걸릴 일이 전혀 없었을 거다. 레오니데스 가는 아주 성공한 집안이고, 그 아가씨는 어마어마한 재산을 물려받게 될 테고, 그리고 나는 너를 잘 알고 있다. 절대로 섣불리 결정을 내리지 않았을 거라는 걸 말이야. 그리고……."

"그리고요, 아버지?"

"모든 일이 잘 풀릴 수도 있을 거다. 만약……."

"만약 뭡니까?"

"만약 그럴 만한 사람이 범인이라면 말이다."

그날 밤 두 번째로 듣는 말이었다. 나는 흥미가 생겼다.

"그럴 만한 사람이라니요?"

아버지는 내게 날카로운 시선을 던졌다.

"이 사건에 대해 얼마나 알고 있는 거냐?"

"아무것도 모릅니다."

"아무것도 모른다고? 그 아가씨가 말해 주지 않더냐?"

아버지는 놀란 듯 보였다.

"예……. 소피아는 제가 객관적인 눈으로 그 사건을 보아야 한다고 말했어요."

"왜 그러는 건지 모르겠구나."

"이유야 분명하지 않나요?"

"아니, 찰스. 난 그렇게 생각하지 않는다."

아버지는 일어나 난색을 표하며 이리저리 거닐기 시작했다. 담배에 불을 붙이려고 했지만 자꾸 꺼졌다. 그 모습에서 아버지가 얼마나 난감해하는지 알 수 있었다.

"그 가족에 대해서는 얼마나 알고 있지?"

아버지가 내게 물었다.

"전혀요! 노인에게 아들, 손자, 며느리가 많다는 것 말고는 아는 게 없어요. 자세한 이야기는 하나도 듣지 못했습니다."

나는 잠시 말을 멈추었다가 다시 말했다.

"아버지가 사건의 정황을 자세히 말씀해 주시는 편이 좋겠어요."

"그러마."

아버지가 자리에 앉았다.

"그렇다면 애리스티드 레오니데스라는 사람이 어떤 사람이었는지부터 알아야 할 거다. 거기서부터 시작하자꾸나. 그는 스물네 살 때 영국으로 건너왔지."

"스미르나 출신 그리스 인이죠."

"아주 잘 알고 있는데?"

"그게 제가 아는 전부예요."

그때 서재 문이 열리더니 글로버가 들어와 태버너 경감이 왔다고 알려 주었다.

"이 사건을 담당하고 있는 친구다. 태버너가 있는 편이 이야기하기가 쉬울 것 같구나. 레오니데스 가족에 대한 조사를 직접 하고 있으니 말이야. 그 집 사람들에 대해서는 나보다 더 많이 알고 있을 거다."

나는 지역 경찰이 런던 경시청으로 사건을 전담해 달라고 요청했는지 물어보았다.

"이 사건은 우리 관할이다. 스윈리 딘은 그레이터런던 주*에 속해

---

* 영국의 수도 런던 시를 중심으로 한 대도시 주.

있으니까."

태버너 경감이 방으로 들어오자 나는 고개를 숙여 인사했다. 나는 태버너를 오래전부터 알고 지내 왔다. 경감은 따뜻하게 인사를 건네며 내가 무사히 돌아온 것을 축하해 주었다.

"지금 찰스에게 사건에 대해 설명해 주고 있는 중이었네. 내가 말하는 중에 틀린 점이 있다면 지적해 주게나, 태버너. 레오니데스는 1884년에 런던에 왔단다. 처음에는 소호에 작은 식당을 열었는데 돈을 꽤 벌었어. 그 돈으로 다른 식당을 또 차렸지. 레오니데스는 이내 일곱 갠가 여덟 개의 식당을 가지게 되었단다. 하나같이 잘되어 많은 돈을 벌어들였어."

"레오니데스는 무슨 일을 하건 실수라고는 저지르지 않는 사람이었지요."

태버너 경감이 말했다.

"그는 그쪽으로는 타고난 능력이 있었어. 결국 레오니데스는 런던의 유명 식당 대부분을 소유하게 되었단다. 이어서 대규모로 출장 요리 사업을 시작했지."

"그 외에도 레오니데스가 손을 댔던 사업은 많습니다. 중고 옷 장사, 싸구려 보석 판매 등등. 그 외에도 정말 많았지요. 물론……."

태버너가 신중하게 덧붙였다.

"언제나 정직하다고는 할 수 없는 사람이었습니다만."

"그렇다면 레오니데스가 사기꾼이었다는 말씀인가요?"

내가 물었다.

태버너는 고개를 저었다.

"아니, 그런 뜻은 아닙니다. 다른 사람들을 속이기는 합니다. 그래요……. 하지만 사기꾼은 아닙니다. 법에 어긋나는 일은 한 적이 없으니까요. 그렇긴 해도 그자는 법의 그물을 피하기 위해 생각할 수 있는 방법은 모두 동원하는 그런 인간이었습니다. 레오니데스는 고령의 노인이라는 사실이 무색하게도 이번 전쟁에서조차 엄청난 액수의 돈을 벌어들였습니다. 결코 법을 위반한 적은 없습니다만, 그가 하는 일은 위법 여부가 분명하지 않지요. 그래서 그 분야의 법을 보완해 놓으면 그는 벌써 다른 일에 손을 대고 있는 그런 상황이었습니다."

"사람들에게 호감을 주는 인물은 아닌 모양이군요."

내가 말했다.

"그런데 재미있는 건 레오니데스에게 사람을 끄는 힘이 있다는 겁니다. 매력이 있어요. 직접 만나 보았다면 느낄 수 있었을 겁니다. 뭐, 외모야 볼품이 없었죠. 난쟁이처럼 작은 데다 못생겼으니까. 하지만 매력이 넘치는 사람이었죠. 언제나 여자들이 그자에게 정신을 못 차렸을 정도니까요."

"레오니데스는 대단한 결혼을 했지. 대지주의 딸과 결혼을 했단다."

아버지가 말했다.

나는 눈썹을 치켜 올렸다.

"돈으로요?"

아버지는 고개를 저었다.

"아니, 연애 결혼이었어. 그 여자는 친구 결혼식에서 연회 음식을 준비하던 레오니데스를 만났고, 바로 사랑에 빠져 버렸단다. 여자 부모가 심하게 반대했지만 그 여자는 그와 결혼하겠다고 결심했어. 분명히 말하지만, 레오니데스는 매력적이었어. 이국적이면서 활기 넘치는 그의 모습에 그녀는 반할 수밖에 없었던 거야. 더군다나 여자는 자신과 같은 부류의 사람들을 지겨워하고 있었고."

"그래서 그 결혼 생활은 행복했나요?"

"아주 행복했지. 이상할 정도로 말이다. 물론 두 사람의 친구들은 서로 어울리지 못했어.(그 시절만 해도 돈이 아무리 많아도 신분 차이를 극복할 수 없었을 때니까.) 하지만 두 사람은 그런 사실에는 전혀 신경 쓰지 않았어. 그들은 친구 없이 지냈지. 레오니데스는 스윈리 딘에 도저히 상상할 수 없는 저택을 짓고, 그곳에서 살면서 여덟 아이를 낳았단다."

"가족 연대기의 시작이군요."

"레오니데스가 스윈리 딘에 자리를 잡은 것은 정말 현명한 일이었지. 그때는 그곳이 막 알려지기 시작했을 때였거든. 두 번째, 세 번째 골프장은 아직 만들어지지도 않았을 때였어. 그곳 주민들은 정원 가꾸기에 몹시 열중하던 사람들이었는데, 레오니데스 부인을 좋아했어. 또 부유한 시티 사람들도 레오니데스 가족과 어울리기를 원했지. 그렇게 두 사람은 주위 사람들과 어울리며 살았단다. 나는 두 사람이 부인이 1905년에 폐렴으로 죽기 전까지는 완벽하게 행복했다고 믿는다."

"자식 여덟과 남편을 남겨 놓고요?"

"자식들 중 한 명은 아기 때 죽었어. 아들 둘은 이번 전쟁에서 목숨을 잃었고. 딸 중 하나는 결혼해서 오스트레일리아로 갔는데 그곳에서 죽었다지. 미혼이던 딸 하나는 교통 사고로 죽었고, 또 다른 딸은 1년인가 2년 전에 죽었다는구나. 살아남은 건 두 명뿐이야. 장남인 로저는 결혼했지만 아이가 없고, 필립은 유명한 배우와 결혼해서 아이가 셋 있는데, 그 아이들이 너의 소피아를 비롯해서 유스터스, 조세핀이지."

"그럼 그 사람들이 모두 뭐라더라, 그 스리 게이블스 저택에서 함께 산다는 건가요?"

"그래. 로저 레오니데스는 전쟁 초기에 살던 집이 폭격을 당했다지. 필립 일가는 이미 1938년부터 그 집에서 살고 있었어. 또 죽은 레오니데스 부인의 동생인 드 해빌런드 양도 같이 살고 있지. 그 여자는 형부를 싫어한다고 늘 공공연하게 밝히는 모양이지만, 언니가 죽자 조카들을 키우는 것이 자기 의무라고 생각했는지, 같이 살자는 레오니데스의 청을 받아들였어."

"그 여자는 정말 열심히 자기 의무를 다했죠. 하지만 사람에 대한 마음은 변하지 않았던 모양입니다. 그 여자는 언제나 레오니데스와 그가 하는 일들을 인정하지 않았죠……."

태버너 경감이 설명했다.

"꽤 완벽한 가정처럼 들리는군요. 그렇다면 도대체 누가 레오니데스를 죽였다고 생각하십니까?"

태버너가 고개를 저었다.

"아직 이릅니다. 그런 말을 하긴 이르죠."

"그냥 말씀해 보세요. 경감님. 제가 보기에는 범인이 누군지 이미 알고 계신 것 같은데요. 여긴 법정이 아니니까 편하게 말씀하셔도 되잖아요."

"안 됩니다. 더군다나 이 사건은 어쩌면 법정까지 끌고 가지 못할지도 모릅니다."

태버너가 침울하게 대답했다.

"그럼, 살인 사건이 아닐 수도 있다는 말인가요?"

"아, 레오니데스가 살해된 건 분명한 사실입니다. 독극물 중독이었으니까요. 하지만 이런 독살 사건의 경우에 어떻다는 걸 알지 않습니까. 증거를 잡기가 너무 어려워요. 아주 교묘해서 말입니다. 모든 가능성들이 한 가지 방향을 가리키고 있기는 하지만……."

"제가 알고 싶은 게 바로 그겁니다. 이미 심증을 가지고 계시잖아요. 그렇죠?"

"이번 사건의 경우에는 아주 분명히 개연성이 있습니다. 한 가지는 분명합니다. 완벽한 설정이라는 거죠. 하지만 그게 진실인지는 모르겠습니다. 너무 애매해요."

나는 도움을 청하는 눈빛으로 아버지를 쳐다보았다.

아버지가 천천히 말했다.

"너도 알고 있겠지만, 살인 사건의 경우 보통은 확실히 드러나는 사실에서 진짜 범인을 찾게 마련이다. 레오니데스는 10년 전에 재혼을 했어."

"일흔다섯의 나이에 말인가요?"

"그래, 스물네 살의 젊은 여자와 결혼했지."

나는 휘파람을 불었다.

"어떤 여자지요?"

"찻집에서 일하던 젊은 여자야. 완벽하게 존중할 만한 젊은 여성이지. 창백하고 냉정해 보이지만 뛰어난 미모를 지녔단다."

"그녀에게 가장 큰 혐의를 두고 있나요?"

"내가 묻고 싶은 점입니다. 그 여자는 이제 서른네 살밖에 되지 않았습니다. 아주 위험한 나이이지요. 게다가 낭만적으로 살고 싶어 하는 여자랍니다. 그리고 마침 집에 젊은 남자도 한 명 있습니다. 손자들의 가정교사인데, 심장이 안 좋다나, 뭐라나 그러면서 전쟁에도 나가지 않았지요. 두 사람은 아주 가까운 사이라고 합니다."

태버너가 말했다.

나는 생각에 잠긴 채 태버너를 바라보았다. 분명히 지나치게 전형적이고 친숙한 상황이었다. 종래의 그런 사례들을 모두 뒤섞어 놓은 듯했다. 레오니데스의 둘째 부인은 아버지가 강조했던 것처럼, 틀림없이 존중할 만한 여성일 것이다. 하지만 많은 사람들이 훌륭하다는 평판을 받으면서 살인을 저지른다.

"사인은 뭐였죠? 비소였나요?"

내가 물었다.

"아닙니다. 아직 검시 보고서를 받아 보지는 못했지만 검시관의 소견으로는 에세린인 것 같답니다."

"그건 쉽게 구하기 힘든 약 아닙니까? 그 약을 구입한 사람을 추적하기가 쉬울 것 같은데요."

"이번 경우에는 그렇지 않습니다. 레오니데스가 쓰던 약이었으니까요, 안약으로."

"레오니데스는 당뇨병으로 고생하고 있었단다. 정기적으로 인슐린 주사를 맞고 있었지. 인슐린은 고무 마개로 된 작은 병에 들어 있는데, 피하 주사기 바늘을 고무 마개에 찔러 넣어 인슐린을 주사기 속으로 끌어올린다는구나."

아버지가 말했다.

나는 그 다음에 벌어진 일들을 추측할 수 있었다.

"그렇다면 병 속에 인슐린 대신 에세린이 들어 있었겠군요?"

"그랬지."

"그럼 레오니데스에게 주사를 놓은 사람은 누구죠?"

"그의 부인이었지."

나는 소피아가 '죽인 사람'이라고 말했던 의미를 그제야 이해할 수 있었다.

"가족들은 레오니데스의 둘째 부인과 사이가 좋았나요?"

"아니, 내가 보기에는 대화도 거의 하지 않는 것 같더구나."

모든 상황은 명백해 보였다. 하지만 태버너 경감은 뭔가가 마음에 걸리는 듯했다.

"대체 문제가 뭡니까?"

내가 그에게 물었다.

"만일 레오니데스 부인이 범인이라면, 범행에 사용했던 인슐린 병을 치워 버리고 다른 것으로 바꿔 놓는 일도 쉬웠을 겁니다. 정말 그녀가 살인을 저질렀다면 도대체 왜 그렇게 하지 않았는지 이해할 수가 없습니다."

"정말 그렇군요. 인슐린은 충분히 있었나요?"

"그렇습니다. 병마다 인슐린이 가득 들어 있었고, 비어 있는 것은 하나뿐이었어요. 만일 그녀가 인슐린 병만 바꿔 놓았다면 십중팔구 의사는 알아차리지 못했을 겁니다. 에세린에 중독되었을 때 검시에서 그 증상이 나타나는 경우는 아주 드무니까요. 의사는 인슐린 병을 확인했습니다. (과다 투약에 따른 부작용이 아닌지 살펴보기 위해서요.) 그리고 이내 병 속에 남아 있는 것이 인슐린이 아니라는 사실을 발견하였지요."

"그렇다면 레오니데스 부인은 아주 멍청하든가, 아니면 굉장히 영리하든가 둘 중 하나겠군요."

내가 생각에 잠긴 채 말했다.

"그 말은……."

"그녀가 도박을 하고 있는지도 모릅니다. 누구라도 이렇게까지 멍청하게 범행을 저지를 리는 없을 거라는 경찰의 생각을 미리 꿰뚫고 있는지도 모르지요. 다른 용의자는 없습니까? 달리 의심이 갈 만한 사람은요?"

아버지가 조용히 말했다.

"그 집 안에 있던 사람은 누구라도 범행을 저지를 수가 있었다. 인슐린은 언제나 넉넉하게 구비되어 있었으니까. 적어도 2주일 동안 쓸 양은 항상 비치되어 있었어. 약병 하나 꺼내서 내용물을 바꾸어 놓는 정도는 누구라도 할 수 있지."

"그렇다면 누구라도 약병에 손을 댈 수 있었다는 말인가요?"

"손에 닿기 쉬운 곳에 있었다. 레오니데스가 사용하던 욕실에 약품 보관용 선반이 있어. 그 집에 사는 사람이라면 누구나 자유롭게 드나들 수 있는 곳이지."

"범행 동기는 뭐죠?"

아버지는 한숨을 내쉬었다.

"얘야, 애리스티드 레오니데스는 엄청난 부자였단다! 그가 가족들에게 상당한 액수의 돈을 주기는 했다만, 어쩌면 누군가는 그보다 더 많은 것을 원하고 있었는지도 모르지."

"가장 돈이 필요했던 사람은 레오니데스 부인일 수도 있겠군요. 그 여자의 젊은 애인은 돈이 없나요?"

"그래, 그 친구는 돈이 한 푼도 없어."

순간 무언가 내 머릿속을 스치고 지나가는 게 있었다. 난 소피아가 지난번에 말했던 구절을 떠올렸다. 갑자기 그 동요의 가사가 전부 기억났다.

비뚤어진 아저씨가 비뚤어진 길을 걸어가고 있네.
아저씨는 비뚤어진 계단 옆에서 비뚤어진 동전을 발견했네.

아저씨는 비뚤어진 쥐를 잡으려고 비뚤어진 고양이를 구해 왔네.

비뚤어진 작은 집에서 그들은 모두 함께 살았네.

나는 태버너 경감에게 물었다.

"레오니데스 부인의 인상은 어떻죠? 부인에 대해서 어떻게 생각하십니까?"

그가 천천히 대답했다.

"뭐라 말하기 어렵습니다. 아주 어려워요. 부인은 속을 알기 쉬운 여자가 아닙니다. 아주 조용하지요. 그래서 무슨 생각을 하고 있는지 도무지 알 수가 없습니다. 하지만 그녀는 낭만적인 생활을 좋아하지요. 그건 분명합니다. 그 여자를 생각하면 고양이가 떠올라요. 가르랑거리며 길게 늘어져 있는 고양이……. 나는 고양이에 대해서는 전혀 악감정이 없습니다. 고양이는 해를 끼치지 않는 동물이니까요."

태버너는 한숨을 내쉬었다.

"우리가 원하는 것은 증거입니다."

그래, 나는 생각했다. 우리 모두 레오니데스 부인이 남편을 독살했다는 증거를 원하고 있지. 소피아도 원하고 나도 원하고 태버너 경감도 원하는 일이었다.

그렇게만 된다면 모든 사람들이 행복해질 것이었다.

하지만 소피아는 확신을 하지 못하고 있었다. 나도 확신하지 못했다. 그리고 태버너 경감조차도 확신하지 못하고 있는 듯이 보였다……。

제4장

다음 날 나는 태버너와 함께 스리 게이블스 저택으로 갔다. 내 입장이 애매하기는 했다. 나는 이 사건에 끼어들 만한 지위가 없었고, 정상적인 상황이었다면 도저히 그곳에 갈 만한 명분이 없었다. 하지만 아버지는 결코 원칙만 따지는 분이 아니었다.

확실히 명분은 있었다. 나는 전쟁 초기에 런던 경시청의 특별 수사팀에서 일한 적이 있었다. 물론 이번에는 경우가 완전히 다르긴 하지만, 그래도 그 경력을 참작받아 사건에 관여하는 공식적인 지위를 얻을 수 있었다.

아버지가 말했다.

"우리가 이 사건을 해결하려면 내부 상황을 알아야 한다. 그 집에 살고 있는 사람들에 대한 모든 것을 알아야 해. 밖에서가 아니라, 집 안에서 그 집 사람들에 대해 알려 줄 사람이 필요하지. 네가 그 일을 해 줬으면 한다."

나는 그러고 싶지 않았다. 나는 피고 있던 담배를 벽난로에 집어 던지며 말했다.

"저보고 경찰의 첩자 노릇을 하라는 겁니까? 그런 겁니까? 그 집의 내부 정보를 빼내기 위해 제가 사랑하는, 저를 믿고 사랑해 주는, 아니 적어도 제가 그렇다고 믿고 있는 소피아를 염탐해야겠군요."

아버지는 짜증이 났는지 날카롭게 말했다.

"그렇게 시시하게 굴지 마라. 무엇보다도 너는 그 아가씨가 자기 할아버지를 죽였을 거라고 믿지는 않을 것 아니냐?"

"그거야 당연한 거 아닙니까. 그런 생각 자체가 있을 수 없는 일입니다."

"좋아. 우리 역시 그렇게 생각한다. 그 아가씨는 근래 몇 년 동안 집에서 떨어져 있었을 뿐만 아니라, 할아버지와 아주 사이가 좋았으니까 말이다. 게다가 자기가 벌어들이는 수입도 꽤 넉넉한 걸로 알고 있고. 레오니데스도 손녀가 너와 약혼했다는 소식을 들었다면 무척 기뻐했을 거라고 생각한다. 아마 소피아를 위해 훌륭한 결혼식을 올려 주었을지도 모르지. 우리도 그 아가씨를 의심하지는 않는다. 의심할 이유가 없어. 하지만 너도 한 가지는 분명히 알고 있을 거다. 만약 이 사건이 해결되지 않는다면 그 아가씨는 너와 결혼하지 않을 거야. 네가 내게 한 말로 봐서 그렇다는 걸 확실히 알 수 있어. 그러나 이런 종류의 범죄 사건은 깨끗하게 해결되지 않을 수도 있다는 걸 주의해야 해. 우리는 레오니데스 부인이 젊은 정부와 공모하여 범행을 저질렀다고 심증을 굳힐 수도 있어. 하지만 그 사실을 입증하는 것은 전혀 다른 문제야. 이 사건은 자칫 잘못하면 검찰에 넘기지 못할 수도 있어. 그리고 그 여자가 범인이라는 명백한 증거를 내놓지 못한다면, 그 집 사람들은 계속 서로 불신하며 살아야 할 거다. 그 정도는 너도 잘 알고 있을 거야, 안 그러냐?"

그랬다. 그건 나도 알고 있었다.

아버지는 다시 조용히 말을 이었다.

"그 아가씨한테 모든 걸 맡겨 보지 그러니?"

"그 말씀은 소피아에게 제가……."

나는 말을 잇지 못했다.

아버지는 힘차게 고개를 끄덕였다.

"그래, 그래……. 나는 너한테 그 아가씨를 속여서 정보를 빼내라고 한 적 없다. 그녀가 보여 주고 싶어 하는 것만 알아 오면 돼."

그런 연유로 다음 날 나는 태버너 경감과 램 경사와 함께 자동차를 타고 스윈리 딘으로 향하게 되었다.

골프장을 지나 얼마 가지 않아 우리는 대문이 있었던 자리로 보이는 곳을 지나쳤다. 전쟁 이전에는 정말 훌륭한 대문이 서 있었을 것이다. 애국의 결과인지, 무자비한 징발 탓인지는 모르겠지만, 지금 그 자리에는 아무것도 남아 있지 않았다. 길가에 진달래가 피고 길게 구부러진 도로를 따라 올라가자 자갈 길이 깔린 저택 입구가 나왔다.

정말 믿을 수 없는 광경이었다! 이곳이 왜 스리 게이블스(세 개의 박공) 저택이라고 불리는지 의아한 생각이 들었다. 일레븐 게이블스(열한 개의 박공)라고 불려야 할 집이었으니까! 저택은 이상하게 무언가 뒤틀린 듯한 기이한 분위기가 감돌고 있었다. 왜 그런 느낌이 드는지 알 것 같았다. 저택은 시골 집 같은 양식으로 지어져 있었는데, 일반적인 모양의 작은 시골 집을 크게 부풀린 모양이었다. 그래서 거대한 확대경으로 시골 집을 들여다보는 듯한 느낌이 들었다. 기울어진 대들보에 박공이 여러 개 달린, 목재로 지은 건물이었다. 밤중에 버섯이 자라듯 비뚤어진 작은 집이 갑자기 무시무시하게 커진 것처럼 보였다!

문득 나는 알 수 있었다. 그 저택은 그리스 인 식당 주인이 뭔가 영국적인 분위기를 내기 위해 지은 집이었다. 그건 보통 영국인들이 사는 집이었다. 다만 그 규모가 성처럼 크다는 게 다를 뿐이었다. 나는 레오니데스의 첫째 아내가 이 집을 보고 무슨 생각을 떠올렸을지 궁금했다. 아마 부인은 집을 어떻게 지을지 남편과 상의를 하거나 설계도를 보지 못했을 것이다. 나는 부인이 남편의 이국적인 작품을 보고 약간은 놀랐을 거라고 생각한다. 그녀가 이 저택을 보고 몸서리를 쳤을지, 아니면 미소를 지었을지 궁금했다.

하지만 중요한 건 그 부인은 이곳에서 더할 나위 없이 행복하게 살았다는 점이다.

"좀 압도당하는 느낌인데요. 그렇지 않습니까? 물론 죽은 양반이 저택을 엄청나게 크게 짓기도 했지요. 집은 세 부분으로 나뉘어 있고, 각각은 주방을 비롯한 주거 시설들이 분리되어 완전히 독립적이라고 할 수 있습니다. 저택 내부는 다락방까지도 고급 호텔처럼 설비되어 있답니다."

태버너가 말했다.

소피아는 현관 앞에 나와 있었다. 그녀는 모자는 쓰지 않은 채 초록색 셔츠와 트위드 스커트를 입고 있었다.

그녀는 나를 보더니 그 자리에서 꼼짝도 하지 못했다.

"당신?"

소피아가 소리쳤다.

내가 말했다.

"소피아, 당신한테 할 말이 있어요. 조용한 곳이 있을까요?"

순간 나는 그녀가 거절할지도 모른다는 생각을 했다. 하지만 그녀는 이내 돌아서서 내게 말했다.

"이쪽으로 오세요."

우리는 잔디밭을 가로질러 스윈리 딘의 제1골프장이 내려다보이는 전망이 좋은 장소까지 걸어갔다. 멀리 언덕 위의 소나무 숲이 보이고, 그 너머로 안개 때문에 흐릿하게 마을이 내려다보였다.

소피아는 나를 최근에는 그다지 돌보지 않은 듯한 암석 정원으로 이끌었다. 아주 불편해 보이는 목재 의자가 놓여 있었고, 우리는 그곳에 앉았다.

"어떻게 된 거죠?"

그녀가 말했다.

소피아의 목소리로 보아 이 상황이 별로 내키지 않는 듯했다. 난 그녀에게 내가 처한 상황을 모두 이야기했다. 소피아는 주의 깊게 내 말을 들어주었다. 무슨 생각을 하고 있는지 알 수 없었지만, 내 이야기가 끝나자 그녀는 한숨을 내쉬었다. 긴 한숨이었다.

"당신 아버님은 정말 현명한 분이세요."

"아버지 입장에서는 그렇죠. 난 정말 말도 안 되는 일이라고 생각하지만……."

소피아가 내 말을 가로막았다.

"그렇지 않아요. 전혀 쓸데없는 생각이 아니에요. 도리어 가장 좋은 방법일지도 모르죠. 찰스, 당신 아버님은 내가 무슨 생각을 하고 있는지 정확하게 알아차리신 거예요. 당신보다 아버님이 내 의도를 잘 헤아려 주셨어요."

갑자기 심한 절망감을 느꼈는지 그녀는 주먹을 꼭 쥐어 다른 쪽 손바닥에 내려쳤다.

"난 진실을 알고 싶어요. 반드시 알아야만 해요."

"우리 사이 때문에 그래요? 하지만 소피아……."

"우리 일 때문만은 아니에요. 찰스. 내 마음이 편해지기 위해서라도 꼭 알아야만 해요. 찰스, 어젯밤에는 당신한테 말하지 못했어요. 하지만 정말은…… 난 두려워요."

"두렵다니?"

"그래요. 두렵고 무서워요. 정말 두려워요. 경찰들은 생각하고 있겠죠. 당신 아버님도, 당신도, 모든 사람들이 브렌다가 범인이라고 생각하고 있을 거예요."

"가능성이……."

"그래요, 그럴 가능성은 많아요. 충분히 그럴 수 있죠. 하지만 내가 '아마 새할머니가 할아버지를 죽였을 거야.'라고 한다면, 그건 그랬으면 좋겠다는 바람을 말한 것뿐이에요. 왜냐하면 난 정말로 그렇게 생각하지 않으니까요."

"정말 그렇게 생각하지 않는 거예요?"

나는 천천히 되물었다.

"모르겠어요. 당신은 내가 원했던 대로 이 사건에 대해 객관적인 관점에서 이야기를 들었어요. 지금부터 나는 당신한테 우리 집안의 속사정을 모두 보여 줄 거예요. 난 브렌다가 사람을 죽일 사람이라고는 도저히 생각할 수가 없어요. 그녀는 그런 부류의 사람이 아니에요. 내가 알기로는 위험을 무릅쓰고 살인 같은 일을 저지를 수 있는 사람이 아니에요. 항상 지나치게 조심하던 모습과는 너무 거리가 멀어요."

"그 젊은 친구는 어때요? 로렌스 브라운이라는."

"로렌스는 겁쟁이죠. 용기라고는 조금도 없는 사람이에요."

"어렵군요……."

"그래요, 우린 정말 아무것도 모르고 있어요. 그렇죠? 사람들이 어떤 한 사람 때문에 굉장히 놀라게 되는 경우가 있잖아요. 그 사람이 어떤 사람일 거라고 짐작했던 게 빗나갔을 때 말이에요. 항상 그런 것은 아니지만 가끔씩은 그런 경우가 있죠. 하지만 브렌다는……."

소피아가 고개를 저었다.

"언제나 자신에게 어울리는 행동만 했던 사람이에요. 새할머니는 하렘에서 사는 여자 같았죠. 가만히 앉아서 맛있는 걸 먹고, 좋은 옷을 입거나 보석으로 치장하는 걸 좋아하고, 싸구려 소설을 읽거나 영화를 보러 가곤 했죠. 할아버지의 연세가 여든다섯이나 되었다는 사실을 아는 사람들에게는 이상하게 들릴지 모르겠지만, 난 정말로 브렌다가 할아버지에게서 자극적인 느낌을 받았을 거라고 생각해요. 할아버지는 힘이 넘치는 분이었어요. 난 할아버지가 여자를 왕비라도 된 것처럼 떠받들고 술탄의 애첩이 된 것처럼 느끼게 만들 수 있는 분이라고 생각해요. 언제나 브렌다가 흥미진진하고 낭만적인 삶을 살고 있다는 생각이 들게끔 해 주셨을 거예요. 할아버지는 평생 여자들을 현명하게 다루셨어요. 그 부분에서는 일종의 예술적인 경지에 올랐다고 할까요? 당신도 그런 감각을 잃어버리면 안 돼요, 나이가 아무리 많이 들더라도."

나는 잠시 브렌다의 일은 미루어 놓은 채 소피아가 했던 말 중 나를 불안하게 만들었던 화제로 되돌렸다.

"왜 당신은 두렵다고 말하는 거죠?"

소피아는 가볍게 몸을 떨고는 양손을 꼭 맞잡았다. 그리고 나직한 목소리로 대답했다.

"왜냐하면 그게 사실이니까요. 아주 중요한 일이에요, 찰스. 내가 당신한테 그 사실을 이해시킬 수 있을지 모르겠어요. 당신도 어느 정도 느낄지 모르겠지만, 우리 가족들은 정말 이상해요……우리 집안 사람들에게는 잔인한 구석이 많아요. 일반적인 의미와는 다른 종류의 잔인함이. 너무 불안해요. 그 다른 점 때문에."

내 얼굴에 떠오른 의아해하는 표정을 소피아가 본 모양이었다. 그녀는 목소리에 힘을 실으며 말을 이어 갔다.

"내가 한 말이 무슨 뜻인지 다시 한 번 설명해 볼게요. 우리 할아버지부터 예로 들어 볼까요? 예전에 할아버지가 우리에게 스미르나에서 보낸 어린 시절에 대해 이야기해 주신 적이 있어요. 할아버지는 남자 둘을 칼로 찌른 적이 있다고 아무렇지도 않게 말씀하시더군요. 싸움이 벌어졌던 모양인데, 잘은 모르겠지만 도저히 참을 수 없는 모욕을 당하신 모양이었어요. 하지만 별일 아니었다는 식으로 자연스럽게 이야기하시더군요. 할아버지는 정말 대수롭지 않다는 듯 그 사건을 잊어버리셨어요. 하지만 그런 건 아무 일도 아니라고 하기에는 너무 이상한 일이잖아요. 영국에서는 말이에요."

나는 고개를 끄덕였다.

"그건 분명히 잔인한 거죠. 그리고 우리 할머니가 계세요. 기억은 어렴풋하지만 그분에 대한 이야기는 많이 들었어요. 내 생각에 잔인하기로 말하면 할머니도 뒤지지 않았던 것 같아요. 왜, 그런 거 있잖아요. 상상력이 전혀 없는 데서 나오는 무자비함, 이를테면 여우 사냥을 하던 선조들이나 장군들이 사냥감이 나타나면 가차 없이 총을 쏘는 그런 느낌 말이에요. 정직함과 거만함으로 가득 차 있으면서 삶과 죽음의 문제에 대해서는 조금도 책임감도 느끼지 못하는 그런 사람인 거죠."

"너무 과장하는 건 아니오?"

"그럴지도 몰라요. 하지만 난 언제나 그런 사람들이 두려웠어요. 정직하지만 무자비한 사람들 말이에요. 우리 어머니는 어떤 사람인지 알아요? 배우인데, 정말 사랑스러운 분이세요. 하지만 균형 감각이라고는 조금도 없는 분이죠. 주변에서 일어나는 일들이 자신에게 어떤 영향을 줄 것인지만 생각하는 무의식적인 이기주의자예요. 그래서 때로는 사람을 정말 놀라게 만들기도 하지요. 그리고 로저 큰아버지의 아내인 클레멘시 큰어머니가 있어요. 그분은 과학자로, 뭔가 아주 중요한 연구를 하고 계시다고 들었어요. 하지만 큰어머니 역시 가차 없기는 마찬가지예요. 정말 비인간적이라고 할 만큼 냉정하신 분이죠. 큰아버지는 큰어머니와는 정반대의 성격을 가지고 계세요. 세상에서 제일 친절하고 좋은 분이지요. 하지만 정말 무섭게 성질을 부리실 때도 있어요. 한번 화가 나면 당신이 무슨 일을 하고 있는지 모를 정도죠. 그리고 우리 아버지는……."

그녀는 한참 말을 잇지 못했다.

"아버지는……."

소피아는 천천히 말을 꺼냈다.

"감정을 완벽하게 조절할 수 있는 분이세요. 무슨 생각을 하고 계신지 도무지 알 수가 없어요. 전혀 감정을 내비치지 않으니까요. 어머니가 워낙 변덕스러운 성격이다 보니 무의식적으로 일종의 자기 방어를 하시는 것 같아요. 그래서 가끔 난 아버지가 걱정돼요."

"소피아, 쓸데없는 생각 하지 말아요. 그렇게 생각하면 누구라도 살인자가 될 수 있지 않겠어요?"

"그건 사실인걸요. 나 역시도 말이에요."

"당신은 아니야!"

"안 돼요, 찰스. 나만 제외시켜서는 안 돼요. 나도 누군가를 죽일 수 있어요……."

소피아는 잠시 말을 멈추었다가 이었다.

"하지만 만일 내가 사람을 죽인다면 정말 가치 있는 일을 위해서 죽일 거예요!"

나는 웃기 시작했다. 도저히 웃음을 멈출 수가 없었다. 그러자 소피아도 미소 지었다.

"아마 내가 어리석은 거겠죠. 하지만 우리는 할아버지의 죽음에 대한 진실을 밝혀야만 해요. 우리가 알아내야죠. 만일 브렌다가 그랬다면……."

나는 갑자기 브렌다 레오니데스에게 미안한 생각이 들었다.

제5장

어떤 키 큰 여자가 길을 따라 우리 앞으로 기운차게 걸어왔다. 그녀는 찌그러진 낡은 펠트 모자를 쓰고 볼품없는 치마에 불편할 것 같은 저지로 된 웃옷을 입고 있었다.

"에디스 이모할머니세요."

소피아가 말했다.

그녀는 한 번인가 두 번 걸음을 멈추더니 몸을 숙여 화단을 살펴보았다. 그러고는 이내 우리 앞으로 다가왔다. 나는 자리에서 일어났다.

"할머니, 이 사람은 찰스 헤이워드에요. 찰스, 이분은 우리 이모할머니세요."

에디스 드 해빌런드는 70대로 보였다. 숱이 많은 회색 머리카락은 정돈되지 않았고 얼굴은 햇볕에 그을었지만 빈틈없어 보이는 날카로운 눈매를 가진 여성이었다.

"반가워요. 얘기는 많이 들었어요. 동양에서 돌아왔다지요? 아버님은 잘 계신가요?"

나는 깜짝 놀라며 아버지는 잘 지내신다고 대답했다.

"아버님이 소년일 때부터 알고 지냈지. 그쪽 할머니도 잘 아는 사이예요. 할머니를 많이 닮은 것 같군. 우리를 도와주러 온 건가요, 아니면 다른 일로 온 건가?"

"도움이 되었으면 합니다만."

나는 불편한 마음으로 대답했다.

그녀가 고개를 끄덕였다.

"도움이 필요하기는 하지. 아무래도 경찰들이 잔뜩 몰려와 있으니 말이에요. 그 사람들은 아무 데서나 불쑥불쑥 튀어나오곤 한다니까. 정말이지 좋아할 수가 없어요. 교육을 받은 청년이라면 경찰같은 걸 해서는 안 되지. 지난번에는 모이라 키눌의 아들이 마블 아치에서 교통 정리를 하는 걸 봤어요. 그쪽도 자기 본분을 잃어버리지 않도록 해요!"

에디스는 소피아를 돌아보았다.

"소피아, 유모가 너를 찾더구나. 아마 생선 때문에 그러는 모양이던데."

"정말 귀찮아. 전화하러 가 봐야겠어요."

소피아가 저택 쪽으로 힘차게 걸어갔다.

에디스 드 해빌런드도 천천히 같은 방향으로 걷기 시작했다. 나는 그 뒤를 따랐다.

"유모가 없었다면 어떻게 살았을지 모르겠어요. 대부분의 사람들은 늙은 유모를 데리고 있지요. 그 사람들이 다시 돌아와 빨래도 해주고, 다리미질이며, 요리며, 집안일을 모두 해 줘요. 정말 믿음직스럽다니까. 지금 있는 사람도 몇 년 전에 내가 고용한 사람이지."

그녀는 몸을 숙이고는 잔디 옆에 난 메꽃을 힘껏 뽑았다.

"정말 끔찍하다니까. 이놈의 잡초! 도대체 메꽃이 얼마나 많이 나는지! 다른 식물들을 못 살게 하면서 뒤얽혀서 완전히 제거할 수도 없어요. 땅 속 깊이 뿌리를 내리고 있거든."

그녀는 구두굽으로 무성하게 자란 메꽃들을 마구 짓밟았다.

"이건 정말 안 좋은 일이에요, 찰스 헤이워드."

에디스 드 해빌런드가 저택을 돌아보며 말했다.

"경찰들은 어떻게 생각하고 있지요? 그쪽한테 물어볼 일이 아니긴 하지. 애리스티드가 독살당했다는 건 정말 이상한 일이라서 말이에요. 그 사람이 죽었다는 사실도 믿을 수 없는데. 난 그 사람을 좋아한 적 없어요, 절대로! 하지만 그 사람이 그렇게 죽으리라고는 생각해 본 적이 없어……. 집이 텅 빈 것 같아요."

나는 아무 말도 하지 않았다. 에디스 드 해빌런드는 지난 일을 떠올리고 있었다.

"오늘 아침에 생각해 보니 이곳에서 정말 오랜 세월을 살았더군요. 40년도 넘었어요. 언니가 죽은 후에 이 집에 들어왔으니까. 애리스티드가 그렇게 해 달라고 내게 부탁을 했지. 아이가 일곱 있었는데…… 막내는 그때 한 살이었지요. 어떻게 내가 그 아이들을 이태리 놈들한테 맡길 수 있었겠어요? 물론 언니가 그런 결혼을 한 건 못마땅했지만. 지금 생각해도 언니는 뭔가에 홀렸던 거라는 생각이 들어요. 그 사람처럼 못생기고 조그마한 외국인한테 넘어가다니! 애리스티드는 말하기도 전에 내게 모든 재량권을 주었지요. 유모, 가정교사, 학교를 선택하는 건 물론이고, 아이들을 위해 몸에 좋은 음식들을 만들어 줄 수도 있었어요. 그 사람이 즐겨먹는 이상한 냄새나는 밥이 아니라."

"그때부터 계속 이 집에 계셨나요?"

내가 중얼거리듯이 물었다.

"그래요. 이상하게도 그렇게 됐지……. 마음만 먹었으면 떠날 수도 있었는데 말이에요. 아이들이 모두 자라 결혼을 했을 때…… 그런데 그때 정원 가꾸기에 관심이 생기더군요. 마침 필립 문제도 있었고. 남자가 배우와 결혼하면 정상적인 가정 생활을 기대할 수 없어요. 도대체 여배우가 왜 아이들을 가지는지 모르겠어요. 아이가 태어나자마자 연기를 한다면서 에든버러에 있는 레퍼토리 극장이나 다른 먼 곳으로 떠나 버리기나 하면서. 다행히 필립은 분별력이 있는 아이였지요. 자기 책들을 모두 싸 가지고 이곳으로 이사를 왔으니까."

"필립 레오니데스 씨는 무슨 일을 하십니까?"

"책을 써요. 왜 그런 일은 하는지는 알 수 없지만. 그 애가 쓴 책을 읽고 싶어 하는 사람은 아무도 없는데 말이에요. 알려지지 않은 역사적인 일들에 대한 책인데, 들어 본 적 없을 테죠?"

나는 그 사실을 인정했다.

"너무 돈이 많다 보니 그렇게 된 거지. 대부분의 사람들은 괴짜 같은 행동은 그만두고 생계를 위해서 돈을 버는데."

"책을 쓴 걸로는 돈을 벌지 못했나요?"

"당연히 그렇지. 그나마 자기가 연구하는 시대에 대해서는 권위자로 인정받는 모양이지만, 그 애가 쓴 책으로는 전혀 돈을 벌지 못했어요. 하기야 애리스티드가 필립에게 10만 파운드나 주었으니 부족할 게 없었겠지. 상속세를 피하기 위해서 그런 거긴 하지만! 애리스티드는 자식들을 모두 경제적으로 독립시켜 주었어요. 로저에게는 출장 요리 사업체인 연합 출장 요리 회사를 맡겼고, 소피아도 상당한 액수의 수당을 받고 있죠. 어린아이들의 돈은 모두 신탁 운영되고 있고."

"그렇다면 그분의 죽음으로 특별히 이익을 얻는 사람은 아무도 없다는 말씀인가요?"

그녀는 나를 기묘한 눈빛으로 쳐다보았다.

"그건 아니지. 가족들 모두 이익이 생기니까. 모두들 좀 더 많은 돈을 가지게 될 거예요. 하지만 돈이 더 필요한 사람이 있었다고 해도, 애리스티드에게 그냥 달라고 했으면 얻을 수 있었을 텐데."

"그분을 독살한 사람은 누구일까요?"

그녀는 독특하게 대답했다.

"모르겠어요. 나는 하지 않았으니까. 사실 난 이번 일로 아주 당혹스러워요! 집 안에 보르자* 같은 사람이 있다니 생각만 해도 기분 나쁜 일이잖아요. 경찰들은 아마 불쌍한 브렌다를 몰아붙이겠지."

"그 말씀은 레오니데스 부인은 범인이 아니라고 생각하신다는 겁니까?"

"그렇게 말하지는 않았어요. 브렌다는 단순하고 멍청한 보통 여자일 뿐이라는 얘기지. 그 여자는 평범한 젊은 여자에 불과해요. 독살을 할 만한 인물은 못 된다는 말이에요. 하지만 스물네 살짜리 젊은 여자가 여든이 다 된 늙은이랑 결혼했다는 건 누가 봐도 재산을 노린 거라고 볼 수밖에 없지 않겠어요? 정상적인 경우였다면 조금만 기다려도 부유한 미망인이 될 수 있었겠죠. 하지만 애리스티드는 특이하게 건강한 노인이었어요. 당뇨병도 더 심해지지 않았고. 정말 백 살까지 살 것처럼 보였죠. 하기야 그 여자가 기다리기 지쳤는지도 모르겠지만……."

"이런 경우라면."

나는 말문을 열었다가 이내 입을 다물었다.

"이런 경우라면."

에디스 드 해빌런드가 내 말을 받아 기운차게 말했다.

"어느 정도는 그녀가 범인이라고 생각할 수밖에 없겠지. 물론 세상 사람들이 수군거리는 것이 불쾌하기야 하지만 말이에요. 그래도 그 여자는 우리 가족이 아니니까."

---

*르네상스 시대 이탈리아의 전제 군주. 독을 잘 쓴 것으로 유명함.

"혹시 다른 의심 가는 사람은 없으십니까?"

내가 물었다.

"내가 달리 누굴 의심해야 한다는 거죠?"

나는 알고 싶었다. 찌그러진 펠트 모자 아래 그녀의 머릿속에서는 내가 모르고 있는 사실이 더 많이 숨어 있을지도 모른다는 의심이 들었다.

도무지 앞뒤가 맞지 않는 말을 하고 있기는 했지만, 에디스 드 해빌런드의 두뇌는 빈틈없이 날카롭게 돌아가고 있을 것 같았다. 순간 그녀가 애리스티드 레오니데스를 독살했을지도 모른다는 생각이 들었다…….

그것도 터무니없는 생각 같지는 않았다. 내 마음 한구석에서는 그녀가 보복이라도 하려는 듯 가차 없이 구두굽으로 메꽃을 짓누르던 모습이 떠올랐다.

소피아가 했던 말을 떠올렸다. 잔인함.

나는 슬쩍 에디스 드 해빌런드를 훔쳐보았다.

타당하고 충분한 동기……. 하지만 에디스 드 해빌런드가 살인을 저질렀다면 그 타당하고 충분한 동기는 과연 무엇일까?

그 해답을 알아내기 위해서는 앞으로 그녀를 좀 더 잘 알아야 할 터였다.

제6장

현관문은 열려 있었다. 우리는 깜짝 놀랄 정도로 넓은 홀에 들어섰다. 그곳은 전체적으로 차분하게 꾸며져 있었고, 짙은 색의 윤기 나는 떡갈나무와 반짝거리는 놋쇠로 장식되어 있었다. 그리고 다른 집이라면 2층으로 올라가는 계단이 있을 법한 위치에 문이 달린 하얀 칸막이 벽이 세워져 있었다.

"형부가 쓰던 곳이에요. 1층은 필립과 마그다가 쓰고 있지."

에디스 드 해빌런드가 말했다.

우리는 그 문을 지나 왼쪽에 있는 커다란 거실에 들어섰다. 그곳은 연한 푸른빛 칸막이 벽이 설치되어 있었고, 가구마다 두꺼운 비단이 덮여 있었다. 벽에는 배우와 무용수들의 사진, 공연 장면과 무대 모습이 담긴 사진이 걸려 있었고, 탁자 위에도 그런 액자들이 많이 놓여 있었다. 벽난로 위쪽에는 드가의 「무대 위의 무희」가 걸려

있었다. 꽃송이가 커다란 갈색 국화와 카네이션들이 가득 담긴 꽃
병들이 거실 곳곳에 놓여 있었다.

"아마 필립을 만나 보고 싶겠죠?"

에디스 드 해빌런드가 물었다.

내가 필립을 만나고 싶어 한다고? 난 그런 생각을 한 적이 없었
다. 누구보다도 보고 싶었던 사람은 소피아였다. 하지만 이미 그녀
를 만났다. 소피아는 내 아버지의 계획을 격려해 주기까지 했다. 지
금 그녀는 집 안 어딘가에서 생선 때문에 전화를 하고 있을 터였다.
문제는 내가 앞으로 어떻게 해야 할지를 일러 주지 않은 채 소피아
가 사라져 버렸다는 것이었다. 나는 필립 레오니데스 앞에서 딸과
결혼하고 싶어 하는 젊은이로 처신해야 하는 걸까? 아니면 갑자기
찾아온 그냥 편한 친구처럼 행동해야 하는 걸까? (이런 상황이라면
절대로 찾아오지 않았겠지만!) 아니면 경찰 관계자로 접근해야 하는
걸까?

에디스 드 해빌런드는 내가 그녀의 질문에 대해 생각할 시간조차
주지 않았다. 어떻게 보면 그건 질문이 아니라, 그래야 한다는 주장
에 가까웠다. 내 판단으로는 에디스 드 해빌런드는 남의 의견을 묻
기보다는 자기 주장을 강요하는 성격인 것 같았다.

"서재로 가 봅시다."

그녀가 말했다.

거실에서 나와 복도를 따라 걸어가니 또 다른 문이 있었다.

그곳은 책으로 가득 한 커다란 방이었다. 천장에 닿을 듯 높게 짠

책장으로도 그곳에 있는 책들을 모두 수납할 수 없었는지 의자와 탁자, 바닥까지 책들이 쌓여 있었다. 하지만 무질서한 느낌은 전혀 없었다.

방은 추웠다. 그리고 내가 기대했던 냄새가 나지 않았다. 오래된 책들에서 나는 케케묵은 냄새와 밀랍 냄새뿐이었다. 이내 나는 내가 놓친 냄새가 무엇인지를 알아차렸다. 그건 담배 냄새였다. 필립 레오니데스는 담배를 피우지 않았던 것이다.

우리가 들어가자 그가 앉아 있던 탁자 뒤에서 일어났다. 필립은 50대로 보이는 남자로, 큰 키에 대단한 미남이었다. 사람들이 모두 애리스티드 레오니데스가 못생겼다는 사실을 강조하였기에 나는 그 아들 또한 못생겼을 거라고 예상하고 있었다.

곧게 뻗은 콧날에 완벽한 턱 선, 서서히 회색을 띠기 시작하는 금발 머리카락이 잘생긴 이마 위로 시원스레 넘겨져 있었다. 확실히 나는 이처럼 완벽한 외모를 지닌 사람을 상대할 만한 준비가 되어 있지 않았다.

"이 사람은 찰스 헤이워드란다, 필립."

에디스 드 해빌런드가 소개해 주었다.

"처음 뵙겠습니다."

그가 내 말을 들었는지 못 들었는지 알 수 없었다. 그가 내민 손은 무척 차가웠고 얼굴에는 아무 표정이 없었다. 그 모습에 나는 불안감을 느꼈다. 그는 아무런 관심도 보이지 않은 채 그 자리에 가만히 서 있을 뿐이었다.

"그 무섭게 생긴 경찰은 어디 있지? 여기는 왔다 갔니?"

에디스 드 해빌런드가 물었다.

"제 생각에는……."

(그는 책상 위에 놓인 명함을 흘긋 내려다보았다.)

"태버너 경감은 이곳으로 올 것 같습니다. 제게 물어보고 싶은 게 있을 테니까요."

"지금은 어디 있다니?"

"잘은 모르겠습니다, 이모님. 아마도 2층에 있는 게 아닐까요."

"브렌다를 만나고 있을까?"

"그건 모르겠습니다."

필립 레오니데스를 봐서는 그의 근처에서 살인자가 범행을 저지르는 것은 불가능해 보였다.

"마그다는 아직 일어나지 않았니?"

"모르겠어요. 보통 11시 이전에 일어나는 법이 없으니까요."

"그 애 소리가 들리는 것 같은데."

에디스 드 해빌런드가 말했다.

필립 레오니데스 부인의 목소리로 생각되는 높고 빠른 말소리가 점점 더 가깝게 들리기 시작했다. 이윽고 내 뒤에서 문이 갑자기 열리더니 한 여자가 들어왔다. 도무지 알 수 없는 일이기는 했지만, 방 안으로 들어온 건 한 사람뿐이었는데도 여자가 셋은 들어온 인상을 받았다.

그녀는 복숭아 빛 새틴 네글리제를 한 손으로 여민 채 다른 손에는 긴 담뱃대를 들고 담배를 피우고 있었다. 적갈색 머리카락은 등 뒤로 흘러내린 채였고, 요즘 여성들이 화장을 전혀 하지 않았을 때 보일 듯한 거의 기겁한 듯한 기색이 얼굴에 감돌고 있었다. 커다란 푸른 눈동자를 가진 그녀는 허스키하고 매력적인 목소리에 아주 분명한 발음으로 빠르게 말했다.

"여보, 도저히 못 참겠어요, 견딜 수가 없다고요……. 신문에 어떻게 날지 생각만 해도 말이에요. 아직 신문에 나지는 않았지만 당연히 곧 실리지 않겠어요. 그리고 심리에 입고 갈 옷도 고르지 못했어요. 아주, 아주 차분한 색상의 옷을 입어야겠죠? 검은색은 아니더라도 짙은 자주색 정도는 입어야 할 거야. 남은 쿠폰도 없는데. 나한테 그 쿠폰을 팔았던 지독한 남자의 주소를 잃어버렸지 뭐예요. 당신은 알지 모르겠네. 쉐프츠배리 가 근처 정비 공장 근처였던 것 같은데. 만일 내가 차를 몰고 거기까지 가면 경찰들이 쫓아와 성가신 질문들을 퍼부어 댈지도 몰라. 그렇겠죠? 그럴 땐 뭐라고 대답하는 게 좋을까? 왜 그렇게 말이 없어요, 필립? 당신은 어떻게 그렇게 아무렇지 않을 수 있는 거죠? 이제 우리가 이 끔찍한 집을 떠날 수 있다는 게 실감나지 않아요? 자유, 드디어 자유라고요! 얼마나 끔찍한지. 불쌍한 우리 아버님, 물론 아버님이 살아 계셨다면 우리도 절대로 이 집을 떠나지 못했겠지만요. 아버님은 정말 우리에게 맹목적인 애정을 보여 주셨죠. 2층에 있는 여자가 아무리 우리 사이를 갈라 놓으려고 이간질을 해도 아버님은 아랑곳하지 않으셨어요. 난 분명히 확신할 수 있어요. 우리가 아버님을 저 여자 곁에 남겨 놓고 이 집을 떠났다면, 틀림없이 아버님이 우리와의 관계를 끊어 버리셨으리라는 걸 말이에요. 정말 무서운 여자! 어쨌든 불쌍한 우리 아버님은 거의 아흔 살이나 되셨으니 말이에요. 이 세상의 어떤 가족 간의 사랑도 아버님의 목숨을 노리는 저 무서운 여자와 맞설 수는 없었을 거예요. 필립, 이번 일은 내가 에디스 톰슨의 작품을 연기하기에 정말 좋은 기회라고 봐요. 이 살인 사건 때문에 우리는 유명해질 거예요. 빌덴스테인이 비극의 대본을 구했다고 말했어요. 광부는 아무 때나 떠날 수 있다는 대사가 있는 무서운 연극인데, 정말 훌륭한 역할이에요. 근사하잖아요. 나도 알아요, 사람들이 내가 코 때문에 희극만 한다고 말하는 걸. 하지만 에디스 톰슨 작품에도 희극적인 요소가 많다는 걸 알고 있죠? 작가들이 희극이 긴장감을 고조시킨다는 것을 알고 있을까 몰라. 난 어떻게 연기해야 하는지 분명히 알고 있어요. 진부하고 시시하긴 해도 마지막 순간에 이르면 그런 척하는 거죠. 그런 다음…….”

그러면서 그녀는 팔을 앞으로 내밀었다. 그러자 담뱃대에서 떨어진 담배가 필립의 윤기 나는 마호가니 책상에 떨어져 책상이 타 들어가기 시작했다. 필립은 여전히 아무 표정이 없는 얼굴로 담배를 집어 쓰레기통에 던졌다.

“그런 다음…….”

마그다 레오니데스가 속삭였다. 그녀의 눈동자가 갑자기 휘둥그레지더니 얼굴 표정이 굳어졌다.

“공포만이…….”

그녀의 얼굴은 완연히 공포에 질린 듯했다. 그 상태로 20초쯤 지나자 그 얼굴은 금세 울음이라도 터뜨릴 것 같은 아이처럼 풀이 죽고 어리둥절한 표정으로 변했다.

갑자기 모든 감정이 스펀지에 흡수되듯 사라져 버렸다. 그녀는 나를 돌아보며 단조로운 어조로 물었다.

"에디스 톰슨의 작품을 이렇게 연기하면 어떻겠어요?"

나는 에디스 톰슨의 작품과 한 치의 오차도 없이 똑같았다고 대답했다. 사실 에디스 톰슨의 작품이 어떤 것인지 거의 기억도 나지 않았지만, 소피아의 어머니에게 잘 보이고 싶었다.

"혹시 브렌다의 짓일까? 지금까지 그런 생각은 해 본 적이 없는데. 정말 흥미로운 일이잖아요. 경감에게 그 사실을 이야기해 줘야겠죠?"

책상 뒤에 앉아 있던 필립이 살짝 얼굴을 찌푸렸다.

"당신은 경감을 만날 필요가 없을 거요. 내가 만나서 그 사람의 질문에 대답할 거니까."

"그 사람을 만나지 말라고요?"

마그다의 목소리가 커졌다.

"하지만 난 반드시 만나야 해요! 여보, 필립, 당신은 상상력이라고는 끔찍할 정도로 없는 사람이잖아요! 당신은 세부적인 일들이 얼마나 중요한지를 몰라요. 경감은 사건이 일어났을 때 있었던 모든 일들을 정확하게 알고 싶어 할 거예요. 아무리 사소한 일이라도 말이에요……."

"어머니, 경감님한테 거짓말하면 안 돼요."

소피아가 열린 방문으로 들어오며 말했다.

"소피아, 얘야……."

"제가 잘 알아요. 이미 무대는 마련되어 있고, 어머니는 언제라도 훌륭한 연기를 하실 준비가 되어 있다는 걸요. 하지만 그렇게 하시면 안 돼요. 정말 잘못하고 계신 거예요."

"무슨 소리니, 네가 모르는 모양인데……."

"아니, 알아요. 어머니는 준비하신 것과는 완전히 다른 연기를 하셔야 해요. 차분하게 말씀도 조금만 하시고요. 모든 걸 자제하면서 우리 가족을 보호하는 사람은 어머니인 것처럼 말이에요."

마그다 레오니데스는 아이처럼 천진해 보이는 얼굴로 당황스러워했다.

"얘야, 네가 정말 그렇게 생각한다면……."

그녀가 말했다.

"예, 전 그렇게 생각해요. 제 말대로 하세요. 그러시는 게 좋아요."

마그다 레오니데스의 얼굴에 옅은 미소가 떠오르자 소피아는 이렇게 덧붙였다.

"그리고 어머니 드리려고 초콜릿 음료를 좀 만들었어요. 거실에 준비해 놓았는데."

"그래, 좋아, 마침 배가 고팠단다."

마그다는 문 앞에서 잠시 멈춰 섰다.

"아마 모를 거예요. 딸이 있다는 게 얼마나 행복한 일인지."

그녀가 말했다. 내게 한 말이었는지, 아니면 내 머리 뒤에 있는 책장에다 대고 한 말인지는 확실하지 않았지만.

그리고 마그다는 곧장 밖으로 나갔다.

"저 애가 경찰한테 뭐라고 얘기할지는 신만이 아실 게다!"

에디스 드 해빌런드가 말했다.

"어머니는 잘하실 거예요."

소피아가 대답했다.

"아무 말이나 막 할 텐데."

"걱정하지 마세요. 어머니는 연출자의 말에 따라 연기할 뿐이니까. 지금 연출자는 저예요!"

소피아가 말했다.

그녀는 마그다의 뒤를 따라 나가다가 갑자기 돌아섰다.

"태버너 경감님이 오셨어요, 아버지. 찰스가 같이 있어도 괜찮으시겠어요?"

내 눈에는 필립 레오니데스의 얼굴에 희미하게 당황해하는 기색이 어리는 것처럼 보였다. 그럴 법도 했다! 하지만 예의 그 무표정한 얼굴 덕분에 난 그 자리에 있기가 한결 수월했다. 그가 중얼거리듯이 대답했다.

"그래, 상관없다."

그의 목소리는 거의 들리지 않았다.

태버너 경감이 들어왔다. 그의 견실하고 믿음직스러우며 사무적인 분위기를 띤 태도는 방 안에 편안한 느낌을 가져다 주었다.

그의 모습은 이렇게 말하는 것 같았다.

"잠시 불편을 끼치겠습니다. 그런 다음 우리는 영원히 이 집을 떠날 것입니다. 그건 누구보다도 제가 바라는 일이기도 합니다. 절대로 귀찮게 하는 일도 없을 겁니다."

나는 그가 아무 말도 없었기 때문에 어떻게 하려는 건지 알지 못했다. 다만 태버너가 의자를 책상 앞으로 끌어당기는 걸로 보아 슬슬 시작하려 한다는 것을 눈치 챌 수 있었을 뿐이다. 나는 방해가 되지 않게 조금 떨어져서 앉았다.

"무슨 일로 이렇게 찾아 주셨습니까, 경감님?"

필립이 말했다.

에디스 드 해빌런드가 갑자기 끼어들었다.

"저는 자리를 피해 드리는 편이 좋겠지요, 경감님?"

"지금은 그래 주시면 감사하겠습니다. 드 해빌런드 양에게는 나중에 드릴 말씀이 있을지도 모르겠습니다만."

"그렇게 하세요. 저는 2층에 있을 테니까요."

그녀는 나가면서 방문을 닫았다.

"무슨 일입니까, 경감님?"

필립이 다시 한 번 물었다.

"무척 바쁘신 분이라는 걸 잘 알고 있기 때문에 시간을 많이 뺏고 싶지는 않습니다. 우리 경찰에서 의심스럽게 여기고 있는 부분에 대해 선생께서 확실하게 밝혀 주시리라 믿습니다. 아버님은 자연사하신 것이 아닙니다. 사인은 피소스티그민, 일반적으로는 에세린으로 알려진 약물의 과다 복용으로 밝혀졌습니다."

필립은 고개를 숙였다. 그는 아무 감정도 내보이지 않았다.

"그것과 관련해 뭔가 말씀하시고 싶은 것은 없습니까?"

태버너가 말을 이었다.

"뭘 말입니까? 제가 보기에 아버지는 실수로 독을 드신 건데 말입니다."

"선생께서는 정말로 그렇게 생각하십니까?"

"예, 제가 보기에는 이상한 점이 하나도 없으니까요. 아버지는 연세가 거의 아흔 살에 가까웠고 시력도 좋지 않았다는 점을 잊지 마십시오."

"그래서 그분이 안약 병에 들어 있던 약물을 인슐린 병에 집어넣었다는 말이군요. 정말로 그런 일이 가능하다고 생각하십니까, 레오니데스 씨?"

필립은 대답하지 않았다. 그의 얼굴은 점점 더 무표정해졌다.

태버너가 말을 이었다.

"우리는 완전히 비어 있는 안약 병을 발견했습니다. 쓰레기통에서 찾았는데 지문이 전혀 묻어 있지 않더군요. 정말 이상한 일이 아닙니까. 보통의 경우라면 지문이 남아 있어야 하는데 말입니다. 아버님이나, 브렌다 레오니데스 부인, 하물며 하인의 것이라도 남아있어야……."

필립이 고개를 들었다.

"그 하인은 알아보셨습니까? 존슨에 대해서 말입니다."

"선생은 존슨이 살인을 저질렀다고 의심하고 계신 겁니까? 그자도 확실히 기회는 있었습니다. 하지만 살인 동기를 생각해 보면 이야기가 달라집니다. 아버님은 그자에게 해마다 상여금을 주셨는데 해가 갈수록 액수가 점점 더 많아졌습니다. 아버님은 그 돈이 존슨에게 돌아갈 유산 대신이라는 점을 분명히 하셨더군요. 7년이 지난 지금, 상여금은 상당한 액수에 다다랐을 뿐만 아니라, 계속 증가하고 있었습니다. 존슨의 입장에서는 아버님이 가능한 한 오래 사시는 편이 이익인 셈이죠. 더군다나 아버님과 존슨의 관계는 굉장히 좋았습니다. 존슨의 근무 기록은 전혀 나무랄 데가 없더군요. 그는 더할 나위 없이 유능하고 충실한 하인이었습니다."

그는 잠시 말을 멈췄다가 말했다.

"우리는 존슨에게 혐의를 두고 있지 않습니다."

필립이 단조로운 목소리로 대답했다.

"그렇군요."

"자, 이제 아버님이 돌아가시던 날, 선생께서는 무엇을 하고 계셨는지 자세히 말씀해 주시겠습니까?"

"그렇게 하죠, 경감님. 그날 저는 이 방에 하루 종일 있었습니다. 물론 식사 시간은 제외하고 말입니다."

"그날 아버님은 뵙지 않았나요?"

"평상시와 마찬가지로 아침 식사를 마치고 아침 인사를 드리러 갔습니다."

"그때 아버님은 혼자 계셨습니까?"

"음, 새어머니와 함께 계셨습니다."

"평상시와 다른 점은 없어 보이던가요?"

필립은 약간 빈정거리는 투로 대답했다.

"그날 당신이 살해당할 거라는 걸 알고 계신 것처럼 보이지는 않았습니다."

"아버님의 거처는 이곳과는 완전히 떨어져 있습니까?"

"예, 그곳은 홀에 있는 문을 통해서만 들어갈 수 있습니다."

"그 문은 잠겨 있습니까?"

"아니요."

"그렇다면 늘 열려 있다는 말인가요?"

"꼭 그렇지는 않았을 겁니다."

"아버님의 거처와 이 서재는 누구라도 자유롭게 드나들 수 있었습니까?"

"예, 집안 식구들의 편의를 위해 구분해 놓은 것뿐입니다."

"아버님의 죽음을 처음 어떻게 들으셨나요?"

"형이 알려 주었습니다. 형은 2층의 서쪽 구역을 사용하는데, 갑자기 달려와서는 아버지가 갑자기 발작을 일으켰다고 했습니다. 호흡이 곤란하고 많이 위독한 것 같다더군요."

"그래서 어떻게 하셨나요?"

"의사에게 먼저 전화를 걸었습니다. 다들 어쩔 줄 몰라 하고 있었으니까요. 의사는 없었습니다. 그래서 가능한 한 빨리 와 달라고 전갈을 남겼지요. 그런 다음 2층으로 올라갔습니다."

"그런 다음에는요?"

"아버지는 정말 위독하셨습니다. 의사가 도착하기도 전에 돌아가셨죠."

필립의 목소리에는 아무 감정도 실려 있지 않았다. 그저 사실을 진술하고 있을 뿐이었다.

"선생의 다른 가족들은 어디에 있었습니까?"

"아내는 런던에 있었습니다. 아버지가 돌아가신 뒤 얼마 되지 않아 돌아왔지요. 소피아도 집에 없었던 걸로 압니다. 아직 어린 유스터스와 조세핀은 집에 있었지요."

"레오니데스 씨, 제 말을 오해하지 않으셨으면 합니다. 아버님의 죽음이 선생의 재정적인 상황에 어떤 영향을 끼치는지 정확하게 알고 싶습니다."

"경감님의 입장에서라면 모든 사실을 다 알고 싶으시겠죠. 아버지는 오래전에 저희 모두를 경제적으로 자립시켜 주셨습니다. 아버지는 형을 당신 재산 중 가장 큰 몫이라고 할 수 있는 연합 출장 요리 회사의 사장이자 제1주주로 만들어 주셨습니다. 그리고 경영을 전적으로 형에게 일임하셨지요. 그리고 내게는 형에게 준 것과 같은 액수를 주셨습니다. 여러 가지 채권과 보험 같은 것을 모두 합치면 15만 파운드쯤 되는 것 같군요. 제 마음대로 쓸 수 있는 재산인 셈이죠. 아버지는 죽은 여동생들에게도 아주 넉넉하게 재산을 나누어 주셨습니다."

"그렇게 하고도 아버님께서는 여전히 부자이셨나요?"

"아닙니다. 처음에 아버지는 비교적 적은 액수로 생활하셨습니다. 그렇게 사는 것이 재미있다고 말씀하시면서요. 그 이후로……."

처음으로 필립의 입가에 희미한 미소가 떠올랐다.

"아버지는 남은 돈으로 다시 여러 가지 사업에 손을 대셨고, 그 결과 이전보다 훨씬 더 많은 돈을 벌어들이신 거죠."

"선생이나 형님께서는 이 집에서 살고 계시지요. 경제적인 어려움 때문에 그런 것은 아닙니까?"

"그렇지 않습니다. 단지 편의를 위해 그런 거죠. 아버지는 우리에게 부담 갖지 말고 편하게 지내라고 말씀하셨습니다. 저도 여러 가지 가정 형편상 여기에 사는 것이 편하니까요. 또 저는……."

필립은 신중하게 덧붙였다.

"아버지를 무척 좋아했습니다. 1937년에 가족과 함께 이 집에 들어왔죠. 집세를 내는 건 아닙니다만 저희 가족의 세금은 내고 있습니다."

"형님의 경우는 어떻습니까?"

"형은 독일군의 공습 때문에 이 집에 들어오게 되었습니다. 1943년에 런던에 있던 집이 폭격당했으니까요."

"그렇다면, 레오니데스 씨. 아버님이 남기신 유언장의 내용에 대해 알고 계신 것이 있습니까?"

"확실하게 알고 있습니다. 아버지는 1945년에 전쟁이 끝난 뒤 얼마 되지 않아 유언장을 새로 작성하셨죠. 아버지는 비밀이라고는 없는 분이셨습니다. 가족들을 많이 생각하시는 분이었죠. 변호사가 있는 자리에서 가족 회의를 열어 유언장의 내용을 저희에게 명확하게 밝혀 주었습니다. 그 내용은 경감님도 정확하게 알고 계실 겁니다. 게이츠킬 씨가 알려 주었을 테니까요. 대충 생각나는 대로 말해 보자면, 새어머니에게는 결혼하기 전에 약속했던 상당한 액수 외에도 세금 없이 10만 파운드의 돈을 남기셨습니다. 나머지 재산은 정확하게 3등분해서 저와 형, 세 명의 손자에게 남겨 주셨죠. 아이들 앞으로 된 재산은 신탁에 맡기셨습니다. 이 저택도 상당한 액수가 될 테지만 상속세가 아주 많이 나올 겁니다."

"하인들이나 자선 기관에 남긴 유산은 없습니까?"

"전혀 없는 걸로 알고 있습니다. 하인들에게는 이곳에서 오래 일하면 일하는 만큼 해마다 임금을 인상해 주었으니까요."

"실례되는 말씀인지는 모르겠습니다만, 선생의 경우 실질적으로 돈이 부족했던 경우는 거의 없었겠군요?"

"경감님도 잘 아시겠지만, 소득세가 좀 부담되기는 합니다. 하지만 이 정도 수입이면 아내나 제가 쓰기에는 충분하지요. 게다가 아버지는 저희에게 자주 커다란 선물을 주시곤 하셨고, 급한 일이 있을 때면 즉시 도움을 주셨습니다."

필립은 차갑고 분명하게 말했다.

"아버지의 죽음을 원할 만큼 경제적으로 어렵지는 않았다고 분명히 말씀드릴 수 있습니다, 경감님."

"제 질문을 그런 뜻으로 받아들이셨다면 정말 죄송합니다, 레오니데스 씨. 하지만 저희는 모든 사실을 알아야 하니까요. 이제 좀 더

민감한 질문을 드려야 할 텐데 걱정입니다. 아버님과 브렌다 레오니데스 부인의 관계 말인데, 두 분이 사이가 좋으셨습니까?"

"제가 아는 한 그랬습니다."

"싸운 적은 없었나요?"

"없었다고 생각합니다만."

"두 분의 나이 차이가 그렇게 많았는데도 말입니까?"

"그렇습니다."

"실례입니다만 선생께서는 아버님의 재혼에 찬성하셨나요?"

"제 의견은 중요하지 않았습니다."

"그건 대답이 아닙니다, 레오니데스 씨."

"그 점을 강조하고 싶은 거라면, 제 대답은 아버지의 결혼은 현명하지 못했다는 겁니다."

"아버님께 그 문제에 대해서 말씀드려 본 적이 있습니까?"

"제가 결혼 이야기를 들었을 때는 모든 것이 결정된 뒤였습니다."

"그랬다면 상당히 충격을 받으셨겠군요?"

필립은 대답하지 않았다.

"그 문제 때문에 다른 언짢은 감정 같은 건 없었습니까?"

"아버지는 당신이 원하는 일은 무엇이든지 하실 수 있는 자유가 있었습니다."

"선생과 브렌다 레오니데스 부인과의 사이는 괜찮았습니까?"

"좋았습니다."

"그녀와 많이 친한가요?"

"그다지 만날 기회가 많지 않았습니다."

태버너 경감이 질문의 방향을 돌렸다.

"로렌스 브라운 씨에 대해 하실 말씀은 없습니까?"

"별로 할 말이 없습니다. 그는 아버지가 고용한 사람이니까요."

"하지만 그 사람은 선생의 자제 분들을 가르치라고 고용된 걸로 알고 있습니다만, 레오니데스 씨."

"그렇긴 합니다. 제 아들은 소아마비 환자입니다. 증상이 심한 편은 아닙니다만, 그래도 학교에 보내지 않는 편이 낫다고 생각했지요. 아버지는 그 애와 제 딸 조세핀에게 가정교사를 붙여 주자고 하셨습니다. 하지만 아무래도 전쟁 중이다 보니 가정교사를 구하는 문제에서 선택의 폭이 그다지 넓지는 못했습니다. 군대가 면제된 사람이어야만 했으니까요. 그 젊은이의 추천서는 훌륭했습니다. 아버지와 이모님(언제나 아이들을 보살펴 주시죠.)이 만족하시기에 저는 아무 말 없이 받아들였습니다. 굳이 한마디 덧붙이자면, 그 사람이 아이들을 가르치는 방법에서 어떤 잘못도 찾을 수 없었습니다. 아이들에게 적합한 방식으로 성실하게 가르치는 사람입니다."

"브라운 씨의 거처는 이쪽이 아니라 아버님이 사셨던 쪽인가요?"

"그쪽에 방이 많으니까요."

"이런 질문을 드려서 죄송합니다만, 로렌스 브라운과 새어머님 사이가 무척 가깝다는 사실을 느끼신 적이 있는지요?"

"저는 그런 상황을 살펴볼 만한 기회가 없었습니다."

"거기에 관련된 소문이나 사람들이 수군거리는 소리를 들으신 적도 없습니까?"

"경감님, 전 소문이나 수군거림 따위에 귀를 기울이지 않습니다."

"좋습니다. 그러니까 선생께서는 그런 좋지 않은 일들을 본 적도 들은 적도 말한 적도 없다는 말씀이지요?"

"경감님이 원하신다면 그렇게 생각하셔도 상관없습니다."

태버너 경감이 자리에서 일어났다.

"레오니데스 씨, 정말 감사드립니다."

나도 조심스럽게 경감의 뒤를 따라 서재에서 나왔다.

태버너가 말했다.

"후유, 냉혈한 같으니라고!"

제7장

"그럼 이제, 필립 부인을 만나서 이야기를 좀 나눠 봅시다. 마그다 웨스트라는 예명이 있더군요."

"그녀가 도움이 될까요? 마그다 웨스트라는 이름도 들어 봤고 출연한 쇼도 여러 번 본 것 같은데, 언제 어디서였는지 도무지 기억이 나지 않는군요."

내가 말했다.

"그 부인은 '니어 석세시스'의 단원입니다. 한 번인가, 두 번 정도 웨스트 엔드에서 주연을 맡은 적이 있지요. 레퍼토리 극장에서는 꽤 유명하답니다. 작은 교양 소극장이나 선데이 클럽에서도 여러 번 연기를 했답니다. 솔직히 내가 보기에는 돈을 벌지 않아도 되는 상황이 반드시 마그다 웨스트라에게 이익이 된 것 같지는 않습니다. 공연 장소나 역할을 마음대로 고를 수 있고 자기 마음에 드는 역할이 있는 쇼에는 투자를 할 수도 있으니까요. 그런 역할이란 게 대개는 끔찍할 정도로 자기에게 어울리지 않았거든요. 그러다 보니 결과적으로 직업 배우라기보다는 아마추어 수준으로 조금씩 떨어지게 된 것 같습니다. 기억하시겠지만 그녀도 연기를 잘합니다. 특히 희극에서는 말이죠. 하지만 감독들이 별로 좋아하지 않는다는군요. 그 사람들 말에 따르면 그녀가 지나칠 정도로 독선적일 뿐만 아니라 문제만 일으킨다나요. 일을 저질러 놓고는 그걸 도리어 즐긴답니다. 어디까지가 믿을 수 있는 이야기인지는 모르겠습니다만 동료 연기자들 사이에서도 그다지 평판이 좋지는 않습니다."

소피아가 거실에서 나오며 말했다.

"어머니가 안에서 기다리고 계세요, 경감님."

나는 태버너를 따라 커다란 거실로 들어갔다. 잠시 동안 나는 무늬가 있는 긴 의자 위에 앉은 여인을 알아보지 못했다.

그녀는 적갈색 머리를 에드워드 양식으로 높이 틀어 올린 채 잘 지은 진회색 코트에, 섬세하게 주름 잡힌 스커트와 목까지 올라오는 연한 자줏빛 셔츠를 입고, 작은 카메오 브로치를 달고 있었다. 처음으로 나는 그녀의 귀염성 있어 보이는, 끝이 살짝 올라간 코가 얼마나 매력적인지 느낄 수 있었다. 어렴풋이 아테네 세일러*의 모습이 떠오르는 것 같기도 했다. 좀 전에 복숭아 빛 네글리제를 입고 소란을 피우던 여자와 동일인이라고는 믿기 어려운 모습이었다.

---

* 영국의 연극 배우.

"태버너 경감님? 어서 이리 오셔서 자리에 좀 앉으세요. 담배 피우시겠어요? 이번 사건은 정말 끔찍해요. 저로서는 정말 믿기 어려운 일이에요."

그녀가 말했다.

그녀의 목소리는 낮고 감정이 실려 있지 않았다. 감정을 절제하고 있다는 것을 어떻게든 보여 주려고 결심한 듯한 목소리였다. 그녀가 말을 이었다.

"제가 어떤 식으로든 도와드릴 게 있다면 부디 말씀해 주세요."

"부인, 감사합니다. 그 비극적인 사건이 일어났던 당시에는 어디에 계셨습니까?"

"아마 런던에서 돌아오고 있었을 거예요. 그날은 아이비에서 친구와 점심을 먹었거든요. 그리고 같이 패션쇼를 보러 갔어요. 버클리에서 다른 친구들과 술을 한잔 마셨고요. 그런 다음 집으로 돌아왔죠. 제가 집에 도착했을 때는 이미 일이 벌어진 뒤였어요. 아버님이 갑자기 위독하셨던 모양이에요. 그리고 이내 돌아가셨죠."

그녀의 목소리가 약간 떨렸다.

"부인께서는 시아버님을 좋아하셨습니까?"

"무척 좋아했어요."

그녀의 목소리가 올라갔다. 드가의 그림이 걸려 있는 쪽에 있던 소피아가 살짝 눈치를 주자 마그다의 목소리는 다시 좀 전과 마찬가지로 차분하게 내려갔다.

"저는 아버님을 무척이나 따랐어요. 저희 모두 그랬죠. 아버님은 저희에게 무척 잘해 주셨어요."

그녀가 조용한 목소리로 대답했다.

"브렌다 레오니데스 부인과는 잘 지내는 편이었나요?"

"자주 만나지 못했어요."

"왜 그렇습니까?"

"글쎄, 저희는 공통점이 거의 없었으니까요. 가엾은 어머님. 가끔은 삶이 그분에게 가혹할 때가 있었을 거예요."

소피아가 다시 손짓을 해 보였다.

"그렇습니까? 어떤 식으로?"

"아, 저는 잘 모르겠어요."

마그다가 슬픈 미소를 지으며 고개를 흔들었다.

"브렌다 레오니데스 부인과 아버님은 사이가 좋았습니까?"

"그랬던 것 같아요."

"싸우지는 않았나요?"

그녀는 다시 희미한 미소를 지으며 고개를 저었다.

"사실 모르겠어요, 경감님. 두 분의 거처는 이곳에서 상당히 떨어진 곳에 있으니까요."

"브렌다 레오니데스 부인과 로렌스 브라운 씨가 가까운 사이였다던데요?"

마그다 레오니데스의 태도가 굳어졌다. 그녀는 태버너를 비난하듯 눈동자를 크게 떴다.

"제게 그런 질문은 하지 말아 주세요. 어머님은 모든 사람들과 사이좋게 지냈어요. 아주 상냥한 성격을 가진 사람이니까요."

그녀는 위엄 있게 말했다.

"로렌스 브라운 씨는 좋아하십니까?"

"그 사람은 아주 조용한 사람이죠. 좋은 사람이기는 하지만 존재
감이 크게 느껴지는 사람은 아니에요. 저는 그 사람을 거의 만나지
못했어요."

"그 사람이 아이들을 가르치는 방식은 마음에 드십니까?"

"그런 것 같아요. 사실 저는 잘 몰라요. 남편은 만족하는 것 같았
어요."

태버너는 약간의 충격 요법을 시도해 보기로 했다.

"이런 질문을 드려서 죄송합니다만, 브라운 씨와 브렌다 레오니
데스 부인 사이에 어떤 연애 감정 같은 것이 있다고 보십니까?"

마그다는 자리에서 일어섰다. 그녀의 모습은 정말 귀부인 같았다.

"저는 그런 생각이 들 만한 어떠한 장면도 본 적이 없습니다. 경
감님. 더 이상 그런 질문은 삼가 주세요. 브렌다 레오니데스는 제 아
버님의 아내입니다."

나는 하마터면 박수를 칠 뻔했다.

경감 역시 자리에서 일어났다.

"하인들에게 질문을 해도 되겠습니까?"

그가 물었다.

마그다는 대답하지 않았다.

"감사합니다, 부인."

경감은 인사하고 밖으로 나갔다.

"정말 잘하셨어요, 어머니."

소피아가 마그다에게 따뜻한 목소리로 말했다.

마그다는 무의식적으로 오른쪽 귀 뒤로 곱실거리는 머리카락을 감아 올리며 거울에 비친 자신의 모습을 바라보았다.

그녀가 말했다.

"그래, 내 생각에도 괜찮은 연기였어."

소피아가 나를 쳐다보며 물었다.

"당신은 경감님하고 같이 갔어야 하는 게 아니었어요?"

"잠깐, 소피아. 내가 어떻게 해야 할지……."

나는 말을 멈췄다. 소피아의 어머니 앞에서 내가 어떻게 행동하는 것이 좋은지 물어봐서는 안 될 것 같았다. 마그다 레오니데스는 무대 밖으로 퇴장하라는 딸의 지시 말고는 다른 어떤 것에도 관심이 없었다. 내 존재 역시 그녀의 관심 밖에 있었다. 내가 기자이든, 딸의 약혼자이든, 경찰을 쫓아다니는 신원 불명의 사람이든, 심지어 장의사라 할지라도 마그다 레오니데스에게는 아무 상관없었다. 나는 그저 관객의 한 사람에 불과했다.

마그다 레오니데스가 자기 발을 내려다보다가 불만스러운 듯 말했다.

"이 구두는 마음에 안 들어. 정말 시시해."

소피아가 고압적으로 고개를 흔들어 보이기에 나는 그녀의 뜻에 따라 서둘러 태버너를 쫓아갔다. 홀에 있는 2층으로 올라가는 문 앞에서 그를 따라잡을 수 있었다.

"이제 장남을 만나 보죠."

태버너가 말했다.

나는 태버너에게 내가 처해 있는 문제에 대해 거리낌 없이 털어
놓았다.

"태버너 경감님. 나는 여기서 어떤 역할을 해야 할까요?"

그는 깜짝 놀란 듯이 보였다.

"그건 대체 무슨 말입니까?"

"그러니까 이 집에 내가 무슨 자격으로 와 있느냐는 겁니다. 누가
나한테 물어보면 뭐라고 대답해야 하죠?"

"아, 그런 뜻이었군요."

그는 잠시 생각에 잠기더니 미소를 지으며 대답했다.

"물어보는 사람이 있었습니까?"

"그건 아닙니다만."

"그렇다면, 아무 말 하지 말고 계십시오. 애써 변명하지 마라. 정
말 훌륭한 격언이죠. 특히 이 집처럼 복잡한 데서는 말입니다. 지금
여기 사람들은 모두 각자의 근심으로 가득 차 있는 데다가 자기가
의심받을지도 모른다는 두려움 때문에 다른 생각을 할 겨를이 없을
겁니다. 당당하게만 행동한다면 사람들은 당신이 있는 것을 당연하
게 생각할 거예요. 필요 없는 말을 하는 건 큰 실수를 하는 거죠. 흠,
이제 이 문을 지나 2층으로 가 봅시다. 문은 잠겨 있지 않군요. 물론
당신도 이미 알아차렸겠지만, 내가 하는 질문들은 모두 쓸데없는

겁니다. 사건이 일어난 날, 누가 집 안에 있었는지 없었는지는 사실 아무런 의미도 없죠."

"그렇다면 왜……."

태버너가 말을 이었다.

"왜냐하면 적어도 그런 질문들을 통해 그 사람들을 살펴보고 평가를 내릴 기회를 가질 수 있기 때문입니다. 또 그 사람들이 하는 이야기를 듣다가 우연찮게 쓸 만한 단서를 얻을지도 모르니까요."

그는 잠시 말을 멈추더니 중얼거리듯 말했다.

"마그다 레오니데스는 마음만 먹으면 무슨 이야기든지 다할 여자인데."

"그녀의 말을 믿을 수 있을까요?"

"아, 아니죠. 믿을 만한 말은 아닐 겁니다. 하지만 사건의 실마리를 풀어 줄지도 모릅니다. 이 저주받은 집에 살고 있는 사람들은 모두 이번 사건을 저지를 수 있는 방법과 기회가 있었어요. 내가 알고 싶은 건 살인 동기입니다."

계단 끝에 다다르 보니 복도 오른쪽에 있는 방은 문이 잠겨 있었다. 문에는 놋쇠로 된 문 두드리는 고리가 달려 있었다. 태버너 경감이 살짝 고리를 두드렸다.

그러자 깜짝 놀랄 정도로 갑자기 문이 열리더니, 한 남자가 서 있었다. 그는 좀 심하다 싶을 정도로 큰 몸집에 힘깨나 쓸 것 같은 어깨, 헝클어진 검은 머리카락 그리고 엄청나게 못생겼음에도 어딘지 모르게 유쾌해 보이는 얼굴을 가진 남자였다. 그 사람은 우리를 보자 정직하지만 수줍음을 많이 타는 사람들이 흔히 그렇듯이, 당황해하면서 재빨리 시선을 돌렸다.

"저, 그러니까 들어오십시오. 예, 어서요. 막 나갈 참이긴 했지만 신경 쓰실 것 없습니다. 들어오셔서 자리에 앉으세요. 클레멘시를 불러오겠습니다. 아, 당신 거기 있었군. 이분은 태버너 경감님이셔. 이분은…… 거기 담배가 있나? 잠깐만 기다려 주십시오. 괜찮으시면……."

그 남자는 칸막이 문에 부딪히자 "실례했습니다." 하고 말하고는 몹시 당황한 듯 그 방에서 나갔다. 그러자 땅벌이 빠져나가기라도 한 것처럼 방 안에는 이상한 적막감이 흘렀다. 로저 레오니데스 부인은 창문 옆에 서 있었다. 나는 그 순간 우리가 서 있는 그 방의 분위기와 그녀의 독특한 인상에 바로 호기심이 생겼다.

그곳은 누가 뭐래도 그 여자의 방이 분명했다. 나는 분명히 알 수 있었다. 벽마다 하얀색으로 칠해져 있었는데, 집을 꾸밀 때 흔히 '하얀색'이라고 말하는 미색이나 연한 크림색이 아니라 진짜 하얀색이었다. 진회색과 검은색에 가까운 남색의 삼각형들로 이루어진 기하학적이고 환상적인 그림이 벽난로 위에 걸려 있는 것을 제외하고는 벽에 그림 한 점 걸려 있지 않았다. 실용적으로 꼭 필요한 몇 가지를 제외하고는 가구도 거의 놓여 있지 않았다. 방 안에는 의자 서너 개, 유리로 덮인 탁자, 작은 책장뿐이었다. 장식물도 전혀 없었다. 그곳에는 빛과 공간과 공기가 있었다. 아래층의 비단과 꽃으로 뒤덮인 커다란 거실과는 완전히 달랐다. 그리고 로저 레오니데스 부인과 필립 레오니데스 부인 역시 완전히 달랐다. 마그다 레오니데스가 적어도 여섯 명의 다른 여자처럼 보일 수 있는 반면, 클레멘시 레오니데스는 자기 자신 이외의 다른 사람은 결코 될 수 없는 여자였다. 그녀는 아주 날카롭고 뚜렷한 개성을 가진 여성이었다.

클레멘시는 50대로 보였는데, 은빛으로 물들기 시작한 머리카락은 아주 짧게 잘라 이튼 사립 학교 학생처럼 보일 정도였지만, 작고 보기 좋은 머리 위에 자라나고 있는 머리카락은 정말 아름다웠다. 내가 언제나 짧게 자른 머리에서 연상하곤 하던 보기 흉한 모습은 전혀 찾아볼 수 없었다. 그녀는 지적이고 예민해 보이는 얼굴이었고 옅은 회색 눈동자는 무언가를 찾는 듯 이상할 정도로 강렬하게 빛나고 있었다. 그녀는 단순한 모양의 짙은 붉은색 모직 드레스를 입고 있었다. 호리호리한 몸에 잘 어울리는 옷이었다.

나는 그녀를 보자마자 보통 여자가 아니라는 것을 느낄 수 있었다……. 그녀는 분명히 다른 평범한 여자들과는 다르게 살아왔을 거라는 생각이 들었다. 소피아가 이야기했던 큰어머니의 무자비함을 금세 이해할 수 있었다. 방 안이 추워서 나는 살짝 몸을 떨었다.

클레멘시 레오니데스가 조용하면서도 몹시 예의바른 목소리로 말했다.

"이리 앉으세요, 경감님. 새로운 소식이라도 있나요?"

"사인이 에세린인 것으로 밝혀졌습니다. 부인."

그녀는 신중하게 말했다.

"그렇다면 살인이 분명하군요. 사고라면 그럴 수는 없을 테니까요, 그렇죠?"

"그렇습니다, 부인."

"제발 남편을 조심스럽게 대해 주세요, 경감님. 그이에게 이 사건은 아주 큰 영향을 미칠 거예요. 남편은 아버님을 존경하고 있을 뿐만 아니라 무척 예민한 사람이니까요. 그이는 감수성이 풍부한 사람이랍니다."

"부인께서는 시아버님과 사이가 좋은 편이었습니까?"

"예, 상당히 좋은 편이었죠."

그녀는 조용히 덧붙였다.

"아버님을 많이 좋아하지는 않았지요."

"어째서 그랬습니까?"

"아버님의 인생의 목적이 싫었어요. 그리고 목표를 이루어 가는 방식도 싫었고요."

"그렇다면 브렌다 레오니데스 부인은 어떠셨나요?"

"어머님요? 저는 그분과 자주 만나지 않았어요."

"브렌다 부인과 로렌스 브라운 씨 사이에 무슨 일이 있을 수도 있다고 생각하십니까?"

"그 말씀은 연애 같은 감정을 말씀하시는 건가요? 저는 그렇게 생각하지 않아요. 하지만 정말로 무슨 일이 있었는지는 솔직히 저는 모르겠어요."

그녀의 목소리는 전혀 흥미가 없다는 듯이 들렸다.

로저 레오니데스가 황급히 방으로 들어오자 방 안은 다시 땅벌이

날아다니는 것처럼 어수선해졌다.

"전화가 와서 말입니다. 경감님, 무슨 일이십니까? 새로운 소식이라도 있나요? 아버지는 무엇 때문에 돌아가신 겁니까?"

"에세린 중독이 원인이었습니다."

"정말입니까? 이럴 수가! 그렇다면 틀림없이 새어머니 짓이겠군요! 도저히 더 이상 기다릴 수가 없었던 모양이군! 아버지는 그 여자를 비참한 삶에서 구제해 주었는데, 그 보답이 살인이라니. 새어머니는 아버지를 잔인하게 살해했어요! 세상에, 생각만 해도 피가 끓어오르는 것 같습니다."

"그렇게 생각하시는 특별한 이유라도 있습니까?"

태버너가 물었다.

로저는 양손으로 머리카락을 쥐어뜯으며 이리저리 서성대기 시작했다.

"이유요? 그런 짓을 할 사람이 달리 누가 있습니까? 전 결코 새어머니를 믿지 않았습니다. 절대로 좋아할 수 없었죠! 저희들 중에 그 여자를 좋아한 사람은 아무도 없습니다. 어느 날 아버지가 결혼했다고 말씀하셨을 때 필립과 저는 질겁할 수밖에 없었지요! 그 연세에 말입니다! 정말 미친 짓이었어요. 미친 짓. 경감님, 저희 아버지는 굉장한 분이셨습니다. 아버지의 지성은 40대 남자처럼 젊고 활기가 넘쳤지요. 제가 가진 모든 것은 아버지에게 받은 것입니다. 제게 모든 것을 해 주셨죠. 한 번도 저를 실망시키신 적이 없습니다. 제가 아버지를 실망시켜 드렸으면 드렸지. 그 생각만 하면……."

그는 의자에 털썩 주저앉았다. 그러자 클레멘시가 조용히 옆으로 다가갔다.

"로저, 이제 그만 해요. 너무 흥분했어요."

"알고 있어, 여보, 나도 알아."

로저는 아내의 손을 잡았다.

"하지만 어떻게 진정할 수가 있단 말이야. 도저히 마음을 가라앉힐 수가 없을 것 같아."

"그래도 그렇게 해야만 해요, 로저. 태버너 경감님이 우리를 도와주실 거예요."

"그럴 겁니다, 부인."

로저가 소리쳤다.

"제가 지금 하고 싶은 일이 뭔지 알아요? 새어머니를 제 손으로 목 졸라 죽이는 겁니다. 새어머니는 불쌍한 노인이 몇 년 더 사는 게 못마땅했던 겁니다. 만약 새어머니를 이 자리로 데려온다면……."

그는 자리에서 벌떡 일어났다. 분노로 온몸이 벌벌 떨리고 있었다. 로저는 경련을 일으키고 있는 손을 앞으로 내밀며 말했다.

"그래요, 그 여자의 목을 비틀어 버릴 겁니다. 그 여자의 목을 비틀어서……."

"로저!"

클레멘시가 날카롭게 소리쳤다.

그가 당황한 듯 그녀를 쳐다보았다.

"미안해, 여보."

로저는 우리를 돌아보았다.

"사과드리겠습니다. 감정을 주체할 수가 없어서요. 정말 죄송할 따름입니다."

그는 다시 방을 나갔다. 클레멘시 레오니데스가 옅은 미소를 지으며 말했다.

"사실 저이는 파리 한 마리도 죽이지 못하는 사람이에요."

태버너도 그녀의 말을 정중하게 받아들였다. 그런 다음 그는 예의 그 상투적인 질문들을 시작했다.

클레멘시 레오니데스는 간결하고 정확하게 대답했다.

로저 레오니데스는 아버지가 살해되었던 그날 연합 출장 요리 회사의 본사가 있는 런던의 박스 하우스에 있었다. 그는 오후 일찍 집에 돌아와 평상시처럼 아버지와 함께 시간을 보냈다. 그녀는 여느때와 마찬가지로 고워 가에 있는 램버트 연구소에서 일하고 있었다. 클레멘시는 오후 6시가 되기 직전에 집으로 돌아왔다.

"시아버님은 만나 보셨습니까?"

"아니요. 제가 아버님을 마지막으로 뵌 건 그 전날이었어요. 저녁식사 후에 같이 커피를 마셨죠."

"그렇다면 그분이 돌아가시던 날에는 보지 못했다는 말이군요?"

"그런 셈이죠. 사실 로저가 파이프를 놓고 온 것 같다고 해서 아버님 거처로 찾으러 가기는 했어요. 아주 비싼 파이프였으니까요. 하지만 파이프가 홀의 탁자 위에 놓여 있기에 그냥 돌아왔어요. 아버님을 방해하고 싶지 않았으니까요. 보통 6시쯤 되면 깜박 조시곤 했거든요."

"그렇다면 아버님이 위독하다는 말을 전해들으신 건 언제쯤입니까?"

"어머님이 정신없이 달려왔어요. 시간은 6시 30분에서 1분인가 2분쯤 지났을 때였어요."

그런 질문들이 중요하지 않다는 건 알고 있었다. 하지만 나는 태버너가 질문에 대답하는 그녀를 날카로운 시선으로 세밀하게 관찰하고 있다는 것을 알아차렸다. 그는 클레멘시에게 런던에서 하는 일에 대해 몇 가지를 더 물어보았다. 그녀는 원자폭탄이 분해될 때 방사선이 미치는 영향력에 대한 연구를 하고 있다고 대답했다.

"한마디로 원자 폭탄에 관계된 일을 하신다는 거군요?"

"원자 폭탄으로 무언가를 파괴하려는 작업은 아니에요. 우리 연구소에서는 방사선을 이용한 치료 효과에 대한 연구를 하고 있죠."

태버너는 자리에서 일어나, 두 사람의 거처를 둘러보고 싶다고 말했다. 그녀는 약간 놀란 것처럼 보였지만 안내해 주었다. 하얀 시트를 씌운 트윈 베드가 놓인 침실과 간소하게 꾸며진 화장실은 병원이나 수도원의 방들을 떠올리게 했다. 욕실 역시 특별한 장식이 없었고, 화장품조차 놓여 있지 않았다. 주방은 실용적인 기구들만 설비되어 있을 뿐 꾸밈없고 먼지 하나 없이 깨끗했다. 그리고 또 다른 방 문이 하나 있었다. 클레멘시는 그 문을 열어 보이며 우리에게 말했다.

"제 남편이 쓰고 있는 특별한 방이에요."

"들어오십시오. 들어오세요."

로저가 말했다.

나는 가볍게 안도의 한숨을 내쉬었다. 간소하게 먼지 하나 없이 정돈된 공간들에 지쳐 있었기 때문이다. 이 방은 강한 인상을 주는 개인적인 공간이었다. 커다란 뚜껑이 달린 책상이 놓여 있었고, 그 위에는 서류들과 낡은 파이프들, 담뱃재가 잔뜩 어질러져 있었다. 또 낡고 커다란 안락의자들도 있었다. 바닥에는 페르시아 양탄자가 깔려 있었다. 벽에는 색이 바랜 단체 사진들이 걸려 있었다. 학교에서 찍은 사진, 크리켓 팀과 함께 찍은 사진, 군대 동료들과 찍은 사진들이 있었고, 사막과 사원의 탑들, 출렁이는 바다와 항해하는 배, 일몰 광경을 그린 수채화도 있었다. 그 방은 안락하고 매력적이었으며, 정겹고 따뜻한 사나이의 방이었다.

로저는 어색하게 진열장에서 술을 꺼내더니 흐트러져 있던 책과 서류들을 의자 한쪽으로 내려놓았다.

"방이 지저분합니다. 청소를 좀 하느라 낡은 서류들을 정리하고 있었죠. 자, 한잔하시죠."

경감은 거절했지만 나는 마시기로 했다.

"조금 전에 있었던 일은 정말 죄송하게 생각합니다."

로저가 말했다. 그는 내게 술잔을 건네주었다. 그러고는 태버너가 있는 쪽을 돌아보며 말을 이었다.

"그 순간에는 감정이 폭발해서 말입니다."

그는 죄책감을 느끼는 듯이 주위를 돌아보았다. 하지만 클레멘시 레오니데스는 우리와 함께 이 방에 들어오지 않았다.

"정말 대단한 여자죠. 제 아내 말입니다. 그런 일이 일어났는데도 훌륭하게 대처했으니까요. 정말 대단해요! 아내를 볼 때마다 감탄을 하지 않을 수가 없답니다. 그녀는 예전에도 어려운 시기를 보낸 적이 있어요. 정말 끔찍한 순간이었죠. 그때 일을 말씀드리고 싶습니다. 저희가 결혼하기 전에 일이 있었죠. 그녀의 전 남편은 괜찮은 친구였습니다. 착한 사람이었죠. 하지만 심각할 정도로 몸이 허약했어요. 사실 결핵에 걸려 있었어요. 그 사람은 결정학에서 아주 중요한 연구를 하고 있었던 모양입니다. 수입이 얼마 되지 않아 아주 힘든 생활을 할 수밖에 없었음에도 그 사람은 연구를 포기하지 않았어요. 클레멘시는 그를 위해 노예처럼 일해야만 했습니다. 그 남자가 죽어 가고 있다는 사실을 알고 있으면서도 그를 지켜 주었죠. 불평 한마디 하지 않고 말입니다. 힘들다는 소리 한번 한 적이 없었죠. 그녀는 언제나 행복하다고 말했습니다. 그러다 그가 죽자 그녀는 크게 상심했지만 결국에는 저와 결혼하겠다고 허락해 주었어요. 전 그녀에게 조금이라도 안락과 행복을 줄 수 있어 정말 기뻤습니다. 사실 저는 아내가 일을 그만두었으면 했지요. 하지만 아내는 전시에 그 일이라도 하는 것이 의무라고 여겼고 지금도 자신이 해야 하는 일이라고 생각하고 있습니다. 정말 좋은 아내죠. 이 세상에서 가장 훌륭한 아내입니다. 아, 전 정말 운이 좋은 사람이죠! 그녀를 위해서라면 무슨 일이든 할 겁니다."

태버너는 그의 말에 적당히 응해 주었다. 그런 다음 경감은 로저에게 예의 그 상투적인 질문들을 던지기 시작했다.

"아버님이 위독하다는 소식을 들은 것은 언제였습니까?"

"새어머니가 정신없이 달려와 알려 주더군요. 아버지가 몸이 좋지 않으신 것 같다고 말입니다. 그 여자 말로는 아버지가 발작을 일으킨 것 같다고 하더군요. 불과 30분 전에 아버지와 함께 있었지만 그때까지만 해도 아버지는 아무 이상이 없었습니다. 서둘러 아버지께 달려갔습니다. 아버지는 얼굴이 파랗게 질린 채 숨이 몹시 거칠었어요. 그래서 저는 급히 필립에게 알리러 갔습니다. 동생이 의사에게 전화를 걸더군요. 저는, 저희는 아무것도 할 수 없었습니다. 물론 그 순간에는 그런 우스운 일이 있었을 거라고는 꿈에도 생각하지 못했죠. 우스운? 지금 제가 우스운 일이라고 했습니까? 세상에, 대체 무슨 말을 하고 있는 거지?"

좀 애를 먹기는 했지만 태버너와 나는 감정에 휩싸여 버린 로저 레오니데스의 방에서 간신히 빠져나올 수 있었다. 정신을 차리고 보니 우리는 방 밖에 있는 2층 계단 앞에 서 있었다.

"휴우! 정말 형제가 대조적이지 않습니까."

태버너가 말했다. 그러고는 생각지도 못한 말을 덧붙였다.

"이상한 물건에 방에, 어떤 사람들인지 짐작이 가네요."

내가 동의하자 태버너가 말을 이었다.

"이상한 사람들끼리 결혼한 것 같지 않습니까?"

나는 그가 클레멘시와 로저 부부를 지칭하는 것인지, 필립과 마그다 부부에 대해 말하는 것인지 확실히 알 수 없었다. 어쩌면 그 사람들을 모두 일컫는 말인지도 몰랐다. 하지만 내가 보기에 그들은 모두 행복한 결혼 생활을 하고 있는 축에 들어갈 것 같았다. 적어도 로저와 클레멘시 부부는 분명히 그랬다.

"저 사람이 범인이라고 말하기는 어려울 것 같지 않습니까? 아시다시피, 이 사건은 우발적인 범행이라고 볼 수 없습니다. 차라리 부인 쪽이 범인으로서는 전형적이라고 할 수 있죠. 차가운 여자 아닙니까. 어쩌면 정신이 약간 이상할지도 모르죠."

나는 다시 그의 의견에 동의했다.

"하지만 그 부인은 어떤 사람의 인생 목표나 살아가는 방식이 마음에 들지 않는다는 이유로 살인을 저지를 사람은 아닌 것 같던데요. 그 노인을 정말로 증오했을지는 모르지만. 그런데 순전히 싫다는 이유만으로 사람을 죽이는 경우도 있습니까?"

"거의 없다고 봐야겠죠. 이제까지 그런 경우는 마주친 적이 없으니까요. 차라리 브렌다 레오니데스를 집중적으로 파고 들어가는 편이 안전할 것 같군요. 어떤 증거를 얻을지는 아무도 모르는 일이기는 합니다만."

제8장

하녀가 우리에게 반대편 문을 열어 주었다. 하녀는 겁에 질린 듯이 보였지만 막상 태버너를 보자 조금은 얕보는 듯했다.

"마님을 만나러 오셨나요?"

"그래요."

하녀는 우리를 커다란 거실로 안내하고 밖으로 나가 버렸다.

그곳은 아래층에 있는 거실과 같은 크기인 것 같았다. 화사한 크레톤 사라사로 만든 휘장에 줄무늬 비단으로 된 커튼이 걸려 있었다. 나는 벽난로 위에 걸려 있는 초상화에 시선을 고정하였다. 그림을 그린 거장의 솜씨도 솜씨였지만 그려진 대상의 얼굴 때문에라도 눈을 뗄 수가 없었다.

날카로운 검은색 눈동자를 가진, 키가 작은 노인의 초상화였다. 머리에 검은 벨벳으로 만든 작고 테두리 없는 모자를 쓴 채 고개를 어깨 쪽으로 떨구고 있는 모습이었지만, 그 남자의 생명력과 힘이 캔버스 밖으로 뿜어져 나오는 것 같았다. 마치 그의 빛나는 눈동자가 내 눈을 들여다보고 있는 것만 같았다.

"저 사람입니다. 어거스트 존의 작품이죠. 정말 개성이 넘치는 인물 아닙니까?"

태버너 경감이 느닷없이 말했다.

"그렇군요."

나는 대답했다. 하지만 한마디로 단정 짓기에는 충분하지 않다는 느낌을 받았다.

그제야 나는 에디스 드 해빌런드가 그가 없어서 집이 텅 빈 것 같다고 한 말을 이해할 수 있었다. 그는 비뚤어진 작은 집을 지은 최초의 비뚤어진 작은 남자였다. 그가 죽음으로써 이 비뚤어진 작은 집은 본래의 의미를 잃어버리게 된 것이다.

"저쪽에 걸려 있는 것은 레오니데스의 전처입니다. 사전트가 그렸습니다."

나는 창문 사이 벽에 걸려 있는 그림을 자세히 살펴보았다. 사전트가 그린 다른 많은 초상화들과 마찬가지로, 그 그림에서도 무자비함이 확실하게 엿보이는 듯했다. 얼굴의 길이를 지나치게 과장되게 그려서 말이 연상될 정도였다. 누가 봐도 그렇게 느낄 것 같았다. 그 그림은 전형적인 영국의 세련되지 못한 시골 부인의 초상화였다. 당당하게 보이기는 했지만, 생기라고는 전혀 찾아볼 수 없는 모습이었다. 벽난로 위에서 싱긋 웃는 얼굴로 걸려 있는, 힘이 넘치는 작은 독재자의 아내다운 얼굴은 아니었다.

그때 문이 열리고 램 경사가 안으로 들어왔다.

"하인들을 심문해 보았습니다만, 단서가 될 만한 내용은 없었습니다."

그가 말했다.

태버너가 한숨을 쉬었다.

램 경사는 수첩을 꺼내더니 방 한구석으로 물러가 조심스럽게 자리를 잡았다. 다시 문이 열리고, 애리스티드 레오니데스의 둘째 아내가 방에 들어왔다.

그녀는 검은색 옷을 입고 있었다. 상당히 값비싸 보이는 옷으로, 목에서부터 손목까지 감싸는 모양이었다. 그녀의 동작은 느릿느릿 편안해 보였고, 검은색 옷이 썩 잘 어울렸다. 브렌다 레오니데스의 얼굴은 부드러우면서도 예쁘게 생긴 편이었고, 보기 좋게 정돈된 갈색 머리는 아주 정성껏 손질한 듯했다. 그녀는 얼굴에 곱게 분을 바르고, 입술에 연지까지 칠하고 있었지만, 조금 전까지 울고 있었음이 분명해 보였다. 브렌다는 알이 큰 진주 목걸이를 두른 채 한 손에는 커다란 에메랄드 반지를, 다른 손에는 엄청난 크기의 루비 반지를 끼고 있었다.

나는 그녀에 대해서 한 가지 사실을 더 알아차릴 수 있었다. 지금 그녀는 겁에 질려 있는 것처럼 보였다.

"안녕하십니까, 부인. 자꾸 귀찮게 해서 죄송하게 생각합니다."

태버너가 편안하게 말했다.

그녀가 단조로운 목소리로 말했다.

"어쩔 수 없는 일이니까요."

"부인, 만일 지금 이 자리에 변호사를 부르고 싶으시다면 그렇게 하셔도 좋습니다."

나는 그녀가 이 말의 의미를 제대로 이해하고 있을지 궁금했다. 전혀 알아차리지 못한 게 분명했다. 그녀는 샐쭉한 목소리로 이렇게 대답했다.

"난 게이츠킬 씨를 별로 좋아하지 않아요. 부를 필요 없어요."

"그렇다면 부인의 일을 맡아 줄 다른 변호사를 부르셔도 상관없습니다."

"꼭 그래야 하나요? 난 변호사들을 좋아하지 않아요. 그 사람들은 자꾸 내 머리만 복잡하게 만드니까요."

"전적으로 부인의 뜻에 달린 일입니다."

태버너가 의례적인 미소를 지으며 말했다.

"그럼 이대로 시작할까요?"

램 경사가 연필에 침을 묻혔다. 브렌다 레오니데스는 태버너의 맞은편에 있는 소파에 앉았다.

"새로 알아낸 사실이 있나요?"

그녀가 물었다.

나는 그녀가 신경질적으로 드레스 장식의 주름을 손가락으로 비틀었다 놨다 하는 것을 알아차렸다.

"남편 분이 에세린 중독으로 돌아가신 걸로 밝혀졌습니다."

"그이가 안약 때문에 죽었다는 말인가요?"

"부인께서 레오니데스 씨에게 마지막으로 인슐린 주사를 놓았을 때 그렇게 된 것이 거의 확실합니다. 부인이 놓은 주사약이 인슐린이 아니고 에세린이었던 거죠."

"하지만 난 그 사실을 전혀 몰랐어요. 아무 짓도 안 했어요. 정말 내가 한 일이 아니에요, 경감님."

"누군가 의도적으로 인슐린을 안약으로 바꿔 놓은 것임이 분명합니다."

"어떻게 그런 끔찍한 짓을!"

"정말 그렇습니다, 부인."

"그렇다면 경감님은 누군가 고의로 그런 짓을 했다고 생각하시는 건가요? 아니면 우연한 사고로 그렇게 된 건가요? 도저히 그냥 누군가가 장난쳤다고 볼 수는 없는 거겠죠, 그렇죠?"

태버너는 부드럽게 대답했다.

"우리는 이 사건을 장난이라고는 생각하지 않습니다, 부인."

"틀림없이 하인들 중에 한 명이 저지른 짓일 거예요."

태버너는 아무 말도 하지 않았다.

"틀림없어요. 누가 그랬는지는 보지 못했지만."

"확신하십니까? 잘 생각해 보십시오, 부인. 전혀 다른 생각은 떠오르지 않나요? 서로 감정이 좋지 않았던 사람은 없습니까? 싸우거나 원한을 가질 만한 사람은 없었나요?"

그녀는 커다랗고 도전적인 눈으로 경감을 가만히 쳐다보았다.

"그런 건 잘 모르겠어요."

그녀가 말했다.

"사건이 일어났던 날 오후에 부인께서는 극장에 갔다 오셨다고 했지요?"

"예, 집에는 6시 30분이 좀 지나서 도착했을 거예요. 인슐린 주사를 놓는 시간이니까요. 난, 나는 평소와 다름없이 남편한테 주사를 놓아 주었어요. 그러자 남편이 갑자기 이상해지더군요. 너무 무서웠어요. 서둘러 로저에게 달려갔죠. 그리고 일이 생겼다고 말했어요. 지난번에 다 말씀드렸는데, 또다시 이야기해야 하나요?"

그녀의 목소리가 신경질적으로 높아졌다.

"정말 죄송합니다, 부인. 이제 브라운 씨와 이야기를 좀 나눠도 될까요?"

"로렌스 말씀인가요? 어째서요? 그 사람은 이 일에 대해서는 아무것도 모르는데요."

"그렇더라도 그분과 이야기를 좀 나누고 싶습니다."

그녀는 의심스럽다는 듯 태버너를 쳐다보았다.

"공부방에서 유스터스와 라틴 어 공부를 하고 있을 거예요. 이리 불러 드릴까요?"

"아닙니다. 우리가 그쪽으로 가지요."

태버너는 재빨리 방 밖으로 나갔다. 경사와 내가 그 뒤를 따랐다.

"경감님이 그 여자를 깜짝 놀라게 하신 것 같습니다."

램 경사가 말했다.

태버너가 투덜거렸다. 그는 앞장서서 성큼성큼 계단을 올라가, 정원이 내려다보이는 큰 방으로 들어갔다. 서른 살쯤 되어 보이는 금발의 젊은이와 열여섯 살 가량의 잘생긴 검은머리 소년이 책상 앞에 함께 앉아 있었다.

우리가 들어서자 두 사람은 우리를 돌아보았다. 소피아의 동생인 유스터스는 나를 쳐다보았고, 로렌스 브라운은 태버너 경감에게서 고뇌에 찬 시선을 떼지 못하고 있었다. 나는 지금껏 그처럼 완전히 공포에 질린 사람을 본 적이 없었다. 그는 자리에서 일어났다가 이내 다시 주저앉았다. 이윽고 로렌스가 말했다. 그의 목소리는 제대로 알아듣기 힘들 정도로 갈라졌다.

"아, 안녕하십니까. 경감님."

"안녕하세요. 잠시 시간을 내주실 수 있겠습니까?"

태버너가 무뚝뚝하게 말했다.

"물론입니다. 당연히 그렇게 해야지요. 적어도……."

유스터스가 자리에서 일어났다.

"저는 자리를 피해 드리는 편이 좋겠지요, 경감님?"

그의 목소리에서는 어렴풋이 오만과 쾌활함이 느껴졌다.

"우리…… 우리 공부는 조금 있다가 계속하자꾸나."

로렌스가 말했다.

유스터스는 관심 없다는 듯 유유자적한 태도를 보이며 문 쪽으로 걸어갔다. 아이의 걷는 모습이 어딘가 뻣뻣해 보였다. 유스터스는 문을 열고 나가면서 나와 시선이 마주치자 집게 손가락으로 자기 목을 긋는 시늉을 하고는 싱긋 웃어 보였다. 그러고는 소리나게 문을 닫고 밖으로 나갔다.

"자, 브라운 씨. 검시 결과가 확실히 나왔습니다. 레오니데스 씨의 죽음은 에세린 중독이 원인이었습니다."

태버너가 말했다.

"그런…… 그렇다면 레오니데스 씨가 정말로 독살당하신 겁니까? 전 사실이 아니기를 바랐는데……."

"그분은 독살당했습니다. 누군가가 인슐린을 에세린 안약으로 바꿔 놓은 겁니다."

태버너가 무뚝뚝하게 말했다.

"믿을 수 없는 일입니다……. 도저히 있을 수 없는 일이에요."

"그분을 살해할 만한 동기를 가진 사람이 누구라고 생각합니까?"

"없습니다. 그럴 사람은 아무도 없어요!"

그 젊은 남자의 목소리는 흥분했는지 높이 올라갔다.

"이 자리에 변호사를 부르지 않아도 괜찮겠습니까?"

태버너가 물었다.

"변호사는 필요 없습니다. 아무도 필요 없어요. 저는 숨기는 것이 없으니까요. 아무것도……."

"이 자리에서 당신이 하는 말은 전부 기록되고 있다는 것을 알고 계시겠지요."

"저는 죄가 없습니다. 분명히 말씀드리지만, 저는 결백합니다."

"나는 아직 아무 말도 하지 않았습니다."

태버너는 잠시 말을 멈췄다.

"브렌다 레오니데스 부인은 남편과 나이 차이가 많이 나더군요, 그렇지 않습니까?"

"전…… 저도 그런 것 같습니다. 그러니까, 제 말은 그렇게 생각한다는 겁니다."

"가끔씩 부인이 외로움을 느꼈을 것 같지 않습니까?"

로렌스 브라운은 대답하지 않았다. 그는 마른 입술에 침을 적셨다.

"자기 나이와 비슷한 친구가 있다면 어느 정도 지내기가 좋았을 것 같지 않습니까?"

"저는…… 아니요, 전혀 아닙니다. 그러니까 제 말은, 모르겠다는 겁니다."

"당신과 그녀 사이에 애정이 싹트는 것은 아주 자연스러운 일인 것 같습니다만."

로렌스는 격렬하게 항의했다.

"그렇지 않습니다! 절대 아닙니다! 그런 일은 없었어요! 경감님이 무슨 생각을 하고 계신지 짐작이 갑니다. 하지만 절대로 그렇지 않습니다! 레오니데스 부인이 제게 언제나 친절하게 대해 주셔서 고맙게 생각하고 있을 뿐입니다. 부인을 존경하고 있어요. 하지만 그 이상은 아무것도 없습니다. 분명히 말씀드리지만 부인과는 아무 사이 아닙니다. 그런 생각을 하는 것조차 터무니없는 일입니다! 말도 안 돼요! 전 누구도 죽이지 않았습니다. 약병을 만진 적도 없고, 그 비슷한 일도 한 적이 없습니다. 저는 아주 예민하고 신경질적인 사람입니다. 사람을 죽인다는 건 생각만 해도 제겐 악몽입니다. 병역 면제 심사국에서도 그런 점을 이해해 주었어요. 저는 종교적인 이유에서도 살인을 반대합니다. 그 대신 병원에서 일을 했지요. 화부로 일했습니다. 정말 끔찍하게 힘든 일이었지요. 도저히 견딜 수가 없었습니다. 그러자 아이들을 가르치는 일을 하라고 하더군요. 저는 최선을 다해 유스터스와 조세핀을 가르쳤습니다. 아주 똑똑한 아이들이지만 그만큼 다루기가 힘이 들더군요. 이 집 사람들은 대부분 제게 친절하게 대해 주셨습니다. 레오니데스 씨와 레오니데스 부인은 물론 드 해빌런드 양까지 말입니다. 그런데 지금 이런 끔찍한 일이 일어났습니다……. 그리고 경감님은 저를 의심하고 계시죠. 저를…… 살인자라고 말입니다!"

태버너 경감은 관심을 가지고 천천히 그를 살펴보고 있었다.

"난 그렇게 말한 적 없습니다."

경감이 지적했다.

"하지만 그렇게 생각하고 있지 않습니까! 저는 경감님이 그런 생각을 하고 있다는 걸 잘 알고 있습니다! 사람들이 모두 그렇게 생각해요! 모두들 저를 쳐다봅니다. 전, 저는 더 이상 말하고 싶지 않습니다. 기분이 안 좋아요."

그는 황급히 방을 나가 버렸다. 태버너는 천천히 내 쪽으로 고개를 돌렸다.

"그래, 저 사람에 대해 어떻게 생각하십니까?"

"겁에 잔뜩 질려 굳어 있는 것처럼 보였습니다."

"정말 그렇더군요. 과연 저자가 살인을 했을까요?"

"만약 저한테 물어보신다면, 저 사람은 사람을 죽일 만한 용기는 도저히 없는 자로 보인다고 대답하겠습니다."

램 경사가 말했다. 경감도 그 점에는 동의했다.

"분명히 다른 사람의 머리를 내려친다거나, 사람을 향해 총을 쏘는 일 같은 건 못할 친구이기는 해. 하지만 이번 사건은 예외로 봐야지. 대체 범인이 한 일이 뭔가? 그저 두 약병의 내용물을 바꾼 것뿐이니…… 노인이 이 세상을 비교적 편안하게 떠날 수 있게 도와준 셈 아닌가. 아무런 고통 없이 말이지."

"사실 안락사나 마찬가지였죠."

경사가 말했다.

"그런 다음 적당히 시간이 흐른 뒤에 상속세 한 푼 내지 않은 10만 파운드의 돈을 받고, 이미 그전에 그에 못지않은 재산을 챙긴, 달걀 만 한 크기의 진주와 루비와 에메랄드를 가지고 있는 여자와 결혼한다는 계산이었겠지! 정말, 이건……."

태버너가 한숨을 내쉬고는 말을 이었다.

"모두 이론이고 추측일 뿐이야! 그 친구에게 잔뜩 겁을 주기는 했지만 밝혀진 사실은 하나도 없으니까. 그 남자가 아무런 죄가 없더라도 그렇게 겁에 질릴 수는 있지. 어쨌든 그자가 실제로 그런 범행을 저질렀을 것 같지는 않아. 여자 쪽이 도리어 의심스럽지. 그런데 그 여자는 왜 인슐린 병을 버리거나 씻어 버리지 않은 걸까?"

그는 경사를 돌아보았다.

"하인들한테서 증거가 될 만한 건 찾지 못했나?"

"하녀 말로는 두 사람 사이가 아주 각별했답니다."

"그렇게 말할 수 있는 근거는?"

"부인이 로렌스에게 커피를 따라 줄 때 그가 부인을 바라보는 눈빛이 그랬답니다."

"그런 얘기가 법정에서 통한다고 생각하나! 좀 더 확실한 사실은 없어?"

"눈에 띌 만한 그런 일은 없었답니다."

"그런 게 있었다면 하인들은 틀림없이 알아차렸을 거야. 두 사람 사이에 아무 일도 없다는 말이 사실처럼 느껴지는군."

태버너가 나를 쳐다보았다.

"가서 그 여자와 대화를 좀 해 보십시오. 그 여자에 대한 당신의 인상을 들어 보고 싶습니다."

나는 별로 내키지 않는 듯 걸음을 옮겼다. 하지만 내심 무척 흥미로웠다.

제9장

브렌다 레오니데스는 조금 전 내가 이 방을 나섰을 때 앉았던 자리에 그대로 있었다. 그녀는 내가 들어가자 날카롭게 쳐다보았다.

"태버너 경감님은 어디 계시죠? 다시 이리로 온다고 하셨나요?"

"그렇지는 않을 겁니다."

"당신은 누구죠?"

마침내 나는 오전 내내 걱정했던 질문을 받았다.

나는 적당히 사실대로 대답하기로 했다.

"경찰에 관계되는 사람입니다만, 이 집 가족 중 한 사람의 친구이기도 합니다."

"가족이라고요! 짐승 같은 인간들! 난 그들 모두를 증오해요."

그녀는 나를 쳐다보며 쉴 새 없이 말을 이었다. 브렌다는 골이 난 듯 보이기도 했고, 겁에 질린 것 같으면서 화가 난 것처럼 보이기도 했다.

"그 사람들은 언제나 나를 지독하게 대했어요. 언제나 말이에요. 처음부터 그랬어요. 왜 내가 그토록 소중하다는 아버지와 결혼하면 안 된다는 거죠? 자기들한테 무슨 문제가 생기나요? 이미 그 사람들 전부 많은 돈을 챙겼어요. 모두 남편이 준 거죠. 모두 자기 힘으로는 아무것도 할 수 없는 인간들이에요!"

그녀가 계속해서 말했다.

"왜 남자가 재혼하면 안 된다는 거죠? 나이가 좀 많다고 해도 말이에요. 그이는 사실 그렇게 늙지도 않았어요. 보기보다 말이에요. 난 그 사람을 좋아했죠. 아주 많이 좋아했어요."

브렌다가 도전적으로 나를 쳐다보았다.

"그래요, 알고 있습니다."

내가 대답했다.

"내 말을 믿지 않는다는 걸 알아요. 하지만 정말이에요. 난 남자들 때문에 많은 고통을 당했어요. 가정을 가지고 싶었어요. 누구라도 나를 흥분시키고 멋진 말을 해 줄 수 있는 사람을 원했지요. 애리스티드는 내게 근사한 말을 해 주었어요. 그리고 웃을 수 있게 해 주었지요. 또 그이는 똑똑했어요. 시시한 규칙에 얽매이지 않아도 되게 온갖 방법들을 다 생각해 내곤 했죠. 남편은 아주, 아주 똑똑한 사람이었어요. 난 그이가 죽었다는 사실이 전혀 기쁘지 않아요. 슬프단 말이에요."

그녀는 소파에 몸을 기대고는 좀 크다 싶을 정도로 입을 벌린 채 한쪽 끝을 일그러뜨리며 이상하게 보이는 미소를 지었다.

"난 이 집에서 행복했어요. 안전했어요. 고급 의상실에도 얼마든지 갈 수 있었어요. 신문에서나 읽었던 그런 곳들 말이에요. 세상 그 누구도 부럽지 않은 생활이었죠. 애리스티드는 내게 근사한 물건들을 많이 사 주었어요."

그녀는 손을 앞으로 내밀고는 루비 반지를 쳐다보았다.

잠시 나는 쭉 뻗은 고양이 발톱처럼 보이는 그녀의 손과 팔을 쳐다보았다. 그리고 가르랑거리는 것처럼 들리는 그녀의 목소리를 들었다.

브렌다는 여전히 혼자 미소 짓고 있었다.

"그게 잘못된 건가요? 난 남편에게 잘해 주었어요. 그이를 행복하게 만들어 주었죠."

그녀는 몸을 앞으로 내밀었다.

"그 사람을 처음에 어떻게 만났는지 아세요?"

브렌다는 내 대답은 듣지도 않고 말을 이었다.

"'게이 샴록'에서 만났죠. 그이는 스크램블 에그를 올린 토스트를 주문했고, 내가 음식을 갖다주었어요. 난 울고 있었어요. '이리 앉아요. 그리고 대체 무슨 일이 있었는지 말해 봐요.' 그 사람이 말했어요. '그럴 수 없어요. 그렇게 했다가는 이곳에서 쫓겨나게 될 거예요.' 내가 대답했죠. '아니, 그런 일은 없을 거요. 내가 이곳 주인이니까.' 그이가 말했어요. 그래서 난 그 사람을 쳐다보았죠. 처음에는 이상한 늙은이라고 생각했어요. 정말 키가 작은 사람이었죠. 하지만 그에게서 어떤 힘 같은 게 느껴졌어요. 난 그이에게 상황을 모두 이야기했죠……. 그 이야기는 다른 사람들에게 들었을 거예요. 날 아주 몹쓸 여자라고 했겠지만 그렇지 않아요. 우리 부모님은 나를 정성껏 키워 주셨어요. 우리 집은 자수 가게를 했는데 꽤 고급 상점이었어요. 나는 몸을 싸구려로 내놓거나 남자 친구들을 잔뜩 사귀는 그런 여자가 아니에요. 하지만 테리는 달랐어요. 그는 아일랜드 인이었는데, 외국으로 나가게 되었죠……. 그런데 떠난 뒤에 편지나 연락이 전혀 없는 거예요. 내가 어리석었던 거죠. 그래서 그랬던 거예요. 난 그때 아이를 가진 상태였으니까요. 난 곤경에 처해 있었어요. 두려움에 떨고 있는 어린 하녀처럼요……."

그녀의 목소리는 자신의 예전 처지를 경멸하는 듯했다.

"애리스티드는 정말 좋은 사람이었어요. 그이는 모든 일이 다 잘될 거라고 말했어요. 그리고 자기는 외로운 사람이니까 당장 결혼하자고 말해 주었어요. 정말 꿈 같은 일이었죠. 그런 다음에야 나는 그 사람이 바로 그 유명한 레오니데스 씨라는 걸 알게 되었어요. 상점과 식당, 나이트 클럽을 수없이 많이 가지고 있는 사람이었어요. 정말 동화 같은 이야기죠, 안 그래요?"

"정말 동화 같은 이야기군요."

나는 무심히 대답했다.

"우리는 시티에 있는 작은 교회에서 결혼했어요. 그리고 외국으로 갔죠."

"아이는 어떻게 됐나요?"

그녀는 나를 쳐다보며 한참 동안 시선을 떼지 않았다.

"아이는 없었어요. 내가 잘못 알고 있었던 거죠."

그녀는 입가를 비스듬히 일그러뜨리며 미소를 지어 보였다.

"난 그이에게 정말 좋은 아내가 되겠다고 맹세했어요. 그리고 그 말을 지켰어요. 난 남편이 좋아하는 음식만 만들게 했고, 그이가 좋다고 하는 색상의 옷만 입었어요. 그 사람을 기쁘게 하는 일이라면 뭐든지 했죠. 그래서 그이는 행복했어요. 하지만 우린 남편의 가족들로부터 도저히 헤어날 수가 없었어요. 불쑥불쑥 찾아와 남편의 주머니에 의지해 살아가는 족속들 말이에요. 에디스 드 해빌런드 노파도 마찬가지예요. 난 우리가 결혼했을 때 그 여자가 나가야 한다고 생각했어요. 그래서 그렇게 말했죠. 하지만 애리스티드는 이렇게 대답했어. '저 사람은 이 집에서 아주 오래 살았어. 이제 여기가 그녀의 집이지.' 사실 남편은 가족들 모두를 시야에 두고 싶어 했어요. 그 사람들이 내게 심하게 굴었지만, 남편은 절대로 그런 일을 알지도 못하는 것 같았고 신경 쓰지도 않았죠. 로저는 나를 증오해요. 로저는 만나 봤어요? 그 사람은 언제나 날 싫어했죠. 나를 질투했어요. 또 필립은 너무 거만한 사람이라 내게 말 한마디 건네는 법이 없죠. 그러더니 이제는 모두들 내가 남편을 죽였다고 모함하고 있어요. 난 아니에요. 그이를 죽이지 않았어요!"

그녀는 내 쪽으로 몸을 숙였다.

"내가 죽이지 않았다는 걸 믿어 줄 거죠?"

나는 그녀가 몹시 애처로워졌다. 레오니데스 가족들은 모두 브렌다에 대해 경멸하듯 이야기했고, 그녀가 범인임을 열성적으로 믿고 있었다. 지금 이 순간, 그건 너무 비인간적인 행동인 것 같았다. 그녀는 혼자였고 의지할 데가 없었으며 위험한 상황에 놓여 있었다.

"그리고 그 사람들은 혹시 내가 범인이 아니라면, 로렌스가 한 짓이라고 생각해요."

브렌다가 말을 이었다.

"로렌스에 대해서는 어떻게 생각하십니까?"

"난 정말 로렌스를 불쌍한 사람이라고 생각해요. 그 사람은 너무 섬세해서 전쟁터에 나가 싸우지 못했죠. 그건 그 사람이 겁이 많아서가 아니에요. 감수성이 너무 예민해서 그런 거예요. 그래서 그 사람을 격려해 주고 행복하게 만들어 주고 싶었어요. 그 사람은 끔찍한 아이들을 가르쳐야 했으니까요. 유스터스는 언제나 그 사람을 비웃어요. 또 조세핀은…… 그 애를 만나 봤겠죠? 그렇다면 그 애가 좋아하는 게 어떤 건지 알 거예요."

나는 아직 조세핀을 만나지 못했다고 대답했다.

"가끔씩 난 그 아이가 정상이 아니라는 생각이 들어요. 무서울 정도로 비밀이 많은 데다가 정말 기이하게 생겼죠……. 때때로 그 애 때문에 소름이 끼칠 때가 있어요."

난 조세핀에 대해서는 이야기하고 싶지 않았다. 그래서 화제를 로렌스 브라운으로 되돌렸다.

"그는 어떤 사람입니까? 어디 출신인가요?"

내 서투른 표현에 그녀는 얼굴을 붉혔다.

"그 사람은 특별하지 않아요. 나 같은 처지죠……. 그러니 우리가 어떻게 이 집 사람들에게 맞설 수가 있겠어요?"

"조금 감정적인 반응이라고는 생각하지 않으십니까?"

"아니요, 그렇지 않아요. 그 사람들은 로렌스가 그이를 죽인 사람이기를 바라요. 아니면 나를 범인으로 만들고 싶어 하죠. 경찰은 그 사람들 편이에요. 그러니 내게 무슨 승산이 있겠어요?"

"마음을 강하게 먹어야 합니다."

내가 말했다.

"남편을 죽인 사람이 그 사람들 중 한 명일 수도 있잖아요? 아니면 외부에서 들어온 사람이나 하인들 중에 범인이 있을 수도 있죠."

"그 사람들은 살인 동기가 없습니다."

"아! 살인 동기요. 그렇다면 난 어떤 동기를 가지고 있죠? 로렌스는요?"

나는 말을 하기가 거북했다.

"제 느낌이기는 합니다만, 사람들은, 저, 로렌스와 부인이 서로 사랑하는 사이고 결혼하고 싶어 한다고 생각하는 것 같습니다."

그녀는 앉은 자세를 바로잡으며 말했다.

"그런 끔찍한 말을 하다니! 절대로 사실이 아니에요! 우리는 그런 종류의 대화는 한 적이 없어요. 난 그 사람이 안됐다고 생각해서 기운을 되찾을 수 있도록 도와준 것뿐이에요. 우린 친구일 뿐이에요. 내 말을 믿으시는 거죠, 그렇죠?"

난 그녀를 믿었다. 그녀의 말대로 그녀가 로렌스와 친구 사이일 뿐이라는 것을 믿었다. 하지만 그녀가 의식하지 못하고 있을 뿐 그 젊은이를 사랑하고 있다는 사실 또한 믿었다.

나는 그런 생각을 하며 소피아를 찾기 위해 아래층으로 내려왔다.

내가 거실에 들어가려 할 때 소피아가 복도 저 끝에 있는 방에서 고개를 내밀며 말했다.

"여기에요, 유모를 도와 점심 식사 준비를 하는 중이었어요."

나는 그녀가 있는 방으로 가려고 했다. 하지만 소피아는 복도에 나와 그 방 문을 닫고는 내 팔을 잡고 나를 아무도 없는 거실로 데려갔다.

"저기, 새할머니를 만나 봤어요? 당신은 어떻게 생각해요?"

그녀가 물었다.

"솔직히 좀 안됐다는 생각이 들더군요."

내가 대답했다.

소피아는 내 말에 놀란 듯이 보였다.

"알겠어요, 벌써 그 여자한테 넘어갔군요."

나는 약간 짜증이 났다.

"중요한 건 내가 브렌다의 입장에 서 볼 수 있었다는 거예요. 당신은 분명히 그렇게 할 수 없겠지만."

"그 여자의 입장이 뭔데요?"

"소피아, 솔직히 이 집 사람들 중에 그녀에게 호의적인 사람은 아무도 없지 않나요. 아니, 적어도 브렌다가 들어온 뒤에 친절하게 대해 준 적이 있어요?"

"그래요, 우린 새할머니에게 잘해 주지 않았어요. 우리가 왜 그래야 하죠?"

"이유를 찾을 수가 없었다면 그냥 기독교인의 온정이라는 것도 있잖아요."

"찰스, 정말 도덕적으로 고결한 말만 하는군요. 새할머니가 자기 능력을 한껏 발휘한 모양이네요."

"정말, 소피아, 당신은 그런……. 도대체 왜 이렇게 구는 건지 모르겠군요."

"난 그저 있는 그대로 말할 뿐 속이는 건 없어요. 당신은 브렌다의 입장에 서 봤다고 했어요. 그럼 이제 내 입장이 되어 봐요. 난 만들어 낸 신세 타령이나 하다가 돈 많은 노인을 만나 결혼하는 그런 젊은 여자를 좋아하지 않아요. 그리고 그런 여자를 좋아하지 않아도 될 완전한 권리가 있을 뿐만 아니라, 그런 척해야 할 이유도 전혀 없어요. 만일 이런 일이 신문에 났다면 당신 역시 그런 여자를 좋아하지 않았을 거예요."

"그녀의 이야기가 사실이 아니란 말인가요?"

"아이 얘기요? 나도 몰라요. 하지만 그럴 거라고 생각해요."

"그렇다면 당신은 할아버지가 그녀에게 속았다는 사실 때문에 화가 난 거예요?"

"할아버지는 속은 게 아니에요. 할아버지는 누구에게라도 절대로 속는 분이 아니에요. 그분은 브렌다를 원하셨어요. 그 여자를 거지 소녀로, 할아버지는 코페투아 왕*이 된 것처럼 연기를 하신 거죠. 할아버지는 자신이 무슨 일을 하고 있는지 알고 계셨어요. 그리고 계획에 따라 멋지게 원하는 바를 이루신 거죠. 할아버지의 관점에서 보면 그 결혼은 완벽한 성공이었어요. 사업을 비롯한 여러 다른 일들과 마찬가지로 말이에요."

"당신 할아버지의 성공에는 로렌스 브라운을 가정교사로 고용한 것도 들어가는 건가요?"

내가 비꼬는 투로 물었다.

소피아는 얼굴을 찌푸렸다.

"그렇지 않다고는 확신할 수 없어요. 할아버지는 새할머니가 행복하고 즐겁게 지내기를 원하셨으니까요. 그리고 그렇게 지내려면 보석과 옷을 사 주는 것만으로는 부족하다고 생각하셨을 거예요. 어쩌면 그녀가 낭만적인 사랑을 원하고 있다고 생각하셨을지도 몰라요. 그런 계산 아래 로렌스 브라운을 고용하셨을 수도 있죠. 당신이 내 말을 이해할지 모르겠지만 누군가를 길들일 때는 그런 방법도 쓸 수 있는 거예요. 약간 우울하고 아름다운 정신적 사랑이 브렌다가 외부의 누군가와 진짜 사랑에 빠지는 것을 막아 준다고 생각하셨던 거죠. 물론 할아버지가 그런 식으로 일을 처리하신 게 잘한 일이라고 말하는 건 아니에요. 정말 능구렁이 같은 분이셨어요, 우리 할아버지는."

---

* 상상 속의 아프리카 왕. 평소 여자를 멀리하던 그는 어느 날 거지 소녀를 보고 사랑에 빠진다.

"정말 그런 것 같군요."

"물론 할아버지도 이렇게 살인으로까지 이어지리라고는 예측하지 못하셨지요……."

갑자기 소피아의 말투가 격해졌다.

"그리고 그 때문에 그 여자가 범인이라는 사실이 정말로 믿어지지도 않고, 믿고 싶지도 않은 거예요. 새할머니가 할아버지를 죽일 계획을 세웠거나, 혹시 로렌스와 둘이 같이 계획을 세웠더라도 할아버지는 틀림없이 그 사실을 알아차리셨을 거예요. 당신한테는 이런 말이 무리하게 들릴지도 모르지만……."

"사실 그렇긴 해요."

"하지만 그건 당신이 할아버지를 모르기 때문에 그런 거예요. 할아버지가 자신을 죽이려는 살인자를 모르는 척하셨을 리가 없어요! 그래요! 우린 결국 막다른 골목에 부딪혔어요."

"소피아, 브렌다는 겁에 질려 있었어요. 정말로 두려움에 떨고 있더라고요."

"태버너 경감과 그 재미있는 경찰들 때문에요? 그래요, 사람을 좀 놀라게 하기는 하더군요. 로렌스는 신경질적인 반응을 보이지 않던가요?"

"맞아요. 그 남자는 아주 혐오스러운 모습을 보여 주더군요. 여자들이 그런 남자에게서 무엇을 보는 건지 도무지 이해할 수가 없던데요."

"당신이 보기엔 그랬어요? 찰스, 사실 로렌스는 성적 매력이 물씬

풍기는 남자예요."

"그렇게 허약해 보이는 남자가 말이에요?"

내가 믿을 수 없다는 듯이 말했다.

"어째서 남자들은 항상 여자들이 원시인처럼 거친 남자에게만 매력을 느껴야 한다고 생각하는 거죠? 로렌스는 분명히 매력적인 사람이에요. 뭐, 당신이 그런 사실을 알아차릴 수 있을 거라고 기대하지는 않지만."

그녀는 나를 쳐다보았다.

"당신, 새할머니가 던진 미끼를 제대로 물었군요."

"억지 부리지 마요. 브렌다는 굉장한 미인도 아니던데. 그리고 사실 그녀는……."

"대놓고 유혹하지도 않았다고요? 아니요, 이미 그 여자는 당신이 자기를 불쌍하게 여기도록 만들었어요. 새할머니는 굉장한 미인은 아니에요, 머리가 아주 영리한 편에 속하지도 않지요. 하지만 그녀에게는 눈에 띄는 특성이 있어요. 그 여자는 말썽을 일으킬 줄 알아요. 벌써 당신과 나 사이에 문제를 일으켰잖아요."

"소피아."

나는 깜짝 놀라 소리쳤다.

소피아는 문 쪽으로 갔다.

"잊어버려요, 찰스. 난 점심 준비하러 가야겠어요."

"나도 같이 도울게요."

"아니에요. 당신은 그냥 여기 있어요. 당신 같은 신사가 주방에 들어오면 유모가 당황할 거예요."

"소피아."

나는 막 방을 나가려는 그녀를 다시 불렀다.

"예, 왜 그래요?"

"궁금한 게 있어서요. 왜 당신 거처와 큰아버지 거처에는 앞치마에 모자를 쓰고 문을 열어 주는 하인이 없는 거죠?"

"할아버지는 요리사와 가정부, 하녀에 시중드는 아이까지 모두 두셨어요. 할아버지는 하인들을 두는 걸 좋아하셨거든요. 물론 급료도 넉넉하게 주셨죠. 큰아버지와 큰어머니는 매일 청소해 주는 파출부를 부르세요. 두 분은 하인을 두는 걸 싫어하시니까. 특히 큰어머니가 싫어하세요. 큰아버지가 매일 시내에서 충분한 식사를 드시고 오지 않았다면 틀림없이 굶어 죽었을 거예요. 큰어머니는 음식이란 양상추와 토마토, 당근만 먹으면 된다고 생각하신다니까요. 우리도 때때로 하인들을 두죠. 그러다 어머니가 성질을 한번 부리면 사람들이 그냥 떠나 버려요. 그러면 어쩔 수 없이 파출부를 부르고, 그러다가 다시 하인을 두면 또 떠나 버리고. 그게 반복되는 것이 우리의 일상이에요. 그나마 유모가 항상 있기 때문에 급한 일이 생겨도 그럭저럭 해 나갈 수 있는 거죠. 이제 아시겠죠?"

소피아가 나갔다. 나는 커다란 의자에 몸을 파묻고 깊은 생각에 잠겼다.

2층에서 나는 브렌다의 입장을 들었다. 그리고 지금 여기에서는 소피아의 입장을 알게 되었다. 소피아의 생각이 전적으로 옳다는 것은 알고 있었다. 아마 그것이 레오니데스 가족의 공통된 생각일 것이다.

그건 그들이 비열하다고 생각하는 방법으로 집 안까지 들어온 이 방인에 대한 분노였다. 가족들은 전적으로 자신들의 권리를 행사할 뿐이었다. 소피아가 말했던 것처럼 만약 이런 일이 신문에 났다면 분명 그다지 좋게 보이지 않았을 것이다…….

하지만 인간적인 측면도 생각해 보아야 한다. 내게는 보이지만, 가족들에게는 보이지 않는 부분. 가족들은 과거부터 계속 엄청난 부를 누려 왔고, 지금도 안정적인 생활을 하고 있다. 그들은 사회에서 버림받은 사람들이 어떤 유혹을 느끼는지 알지 못한다.

브렌다 레오니데스는 부유함과 좋은 물건들, 안정감 그리고 가정을 원했다. 그녀는 그런 것을 얻은 대가로 늙은 남편을 행복하게 만들어 주었다고 주장하고 있다. 나는 그녀에게 연민을 느꼈다. 분명히 그녀의 이야기를 듣는 동안에는 그녀를 안타깝게 생각했다…….그런데 지금은 그녀에게 얼마나 연민을 느끼고 있을까?

이 의문에는 두 가지 측면이 있다. 다른 각도로 보는 측면, 진실한 눈으로 보는 측면…….진실한 측면이라…….

나는 전날 밤 거의 잠을 이루지 못했다. 그런 데다 아침 일찍 일어나 태버너 경감과 함께 이곳으로 왔다.

이렇게 마그다 레오니데스의 거실에서 안락하고 향기로운 분위기 속에 있다 보니 커다란 의자에 편안히 기댄 몸이 서서히 풀어지는 것 같았다. 이내 눈꺼풀도 내려오기 시작했다…….

브렌다와 소피아를 생각하다 노인의 초상화를 떠올리던 나는 기분 좋은 몽롱함 속으로 천천히 빠져들기 시작했다.

난 잠들었다…….

제10장

나는 차츰 의식이 돌아오는 것을 느꼈다. 처음에는 내가 잠들었다는 사실조차 깨닫지 못하고 있었다. 꽃향기가 코를 스쳤고 눈앞에 무언가 하얗고 둥근 것이 떠다니고 있었다. 얼마 지나지 않아 내가 보고 있는 것이 사람 얼굴이라는 것을 깨달았다. 그 얼굴이 내게서 한두 걸음 뒤로 물러서자 한결 분명하게 보였다. 잠에서 완전히 깨어나자 시야가 분명해졌다. 그래도 그 얼굴은 여전히 도깨비처럼 보였다. 둥글고 툭 튀어나온 이마에 뒤로 빗어 넘긴 머리카락, 작지만 반짝반짝 빛나는 검은 눈동자까지. 하지만 그 얼굴은 분명히 사람 몸에 붙어 있었다. 조그맣고 바짝 마른 몸이기는 했지만 말이다. 그런 모습을 가진 아이가 나를 뚫어져라 쳐다보고 있었다.

"안녕하세요."

그 애가 말했다.

"안녕."

나는 눈을 깜박거리며 대답했다.

"난 조세핀이라고 해요."

이미 그럴 거라 짐작은 하고 있었다. 소피아의 동생인 조세핀은 열한 살이나 열두 살 정도로 보였다. 그 애는 할아버지와 똑같이 닮은, 뭐라 말할 수 없을 정도로 못생긴 아이였다. 왠지 그 애가 할아버지의 머리까지 닮았을지도 모른다는 생각이 들었다.

"아저씨가 소피아 언니의 애인이군요."

조세핀이 말했다.

나는 그 말이 맞다는 것을 인정할 수밖에 없었다.

"그런데 여기에는 태버너 경감님과 함께 오셨죠? 어떻게 같이 왔어요?"

"그분은 내 친구란다."

"그래요? 난 그 사람이 싫어요. 그래서 아무것도 말해 주지 않을 거예요."

"뭘 말이니?"

"내가 알고 있는 걸요. 난 많은 것을 알고 있어요. 뭐든지 알아내는 걸 좋아하니까요."

그 애는 의자 팔걸이에 앉더니 계속해서 내 얼굴을 구석구석 살펴보았다. 난 곤혹스러웠다.

"할아버지는 살해당하신 거예요. 알고 계세요?"

"그래, 나도 알아."

내가 대답했다.

"독살당하신 거래요. 에, 세, 린으로요."

그 애는 그 단어를 아주 조심스럽게 발음했다.

"정말 재미있지 않아요?"

"그런 것 같구나."

"유스터스 오빠하고 나는 정말 재미있어 하고 있어요. 우리는 탐정 이야기를 좋아하거든요. 난 언제나 탐정이 되고 싶었어요. 지금난 탐정이에요. 단서를 모으고 있죠."

그 애는 정말 도깨비 같이 느껴졌다.

조세핀이 다시 말하기 시작했다.

"태버너 경감님하고 같이 온 사람도 형사겠죠? 책에서 읽었는데사복 형사들은 항상 장화를 신는다고 했어요. 하지만 그 형사는 스웨이드 신발을 신고 있던데."

"예전에는 그랬는데 변한 거겠지."

조세핀은 그 말을 자기 나름대로 해석한 듯했다.

"맞아요. 이제 이곳도 많은 변화가 있을 거예요. 우리는 런던 임뱅크먼트 근처에 있는 집에 가서 살게 될 거예요. 오래전부터 엄마가 바라던 일이거든요. 그렇게 되면 엄마는 정말 기뻐할 거예요. 아빠도 책만 가지고 간다면 그렇게 싫어하시지 않을 거예요. 이제까지는 그럴 여유가 없었거든요. 아빠는 이세벨* 때문에 엄청난 돈을

---

* 성경에 나오는 인물로 악녀의 대명사이다. 이스라엘의 왕비였던 그녀는 이스라엘 신의 숭배를 탄압하다가 마지막에는 개들에게 먹혀 죽음을 맞는다.

날렸으니까요."

"이세벨?"

"예, 안 보셨어요?"

"아, 연극 제목인가 보구나? 난 보지 못했어. 외국에 있었거든."

"그다지 오래 상연하지도 않았어요. 정말 끔찍할 정도로 망했으니까요. 엄마는 이세벨 역에는 어울리지 않아요. 그렇지 않아요?"

나는 마그다에게 받은 인상을 떠올려 보았다. 복숭아 빛 네글리제를 입으나 단정한 정장을 입고 있으나 그녀는 이세벨 역에는 전혀 어울리지 않았다. 하지만 마그다에게 내가 아직 보지 못한 다른 모습이 있을 거라고 믿고 싶었다.

"좀 그런 것 같기는 하구나."

나는 조심스럽게 대답했다.

"할아버지는 늘 그 연극이 망할 거라고 하셨어요. 그런 종교 서사극에는 한 푼도 투자할 수 없다고 말씀하셨죠. 절대로 그 연극은 성공할 수 없을 거라고 하셨어요. 하지만 엄마는 무서울 정도로 열심히 했어요. 나도 사실 그 연극은 별로였어요. 성경에 나오는 이야기하고는 조금도 비슷하지 않았거든요. 내가 말하고 싶은 건, 이세벨이 성경에 나오는 것처럼 악독하지 않았다는 거예요. 연극에서 이세벨은 애국적이고 정말 좋은 사람처럼 보였어요. 그게 연극을 지루하게 만든 거예요. 하지만 끝 부분은 좋았어요. 사람들이 이세벨을 창밖으로 던져 버렸거든요. 그런데 개들이 와서 그 여자를 뜯어먹는 부분이 빠졌지 뭐예요. 난 그 부분이 없어서 몹시 안타까웠어요. 그렇지 않아요? 난 개들이 몰려와 그 여자를 뜯어먹는 부분을 제일 좋아하거든요. 하지만 엄마 말로는 무대 위에는 개들이 나올 수가 없대요. 왜 그런 건지 모르겠어요. 개들도 연기를 할 수 있는데 말이에요."

아이는 즐거운 듯 연극 대사를 인용했다.

"'그리고 개들은 그 여자의 손바닥만 남겨 놓고 먹어 버렸다.' 왜 개들은 손바닥을 먹지 않은 걸까요?"

"잘 모르겠구나."

"그 개들은 특별하기 때문에 그런 거라고 생각하지 않아요? 우리 집 개는 안 그렇거든요. 뭐든지 다 먹어 치우죠."

조세핀은 잠시 이 성경에 있는 신기한 이야기에 대해 골똘히 생각하는 듯했다.

"연극이 실패했다니 유감이구나."

"예, 그래서 엄마가 몹시 심란해했어요. 그 연극에 대한 비평들은 정말 끔찍했거든요. 엄마는 그걸 읽고는 하루 종일 땅이 꺼지게 울었어요. 아침 식사가 놓여 있던 쟁반을 글래디스에게 던져 버리기까지 했죠. 그러자 글래디스는 일을 그만두겠다고 했어요. 정말 재미있었죠."

"넌 연극 같은 걸 좋아하는 모양이구나, 조세핀."

"사람들이 할아버지를 부검했어요."

그 애는 생각에 잠긴 채 덧붙였다.

"할아버지가 돌아가신 이유를 찾으려고 말이에요. 그 사람들은 부검(post mortem)을 P.M이라고 부르더군요. 하지만 내 생각에는 그렇게 부르면 더 혼란스러울 것 같아요. 그렇지 않나요? 왜냐하면 P.M은 수상(Prime Minister)을 뜻하는 말이기도 하잖아요. 뿐만 아니라 오후도 그렇게 부르죠."

"할아버지가 돌아가셔서 많이 슬프겠구나?"

"특별히 그런 건 아니에요. 난 할아버지를 별로 좋아하지 않았거든요. 할아버지 때문에 발레를 배우지 못했으니까요."

"발레를 배우고 싶었니?"

"예, 엄마는 배워도 좋다고 했고, 아빠도 별 말씀 안 하셨어요. 그런데 할아버지만 내가 잘하지 못할 거라고 했어요."

아이는 의자 팔걸이에서 미끄러지듯 내려와 신발을 벗어 던지고는 발끝으로 서는 자세를 보여 주었다.

"물론 여기에 맞는 신발을 신어야만 할 수 있죠. 신발이 잘 맞는다고 하더라도 때때로 발가락 끝에 지독한 종기가 생기는 경우가 있어요."

설명을 마친 조세핀은 다시 신발을 신으며 무심하게 질문을 던졌다.

"이 집이 좋으세요?"

"아직은 뭐라고 말할 수 없겠는걸."

"내가 보기에 이 집은 곧 팔릴 거예요. 새할머니가 계속 이 집에서 살지도 모르지만. 어쩌면 큰아버지와 큰어머니도 이제는 떠나지 않을지도 몰라요."

"두 분이 이곳을 떠난다고 했니?"

희미하게 호기심이 솟구치는 것을 느끼며 내가 물었다.

"예, 두 분은 화요일에 떠나려고 했어요. 외국 어딘가로 비행기를 타고서요. 큰어머니는 새로 가벼운 여행 가방까지 샀는걸요."

"난 그런 얘기 못 들었는데."

"당연하죠, 이건 아무도 모르는 일이에요. 비밀이니까. 두 분은 아무 말 없이 떠나려고 했어요. 아마 할아버지한테 편지만 남겨 놓고 떠나려고 했을 거예요."

그 애가 말을 이었다.

"그 편지를 바늘꽂이 위에 핀으로 꽂아 놓지는 않았을 거예요. 그건 아주 옛날 책에 나오는 여자들이 남편을 떠날 때 쓰는 방법이니까요. 더군다나 요즘에는 바늘꽂이 같은 걸 가지고 있는 사람이 없다고요. 그렇게 하는 건 어리석은 짓이죠."

"물론 그분들은 그렇게 하시지는 않을 거다, 조세핀. 큰아버지가 왜 떠나려고 했는지는 혹시 알고 있니?"

그 애는 교묘히 나를 곁눈질했다.

"알 것 같아요. 아마 런던에 있는 큰아버지 사무실에 일이 생긴 것 같았어요. 확실한 건 아니지만, 큰아버지가 뭔가를 횡령하신 것 같아요."

"어떻게 그런 생각을 하게 됐지?"

조세핀은 가까이 다가와 내 얼굴에 깊이 숨을 내뱉었다.

"할아버지가 독살당하셨던 그날, 큰아버지는 아주 오랫동안 할아버지 방에 계셨어요. 두 분은 끊임없이 대화를 나누셨죠. 그때 큰아버지는 자신이 아무 쓸모도 없을 뿐만 아니라, 할아버지를 실망시켰다고, 돈이 문제가 아니라 자신이 신용이 없는 사람이 된 것 같은 느낌이 든다고 할아버지한테 말했어요. 큰아버지는 아주 고통스러워하고 있었어요."

나는 복잡한 심정으로 조세핀을 바라보았다.

"조세핀, 문 밖에서 엿듣는 건 좋은 일이 아니라고 말해 주는 사람이 없었니?"

조세핀은 고개를 힘차게 끄덕였다.

"물론 그런 말은 들었죠. 하지만 정보를 알아내기 위해서는 문 밖에서 엿들을 수밖에 없어요. 태버너 경감님도 그렇게 하실걸요. 안 그래요?"

내가 그 점에 대해 생각하는 동안 조세핀은 기운차게 말을 이어 갔다.

"설사 경감님은 그런 행동을 안 하더라도, 스웨이드 구두를 신은 다른 아저씨가 그렇게 할 거예요. 그 사람들은 남의 책상을 뒤지고 편지들을 읽어 보고 숨기는 것이 없는지도 찾아보잖아요. 그 사람들은 어리석을 뿐이에요. 어디를 봐야 하는지 모르고 있으니까요!"

조세핀은 우월감을 느끼는 듯 말했다. 그때 나는 그 말의 함축된 의미를 깨닫지 못할 정도로 어리석었다. 사람을 불쾌하게 만드는 아이가 계속 말했다.

"유스터스 오빠하고 나는 많은 사실을 알고 있어요. 하지만 내가 오빠보다 훨씬 많이 알고 있죠. 오빠는 그렇다는 사실을 몰라요. 오빠는 늘 여자는 절대로 훌륭한 탐정이 될 수 없다고 말하죠. 하지만 난 여자도 될 수 있다고 말해요. 앞으로 내가 아는 모든 사실을 수첩에 쓸 생각이에요. 그리고 경찰이 범인을 잡지 못하면, 그걸 앞에 내놓으면서 이렇게 말할 거예요. '난 누가 범인인지 알고 있다.'"

"탐정 소설을 많이 읽었나 보구나, 조세핀?"

"엄청 많이요."

"넌 할아버지를 죽인 사람을 알고 있는 것 같은데?"

"그렇다고 생각해요. 하지만 좀 더 단서를 모아야 해요."

아이는 말을 멈추었다가 다시 입을 열었다.

"태버너 경감님은 새할머니가 범인이라고 생각하죠, 그렇죠? 아니면 새할머니와 로렌스 선생님이 같이 살인을 저질렀다고 생각하고 있을 거예요. 두 분은 서로 사랑하고 있으니까 말이에요."

"그런 말은 하는 게 아니다, 조세핀."

"왜 안 돼요? 두 분은 서로 사랑하는데."

"네가 판단할 일이 아니야."

"아니요, 난 알아요. 두 사람은 서로 편지도 주고받았는걸요. 연애편지 말이에요."

"조세핀! 어떻게 그런 사실을 알고 있지?"

"내가 읽어 봤으니까요. 정말 끔찍할 정도로 낯간지러운 내용들이에요. 하긴 로렌스 선생님이 감상적이기는 하죠. 선생님은 겁이 너무 많아서 전쟁에 나가 싸우지도 못했어요. 그 대신 지하실에 내려가 화부 노릇을 했대요. 폭격이 있을 때면 선생님 얼굴은 새파랗게 질려 버려요. 정말 파란색으로 변한다니까요. 그걸 보고 유스터스 오빠하고 내가 얼마나 웃었는지 몰라요."

나는 할 말을 찾지 못했다. 그때 밖에서 자동차가 들어오는 소리가 들렸다. 조세핀은 눈 깜짝할 사이에 창가로 달려가 유리창에 들창코를 들이댔다.

"누구지?"

"게이츠킬 씨예요. 할아버지의 변호사죠. 아마 유언 때문에 왔나봐요."

조세핀은 흥분한 듯 숨을 몰아쉬며 급히 방에서 나갔다. 아이는 탐정 활동을 재개한 것이 틀림없어 보였다.

마그다 레오니데스가 방으로 들어오더니 정말 뜻밖에도 내게 다가와 내 손을 잡았다.

"아직 있어서 다행이에요. 이런 좋지 않은 상황에서는 남자가 한 사람이라도 더 필요한 법이니까."

그녀는 내 손을 놓고 등받이가 높은 의자를 지나치면서 자세를 살짝 바꿔 거울 속에 비친 자신의 모습을 흘긋 쳐다보았다. 그러고는 탁자 위에 있던 배터시에서 만든 작은 에나멜 상자를 집어 들어서는 생각에 잠긴 듯 그 자리에 가만히 서서 상자의 뚜껑을 열었다 닫았다 하는 동작을 반복했다. 정말 매력적인 모습이었다.

소피아가 문으로 얼굴을 내밀고는 경고하듯 속삭이는 목소리로 말했다.

"게이츠킬 씨가 오셨어요!"

"알고 있어."

마그다가 대답했다.

몇 분 후, 소피아가 몸집이 작고 나이가 많은 남자와 함께 방으로 들어왔다. 마그다는 에나멜 상자를 내려놓고 그를 맞이하기 위해 앞으로 나섰다.

"안녕하셨습니까, 필립 부인. 2층에 가는 길입니다. 유언장에 대해서 약간의 오해가 있으신 듯해서요. 남편 분이 제게 보내신 편지를 보니 유언장을 제가 보관하고 있는 것으로 생각하시는 것 같더군요. 제가 돌아가신 레오니데스 씨께 들은 대로라면 유언장은 금고 안에 직접 보관하고 계십니다. 그 일에 대해 뭔가 알고 계신 것이 없는지요?"

"가엾은 아버님의 유언장에 대해서요?"

마그다가 깜짝 놀란 듯 눈을 크게 떴다.

"저는 전혀 모르는 일이에요. 혹시 2층에 있는 악독한 여자가 유언장을 없애 버린 건 아니겠죠?"

"이런, 필립 부인, 그런 억측은 하지 마십시오. 전 그저 아버님이 유언장을 어디에 보관하셨는지 알고 계시느냐고 물었을 뿐입니다."

그가 주의를 주듯 손가락을 흔들면서 대답했다.

"하지만 아버님은 유언장에 서명한 다음 변호사님한테 보내셨어요. 분명히 그러셨을 거예요. 아버님이 그렇게 말씀해 주셨어요."

"경찰이 레오니데스 씨의 서류들을 모두 조사했을 겁니다. 아무래도 태버너 경감을 좀 만나 봐야겠군요."

그는 방을 나갔다.

"소피아, 애야, 그 여자가 유언장을 없애 버린 게 분명해. 내 말이 맞을 거야."

마그다가 소리쳤다.

"말도 안 돼요, 어머니. 새할머니는 그런 일을 벌일 만큼 어리석지 않아요."

"전혀 어리석은 일이 아니지. 유언장이 없으면 그 여자가 모든 것을 가지게 될 테니까."

"쉿, 게이츠킬 씨가 돌아오셨나 봐요."

변호사가 다시 방으로 들어왔다. 그와 함께 태버너 경감이 들어왔고, 그 뒤를 필립이 따랐다.

"저는 레오니데스 씨가 유언장을 은행 안전 금고에 보관하신 걸로 알고 있습니다."

게이츠킬이 말했다.

태버너가 고개를 저었다.

"은행 쪽에 연락해 봤습니다. 레오니데스 씨는 유가 증권을 제외하고는 은행 쪽에 어떤 사적인 서류도 맡긴 적이 없답니다."

필립이 말했다.

"어쩌면 로저 형이나 이모님이 아실지도 모릅니다. 소피아, 네가 가서 두 분을 모셔 오렴."

그러나 막상 불려온 로저 레오니데스는 아무런 도움도 주지 못했다.

"하지만 그건 말이 되지 않습니다. 도저히 있을 수 없는 일이에 요. 아버지는 유언장에 서명한 후 바로 다음 날 게이츠킬 씨에게 보냈다고 분명히 말씀하셨습니다."

그가 단언했다.

게이츠킬은 의자에 몸을 기댄 채 눈을 반쯤 감으며 말했다.

"제가 기억하기로는, 레오니데스 씨의 지시에 따라 유언장의 초안을 작성한 날이 작년 11월 24일이었습니다. 레오니데스 씨는 그 초안에 만족하셨고, 제게 다시 보내 주셨습니다. 전 절차에 따라 정식 유언장을 작성했고, 서명을 받기 위해 레오니데스 씨께 보냈습니다. 일주일 정도 지난 후에, 정식으로 서명된 유언장을 돌려받지 못했다는 사실을 그분께 말씀드리고 변경할 내용은 혹시 없는지 물었습니다. 그러자 레오니데스 씨는 아주 만족스러웠다고 하시며, 유언장은 서명을 한 후에 거래하고 있는 은행으로 보냈다는 말씀을 덧붙이셨습니다."

"그건 맞습니다. 작년 11월 말경이에요. 너도 기억나지, 필립? 저녁 무렵, 아버지가 저희 모두를 부르시고는 유언장을 읽어 주셨죠."

로저가 열성적으로 말했다.

태버너가 필립 레오니데스 쪽을 쳐다보았다.

"선생도 그렇게 기억하고 계십니까?"

"맞습니다."

필립이 대답했다.

"「보이시의 유산」과 비슷하네요."

마그다가 말했다. 그녀는 즐거운 듯 한숨을 내쉬었다.

"전 항상 유언장에는 무언가 극적인 요소가 있다고 생각했어요."

"소피아 양도 그렇게 생각하나요?"

"예, 저도 그랬다고 기억해요."

소피아가 대답했다.

"그렇다면 유언장의 내용은 어떻습니까?"

태버너가 물었다.

게이츠킬이 언제나 그렇듯이 정확하고 빠짐 없이 답변하려고 했지만 로저 레오니데스가 선수를 쳐 버렸다.

"유언장의 내용은 정말 간단합니다. 엘렉트라와 조이스가 죽었기 때문에 그 애들의 몫이 다시 아버지께 돌아갔지요. 조이스의 아들인 윌리엄은 미얀마 전투에서 전사했습니다. 그 애만 자기 몫의 유산을 자기 아버지에게 남겼지요. 남아 있는 혈육이라고는 필립과 저, 아이들뿐입니다. 아버지는 그 사실을 말씀해 주셨지요. 아버지는 이모님께는 세금 없이 5만 파운드를 남겨 주셨습니다. 새어머니에게도 세금 없이 10만 파운드를 주고, 그 외에도 이 집과 그녀를 위해 산 런던의 저택 중 원하는 것을 주라고 하셨습니다. 남은 재산은 모두 3등분해서 저와 필립이 각각 3분의 1을 받고, 소피아, 유스터스, 조세핀이 나머지 3분의 1을 나누어 받게 되어 있습니다. 그 중에서도 어린 유스터스와 조세핀의 몫은 적당한 나이가 될 때까지 신탁에 맡겨지게 됩니다. 제 말이 맞지요, 게이츠킬 씨?"

"제가 작성했던 내용과 대충 비슷한 것 같군요."

게이츠킬은 직접 대답하지 못해 다소 씁쓸해하며 동의했다.

"아버지가 직접 유언장의 내용을 읽어 주셨습니다. 그리고 저희에게 하고 싶은 말이 있으면 뭐든지 하라고 하셨죠. 물론 대답한 사람은 아무도 없었습니다만."

"브렌다가 한마디 하긴 했지."

에디스 드 해빌런드가 말했다.

"맞아요. 어머님은 사랑하는 남편의 죽음에 대해 이야기한다는 것은 도저히 참을 수 없는 일이라고 했어요. 생각만 해도 정말 '섬뜩한 기분이 든다.'는 말도 했죠. 그러면서 아버님이 돌아가신다고 해도, 그런 무서운 돈은 한 푼도 받고 싶지 않다고 했어요!"

마그다가 열성적으로 대꾸했다.

"보통 그 여자 같은 부류들은 그런 식으로 말을 하지."

에디스 드 해빌런드가 말했다.

그건 잔인하고 신랄하기 그지없는 반응이었다. 그 순간 나는 에디스 드 해빌런드가 브렌다를 얼마나 싫어하는지 느낄 수 있었다.

"아주 합리적이고 공정한 재산 분배였습니다."

게이츠킬이 말했다.

"유언장을 읽은 다음에는 무슨 일이 있었습니까?"

태버너 경감이 물었다.

"유언장을 읽고 난 후 아버지는 서명을 하셨습니다."

로저가 대답했다.

태버너가 몸을 앞으로 숙였다.

"아버님은 언제 어떻게 서명을 하셨나요?"

로저는 무언가 호소하는 듯한 눈빛으로 아내가 있는 쪽을 돌아보았다. 클레멘시는 그 시선에 답이라도 하듯 입을 열었다. 다른 가족들 역시 그녀가 대답하는 것에 만족하는 듯했다.

"그때 있었던 일을 정확하게 알고 싶으신 건가요?"

"가능하다면 기꺼이 부탁드리겠습니다, 부인."

"아버님께서는 책상 위에 유언장을 놓으셨어요. 그러고는 우리 중에 누군가에게(아마 로저를 부르셨던 것 같아요.) 벨을 좀 눌러 달라고 하셨어요. 로저가 벨을 눌렀어요. 그 소리를 듣고 존슨이 들어오자, 아버님은 그에게 하녀인 자넷 울머를 불러오라고 하셨어요. 두 사람이 함께 오자 아버님이 먼저 유언장에 서명을 하신 다음 두 사람에게 그 아래에 서명하라고 시키셨어요."

"정확합니다. 유언자는 반드시 증인 두 사람의 입회 하에 유언장에 서명하도록 되어 있고, 반드시 그 시간 그 자리에서 증인들의 서명을 받게 되어 있습니다."

게이츠킬이 말했다.

"그 다음에는 어떻게 됐습니까?"

태버너가 물었다.

"아버님은 두 사람에게 고맙다고 인사하셨고, 그 두 사람은 나갔습니다. 아버님은 유언장을 긴 봉투에 집어넣으면서 다음 날 게이츠킬 씨에게 보낼 거라고 말씀하셨습니다."

"다른 분들도 그날의 상황에 대한 부인의 말씀에 동의하십니까?"

태버너 경감이 사람들을 돌아보며 말했다.

모두들 동의한다고 낮은 목소리로 대답했다.

"책상 위에 유언장이 있었다고 말씀하셨죠. 여러분은 책상에서 어느 정도 거리에 계셨습니까?"

"그렇게 가깝지는 않았어요. 가장 가까이 있었던 사람도 대충 사오 미터 정도 떨어져 있었으니까요."

"애리스티드 레오니데스 씨는 책상 앞에 앉은 상태로 유언장을 읽으셨나요?"

"예."

"레오니데스 씨가 유언장을 읽고 난 후 서명을 하기 전에 책상에서 일어나거나, 그 앞을 벗어난 적은 없습니까?"

"네, 없어요."

"그렇다면 증인으로 불려왔던 하인들은 유언장에 서명하기 전에 그 내용을 볼 수 있었을까요?"

"보지 못했을 거예요. 아버님은 서명할 자리만 남겨 놓고, 유언장을 다른 종이로 가려 놓으셨으니까요."

클레멘시가 대답했다.

"그건 당연한 겁니다. 유언장의 내용은 하인들과는 상관 없으니까요."

필립이 말했다.

"알겠습니다. 그렇다면 이건 정말 모를 일이군요."

태버너가 말했다.

그는 기운차게 긴 봉투를 하나 꺼내더니 변호사에게 건네주었다.

"이걸 좀 봐 주시죠. 그리고 어떻게 된 일인지 제게 말씀해 주시기 바랍니다."

태버너가 말했다.

게이츠킬은 봉투에서 접힌 서류를 꺼냈다. 그는 서류의 내용을 보고는 깜짝 놀란 표정으로 서류를 이리저리 돌려보았다.

"이건, 정말 놀라지 않을 수가 없습니다. 도저히 이해할 수가 없군요. 이게 어디에 있었는지 물어봐도 되겠습니까?"

"레오니데스 씨의 다른 서류들처럼 금고 속에 안전하게 보관되어 있더군요."

"그게 뭡니까? 무슨 일로 그러시는 거죠?"

로저가 물었다.

"이건 제가 아버님께 준비해 드렸던 유언장입니다. 하지만 로저 씨, 정말 이해할 수가 없군요. 조금 전에 말씀하셨던 것과는 달리 이 유언장에는 서명이 되어 있지 않습니다."

"그럴 리가? 그렇다면 그건 유언장 초안 아닐까요?"

"아닙니다. 레오니데스 씨는 원래 초안을 제게 돌려보내셨습니다. 그걸 토대로 정식 유언장을 작성했지요. 이게 그 유언장입니다."

그는 손가락으로 서류를 가볍게 두드렸다.

"그리고 레오니데스 씨의 서명을 받기 위해 보냈습니다. 로저 씨 말씀대로라면, 아버님은 가족들이 모두 지켜보는 앞에서 이 유언장에 서명을 한 후 두 증인의 서명을 받았다고 하셨는데, 이 유언장에는 어떤 서명도 없습니다."

"하지만 그건 불가능한 일입니다."

필립 레오니데스가 소리쳤다. 지금까지 그에게서 듣지 못했던 격앙된 목소리였다.

태버너가 물었다.

"아버님의 시력은 어땠나요?"

"아버지는 녹내장으로 고생하고 계셨습니다. 그래서 글을 읽을 때는 도수가 높은 안경을 쓰셨죠."

"아버님은 그날 저녁에도 안경을 쓰고 계셨습니까?"

"물론입니다. 아버지는 유언장에 서명을 마친 후에도 안경을 벗지 않으셨습니다. 그랬지?"

"맞아요."

클레멘시가 말했다.

"그렇다면 아버님이 유언장에 서명하기 전에 책상 근처에 갔던 사람은 아무도 없다고 확신할 수 있습니까?"

"궁금하군요. 그때 일을 정확하게 떠올릴 수 있는 사람이 누구라도 있으십니까?"

마그다가 눈을 가늘게 뜨며 말했다.

"책상 근처에는 아무도 가지 않았어요. 더군다나 할아버지는 책상 앞에서 한시도 자리를 비우지 않으셨어요."

소피아가 말했다.

"책상 위치는 그때와 같습니까? 혹시 방문이나 창문, 커튼 가까이 놓여 있지는 않았습니까?"

"지금 이 자리였어요."

"유언장을 어떻게 바꿔 치기 했는지 알아보는 겁니다. 아무래도 누군가 유언장을 바꾼 것이 분명합니다. 레오니데스 씨는 자신이 방금 읽은 유언장에 서명을 했다고 생각하셨을 겁니다."

태버너가 말했다.

"서명을 지워 버린 건 아닙니까?"

로저가 물었다.

"아닙니다. 이렇게 흔적 없이 서명을 지울 수는 없습니다. 다른 가능성은 생각해 볼 수 있지요. 이게 게이츠킬 씨가 보냈고, 레오니데스 씨가 여러분들 앞에서 서명했던 그 서류가 아닐 수도 있다는 겁니다."

"그렇지만, 저는 이것이 유언장의 원본임을 맹세할 수 있습니다. 여기 서류에 작은 얼룩이 있지요. 왼쪽 구석 위쪽에요. 비행기와 닮은 것처럼 보이는 이것 말입니다. 전 바로 알아볼 수 있었습니다."

게이츠킬의 말에 가족들은 우두커니 서로를 쳐다보았다.

"정말 이상한 일이군요. 전 지금까지 이런 경우는 한 번도 본 적이 없습니다."

게이츠킬이 말했다.

"그건 불가능한 일입니다. 우리 모두 그 자리에 있었어요. 그런 일은 도저히 일어날 수가 없었단 말입니다."

로저가 말했다.

에디스 드 해빌런드가 마른 기침을 했다.

"이미 일어난 일을 일어나지 않았다고 말하는 건 아무 소용없는 일이다."

그녀가 로저에게 주의를 주고는 물었다.

"그럼, 지금 상황은 어떻게 되는 건가요? 그게 알고 싶군요."

게이츠킬은 즉시 변호사 본연의 신중한 모습으로 돌아갔다.

"이 상황에 대해 아주 신중한 조사가 이루어질 것입니다. 그리고 이 서류는 물론, 이전의 유언장들까지 모두 무효가 될 겁니다. 이 유언장이라고 믿었던 서류에 레오니데스 씨가 서명하는 걸 목격한 증인이 이렇게 많으니까요. 정말 흥미로운 일입니다. 법적인 문제도 조금은 있습니다만."

태버너가 흘긋 시계를 쳐다보았다.

"제가 점심 식사를 방해한 건 아닌지 모르겠군요."

"저희와 함께 점심을 드시지 않겠습니까, 경감님?"

필립이 물었다.

"말씀은 고맙습니다만, 스윈리 딘의 크레이 박사와 만나기로 되어 있어서 말입니다."

그러자 필립은 변호사를 돌아보며 권했다.

"게이츠킬 씨, 함께 식사하시지요."

"고맙습니다, 필립 씨."

사람들은 모두 자리에서 일어섰다. 나는 조심스럽게 소피아에게

다가가 작은 목소리로 물었다.

"가는 게 좋을까, 그대로 있는 게 좋을까?"

내 말은 마치 빅토리아 시대의 노래 제목처럼 우스꽝스럽게 들렸다.

"가는 게 좋겠어요."

소피아가 말했다.

난 태버너를 따라 조용히 방에서 나왔다. 조세핀은 저택의 후원으로 이어지는 문 앞에서 어슬렁거리고 있었다. 아이는 어쩐지 굉장히 재미있어 하는 눈치였다.

아이가 말했다.

"경찰은 정말 어리석다니까."

소피아가 거실에서 나왔다.

"여기서 뭐 하는 거지, 조세핀?"

"유모를 도와주고 있었어."

"문 밖에서 엿들은 것 다 알고 있어."

조세핀은 소피아에게 얼굴을 찌푸려 보이고는 어디론가 가 버렸다.

"저 아이는 좀 문제가 있어요."

소피아가 말했다.

제11장

나는 런던 경시청의 부청장실로 들어갔다. 그곳에서 분명 고뇌로 가득했을 보고를 마친 태버너를 만날 수 있었다.

"이제 오셨군요. 저는 그 집안 사람들을 만나 이야기를 들어 보았습니다. 그런데 알아낸 사실이 아무것도 없어요. 하나도 없단 말입니다! 무엇보다도 살인 동기가 없습니다. 그들 중에 돈 때문에 어려움을 겪고 있는 사람은 아무도 없었어요. 그리고 레오니데스의 아내와 그녀의 애인이라는 젊은이에 대해 알아낸 사실은 그 여자가 커피를 따를 때 그가 추파를 던졌다는 것밖에는 없습니다!"

"진정하세요, 태버너 경감님. 제가 그보다는 조금 더 알려 드릴 수 있을 겁니다."

내가 말했다.

"예, 그렇습니까? 어서 말해 보세요, 찰스 씨. 어떤 사실을 알아냈습니까?"

나는 자리에 앉아 담배에 불을 붙인 다음 의자에 몸을 편히 기댄 채 입을 열었다.

"로저 레오니데스와 그 부인은 다음 주 화요일에 외국으로 도망갈 계획이었어요. 그 노인이 죽던 날, 로저가 아버지를 만났을 때 분위기가 심상치 않았답니다. 레오니데스 노인이 뭔가 잘못된 걸 알아냈고 로저는 자기 잘못을 인정했답니다."

태버너의 얼굴이 시뻘게졌다.

"그런 사실들을 어디서 알아냈습니까? 혹시 하인들에게 들은 거라면……."

"하인들에게 들은 게 아닙니다. 사립 탐정에게 알아낸 거죠."

"대체 무슨 말씀을 하시는 겁니까?"

"탐정 소설에 나오는 것처럼 그, 아니 그녀라고 해야 할까요? 차라리 그 애라고 하는 편이 낫겠군요. 그 애가 경찰을 한 방 먹인 셈이라고 할 수 있죠! 제 생각에는 그 사립 탐정이 우리가 모르는 몇 가지 일들을 더 알고 있는 듯했습니다."

태버너는 멍하니 입을 벌렸다가 다시 다물었다. 묻고 싶은 게 너무 많아서 어디서부터 시작해야 할지 모르는 듯했다.

"로저! 결국 그가 범인이군요, 그렇지 않습니까?"

태버너가 말했다.

나는 선뜻 속마음을 드러내 보이고 싶지 않았다. 난 로저 레오니데스가 좋았다. 그의 편안하고 안락해 보이는 방과 그의 푸근한 인간적인 매력을 잊을 수가 없었다. 나는 그가 법의 추적을 받게 되는 것이 싫었다. 물론 조세핀이 알려 준 정보가 사실이 아닐 수도 있었다. 하지만 난 그 애의 말을 믿었다.

"그 아이가 말해 준 모양이군요? 그 집에서 일어나는 모든 일을 알고 있다니, 정말 영리한 아이인가 봅니다."

태버너가 말했다.

"아이들은 대부분 그렇지."

아버지가 무뚝뚝하게 말했다.

그 정보가 사실이라면 상황이 완전히 달라질 터였다. 조세핀이 자신 있게 말한 것처럼 로저가 연합 출장 요리 회사의 자금을 '횡령'했다면, 죽은 레오니데스는 틀림없이 그 사실을 알아차렸을 것이다. 그리고 로저는 아버지를 죽여 그 비밀이 새어 나가지 않게 하고, 모든 사실이 밝혀지기 전에 영국을 떠나야만 했을 것이다. 어쩌면 로저는 자신이 곧 형사 고발당하게 될 거라고 생각했을 수도 있었다.

지체 없이 연합 출장 요리 회사를 조사해야 한다는 결론이 나왔다.

"만일 그게 사실이라면 엄청난 파란이 올 거다. 그 회사는 거대한 사업체니까. 수백만 파운드가 걸려 있지."

아버지가 말했다.

"정말로 그 회사가 돈 때문에 곤경에 처해 있는 게 사실이라면, 우리는 원하는 것을 얻을 수 있을 겁니다. 죽은 레오니데스가 로저를 불렀겠죠. 로저는 그대로 주저앉아 사실대로 고백했을 겁니다.

그때 브렌다 레오니데스는 극장에 가 있었죠. 로저는 자기 아버지 방을 나오면서 욕실에 들어가 인슐린 병을 비우고 그 자리에 에세린 안약을 채워 넣기만 하면 됩니다. 어쩌면 그자의 아내가 그 일을 했을 수도 있지요. 그 여자는 그날 집에 돌아온 후에 죽은 노인의 거처로 건너갔으니까요. 로저가 놔두고 온 파이프를 찾으러 간 거라고 했습니다만 약을 바꿔 놓으러 간 것일 수도 있습니다. 브렌다가 집에 돌아와 노인에게 주사를 놓기 전에 말이죠. 능히 그런 일을 할 수 있을 정도로 냉정한 여자입니다."

태버너가 말했다.

나는 고개를 끄덕였다.

"그래요. 제 생각에도 실질적인 범행은 그 여자가 저질렀을 것 같습니다. 그녀는 무슨 일이든 할 수 있는 차가운 여자니까! 더군다나 로저 레오니데스가 그런 독약을 써서 사람을 죽였다고는 도저히 생각할 수 없습니다. 인슐린을 바꿔 치기 하는 것은 여자들이나 생각할 만한 방법이죠."

"남자 중에도 독약을 쓰는 사람은 많아."

아버지가 무뚝뚝하게 말했다.

"그건 그렇습니다. 잘 알고 있지요!"

그는 감정적으로 말을 이었다.

"하지만 로저는 도저히 그런 부류로는 보이지 않습니다."

"프리처드도 사교적인 성격이었네."

아버지가 태버너에게 상기시켰다.

"복합적인 성격의 소유자였지요."

말을 마친 태버너는 방을 나섰다.

"그 여자를 보면 맥베스 부인이 떠오르는가 보구나, 찰스?"

아버지가 말했다.

"어떤 인상이더냐?"

나는 검소하기 그지없는 방에서 창문 앞에 서 있던 클레멘시의 호리호리하고 우아한 자태를 떠올렸다.

"그런 건 아니에요. 맥베스 부인은 본래 탐욕스러운 여자죠. 제 생각에 클레멘시 레오니데스는 그런 여자는 아닙니다. 그녀가 재산을 탐내거나 연연해한다는 생각은 들지 않아요."

내가 대답했다.

"하지만 그 여자는 자기 남편을 지키기 위해서 필사적이었을 수도 있지."

"그건 그래요. 그리고 그녀는 확실히 그럴 수 있을 겁니다. 잔인하게 말이죠."

"다른 종류의 잔인함……."

그건 소피아가 했던 말이었다.

내가 고개를 들자 아버지가 가만히 나를 쳐다보고 있었다.

"무슨 생각을 그렇게 하는 거냐?"

하지만 나는 아무 대답도 할 수가 없었다.

다음 날, 부름을 받고 가 보니 아버지와 태버너 경감이 함께 있었다. 태버너는 기쁘고 약간 흥분한 것처럼 보였다.

"연합 출장 요리 회사는 문제가 심각한 모양이다."

아버지가 말했다.

"언제 파산할지 알 수 없는 상태입니다."

태버너가 말했다.

"어젯밤에 보니까 주가가 갑자기 폭락했더군요. 하지만 오늘 아침에는 어느 정도 회복세를 보이던데요."

내가 말했다.

"이 일은 아주 조심스럽게 접근해야 합니다. 직접적인 심문은 안됩니다. 쓸데없이 공포감을 조성할 필요도 없죠. 우리 신사 양반을 깜짝 놀라게 해서 도망가게 만들면 안 되니까요. 하지만 우리에게는 확실하고 은밀한 정보망이 있고 거기서 나오는 정보는 상당히 정확하지요. 지금 연합 출장 요리 회사는 파산 직전입니다. 채무 이행이 불가능한 상태랍니다. 이런 지경에 이르게 된 원인은 지난 몇 년 동안 부실한 경영을 해 온 때문으로 보입니다."

태버너가 말했다.

"로저 레오니데스의 책임인가요?"

"그렇습니다. 그에게 최고 권한이 있으니까요."

"그렇다면 그가 돈을 자기 주머니에 챙겼기 때문에……."

"아닙니다. 로저가 그랬을 거라고는 생각하지 않습니다. 사실 그 자는 살인자일지는 몰라도 사기꾼은 아닙니다. 솔직히 말하자면 그 친구가 어리석은 거라고 할 수 있겠지요. 로저는 판단력이라고는 조금도 찾아볼 수 없는 사람입니다. 이를테면 두고 봐야 할 일에는 과감히 나서고, 적극적으로 나서야 할 일에는 주저하며 뒤로 물러서는 식이었지요. 그는 자격이 없는 사람에게 권한을 위임하기도 했습니다. 그 사람 자신은 믿을 만한 사람인지 모르지만, 최소한 다른 사람을 보는 눈이 없었던 거죠. 언제나 무슨 일이든 그르쳤습니다."

"그런 사람들이 있지. 그건 정말 멍청해서 그런 게 아니야. 그저 다른 사람에 대한 판단을 잘못해서 그런 거지. 그리고 그런 사람들은 엉뚱한 순간에 열을 올린다고나 할까."

아버지가 말했다.

"그런 사람은 사업을 하면 안 되죠."

태버너가 말했다.

"그 친구도 아마 하지 않았을 걸세. 애리스티드 레오니데스의 아들로 태어나지만 않았다면 말이야."

아버지가 말했다.

"노인이 아들에게 사업체를 물려준 다음부터 바로 문제가 생기기 시작했죠. 그 회사는 금광이었습니다! 가만히 뒤로 물러나 앉아 그냥 내버려 두기만 했어도 괜찮았을 겁니다."

아버지가 고개를 저었다.

"아니지. 가만히 내버려 두어도 잘 굴러가는 회사라는 건 없네. 사업을 하려면 언제나 결정을 내려야 하지. 이 사람은 그 자리에 그냥 두라든가, 저 사람은 어디에 임명하라든가. 사소한 정책적인 문제들이 있는 법일세. 로저 레오니데스가 내린 결정에 문제가 있었던 모양이군."

"맞습니다. 그 사람은 우직한 편이었습니다. 그래서 아무 쓸모 없는 사람도 내보내지 못했어요. 그가 좋아하는 사람이라거나 오래 일해 왔던 사람이라는 이유로 말입니다. 때때로 전혀 가망 없는 계획들을 세우기도 했습니다. 그뿐만 아니라 엄청난 손해도 아랑곳하지 않고 그 일을 계속 추진해 나가는 고집을 부리기도 했지요."

태버너가 말했다.

"하지만 범죄를 저지른 적은 없었겠지?"

아버지가 물었다.

"예. 그런 적은 없습니다."

"그렇다면, 어째서 그 사람이 살인자라는 거죠?"

내가 물었다.

"로저는 어리석은 자일지는 모르지만, 무뢰한은 아닙니다. 하지만 결과는 같은 겁니다. 거의 다를 바가 없지요. 연합 출장 요리 회사를 살리기 위해서는 엄청난 현금이 필요합니다."

태버너는 수첩을 참고하며 말을 이었다.

"적어도 다음 주 수요일까지는 말입니다."

"그가 물려받게 되는 돈이면, 유언장대로 상속받을 거라고 예상했던 돈이면 충분한 겁니까?"

"그렇습니다."

"아무리 유산을 받았다고 해도 그 정도 현금을 구하기는 어려울 텐데요."

"그렇죠. 하지만 유산 덕분에 신용이 생길 겁니다. 그건 현금이나 마찬가지인 셈이죠."

아버지도 고개를 끄덕였다.

"레오니데스 노인에게 도움을 구하는 편이 더 간단하지 않았을까?"

아버지가 물었다.

"그렇게도 해 봤겠죠. 아이가 엿들었다는 대화가 그 내용이었을 겁니다. 하지만 노인은 쓸데없는 일에 돈을 버릴 수 없다고 거절했을 겁니다. 그는 그럴 사람이었죠."

태버너가 대답했다.

나도 태버너의 말이 옳다고 생각했다. 애리스티드 레오니데스는 마그다의 연극을 후원해 주는 것도 거절한 사람이었다. 그는 그 연극이 절대로 흥행에 성공하지 못할 거라고 말했다. 결국 그의 말이 맞은 셈이었다. 레오니데스는 가족에게는 관대했지만, 이윤이 남지 않는 일에 쓸데없이 돈을 낭비하는 사람이 아니었다. 그리고 연합 출장 요리 회사를 일으키려면 수천 파운드, 아니 수만 파운드가 들지도 모를 일이었다. 그는 단번에 거절했을 것이고 로저는 경제적인 파탄에 빠지지 않기 위해서는 아버지를 죽이는 수밖에 없었을 것이다. 그렇다. 살인 동기는 그것이었다.

아버지가 시계를 들여다보았다.

"그 남자를 이리 오라고 했다. 이제 곧 도착할 거야."

아버지가 말했다.

"로저 말인가요?"

"그래."

"'우리 집에 올래? 거미가 파리에게 말했습니다.'와 마찬가지군요." 내가 중얼거렸다.

태버너가 놀랐다는 듯 나를 쳐다보고는 단호하게 말했다.

"우리는 그 사람을 조심스럽게 대할 겁니다."

이제 무대는 마련되었다. 속기사도 들어와 자리를 잡았다. 곧 버저가 울렸고, 얼마 지나지 않아 로저 레오니데스가 방에 들어왔다.

그는 진지한 모습으로 들어섰다. 조금은 어색해 보이기도 했다. 로저는 앞에 놓였던 의자에 걸려 비틀거렸다. 난 그의 모습에서 커다랗고 마음 좋은 개를 떠올렸다. 그와 동시에 나는 그가 에세린을 인슐린 병에 옮겨 담지는 않았을 거라고 분명히 결론을 내렸다. 그가 했다면 병을 깨뜨린다거나 약품을 쏟았거나 아니면 어떤 식으로든 실수를 저질렀을 것이다. 그렇다. 실질적으로 범행을 저지른 것은 클레멘시임이 분명했다. 로저 역시 은밀히 관계하기는 했을 테지만.

그는 속사포처럼 말을 늘어놓았다.

"저를 보자고 하셨다고요? 뭔가 새로운 사실을 알아내셨나요? 안녕하시오, 찰스 군. 미처 보지 못했어요. 같이 볼 수 있어서 반갑군요. 그건 그렇고 무슨 일인지 말해 주십시오, 아서 부청장님."

그는 착한 사람이었다. 정말 착한 사람이었다. 하지만 착한 사람처럼 보이는 살인자들도 많이 있었다. 그래서 사실이 밝혀지면, 친구들은 깜짝 놀라며 그런 일을 할 사람은 아니라는 말을 하게 마련이었다. 나는 마치 유다가 된 기분으로 그를 맞이하며 웃어 주었다.

아버지는 일부러 그를 냉정하고 사무적으로 대하면서 유창하게 말을 이어 나갔다. 모든 진술은 기록될 것이며 강요는 없을 것이고 변호사를 불러도 좋으며 등등…….

로저 레오니데스는 예의 그 조바심치는 모습으로 아버지의 말을 흘려들었다.

나는 태버너 경감의 얼굴이 희미하게 조소를 띠고 있는 것을 보고 지금 그가 무슨 생각을 하고 있는지 알 수 있었다.

'이런 친구들은 언제나 확신하지. 자기들은 절대로 실수 같은 건 하지 않는다고. 지나치게 영리하다고 믿으니까!'

나는 방해되지 않도록 구석에 앉아 귀를 기울였다.

"로저 레오니데스 씨, 제가 여기까지 오시라고 한 이유는 새로운 사실을 알려 드리기 위해서가 아닙니다. 선생께서 요전에는 말씀하지 않았던 일들에 대해 듣고 싶은 게 있어서입니다."

아버지가 말했다.

로제 레오니데스는 어리둥절한 듯 보였다.

"말하지 않은 일이라뇨? 제가 알고 있는 건 전부 다 말했는데요. 빠짐없이 말입니다!"

"난 그렇게 생각하지 않습니다. 사건이 있었던 날 오후에 아버님과 이야기를 나누셨죠?"

"예, 그렇습니다. 아버지와 함께 차를 마셨어요. 그건 이미 말씀드린 건데요."

"물론 말씀해 주셨습니다. 그랬죠, 하지만 그날 아버님과 어떤 대화를 나누었는지에 대해서는 말해 주지 않으셨어요."

"우린…… 그냥…… 이야기를 나눴습니다."

"무슨 이야기 말입니까?"

"그냥 일상적인 거였죠. 집 문제나, 소피아에 대해……."

"연합 출장 요리 회사는 어떻습니까? 거기에 대한 이야기도 있었습니까?"

그때까지도 나는 그것이 모두 조세핀이 만들어 낸 이야기였기를 바라고 있었다. 하지만 그 희망은 금세 꺾이고 말았다.

로저의 얼굴색이 변했다. 열정적이던 그의 얼굴은 한순간에 누가 봐도 알 수 있을 정도로 확연히 절망의 빛을 띠었다.

"맙소사."

로저가 말했다. 그는 의자에 그대로 주저앉아 양손에 얼굴을 묻었다.

그 모습에 태버너는 만족스러운 고양이처럼 미소를 지었다.

"우리에게 숨기는 사실이 있었다는 건 인정하십니까, 레오니데스 씨?"

"도대체 어떻게 그 사실을 알고 계신 거죠? 저는 아무도 모를 거라고 생각했습니다. 누가 그 사실을 알아냈는지 정말 모르겠습니다."

"그 정도는 얼마든지 알아낼 방법이 있습니다, 레오니데스 씨."

태버너는 경찰의 권위가 느껴지도록 잠시 말을 멈췄다.

"이 자리에서 우리에게 모든 사실을 이야기해 주시는 편이 좋을 겁니다."

"예, 그럼요. 물론입니다. 모두 말씀드리지요. 무엇을 알고 싶으신 겁니까?"

"지금 연합 출장 요리 회사는 파산 직전이지요?"

"예, 현재로서는 도저히 막을 길이 없습니다. 회사의 도산은 기정 사실입니다. 아버지가 이 일을 모르고 돌아가셨으면 좋았을 것을. 전 고개를 들 수 없습니다. 이렇게 수치스러울 수가……."

"그 일로 형사 고발당할 가능성은 없습니까?"

로저는 자세를 똑바로 했다.

"아니, 그렇지는 않을 겁니다. 회사는 파산할 수밖에 없지만 그래도 명예로운 도산입니다. 개인 재산을 처분한다면 채권자들에게 1파운드 당 20실링씩은 지불할 수 있을 테니까요. 제가 수치심을 느끼는 이유는 아버지를 실망시켜 드렸기 때문입니다. 아버지는 저를 믿어 주셨어요. 그래서 가장 큰 사업체이자 아끼시던 사업체를 제게 넘겨주셨습니다. 제가 일을 하는 동안 아무 간섭도 하지 않으셨고 아무것도 묻지 않으셨습니다. 아버지는 아무 조건 없이 저를 믿어 주셨죠……. 그런데 저는 그만 아버지를 실망시키고 말았습니다."

아버지가 무뚝뚝하게 말했다.

"그러니까 형사 고발당할 가능성은 전혀 없다는 겁니까? 그렇다면 어째서 아무에게도 알리지 않고 부인과 함께 외국으로 떠날 계획을 세운 겁니까?"

"그것까지 알고 계셨습니까?"

"그렇습니다, 레오니데스 씨."

"제가 달리 어떻게 해야 하겠습니까?"

그는 몸을 앞으로 숙이고 격하게 말을 이었다.

"저는 도저히 아버지에게 사실대로 말씀드릴 수가 없었습니다. 그렇게 하면 아버지께 돈을 달라고 하는 것으로밖에는 보이지 않았을 겁니다. 마치 다시 재기할 수 있도록 아버지의 도움을 바라는 것처럼 말이에요. 아버지는 저를 많이 사랑하셨습니다. 틀림없이 도와주려고 하셨을 거예요. 하지만 전 할 수 없습니다. 계속 회사를 이끌어 갈 수가 없어요. 그렇게 되면 또다시 회사를 엉망으로 만들 테니까 말입니다. 전 유능하지 못합니다. 무능력하죠. 전 아버지 같은 능력이 없습니다. 그 사실을 항상 알고 있었죠. 전 노력했습니다. 하지만 뜻대로 되지 않았습니다. 얼마나 비참했는지 모릅니다! 그게 얼마나 끔찍한 심정인지는 아무도 모를 겁니다! 그 비참한 상황에서 벗어나려고 갖은 애를 다 써 보았습니다. 어떻게 해서든 빚이라도 다 갚아 아버지가 이 사실을 알지 못하게 하려고 했지요. 그러나 상황은 더욱 나빠졌습니다. 파산을 막을 희망도 사라졌죠. 아내 클레멘시는 제가 처한 상황을 이해해 주었습니다. 그리고 제 뜻에 따르기로 했죠. 그래서 우리는 떠날 계획을 세웠습니다. 아무에게도 말하지 않고, 멀리 떠나기로 말입니다. 그런 다음 모든 사실을 밝히기로 했죠. 전 떠날 때 아버지에게 편지를 남길 생각이었습니다. 편지로 모든 사실을 밝히고, 제가 얼마나 수치스럽게 생각하는지, 얼마나 아버지의 용서를 바라는지 말하고 싶었습니다. 아버지는 언제나 제게 잘해 주셨습니다. 얼마나 잘해 주셨는지 아무도 모를 겁니다! 하지만 그때쯤이면 너무 늦어 버려 아무리 아버지라고 해도 어쩔 수 없으셨겠죠. 그게 제가 원하는 거였습니다. 아버지에게는 더 이상 어떤 부탁도 하지 않을 생각이었어요. 도움을 청하는 모습도 보이고 싶지 않았고요. 어딘가 멀리 가서 제 힘으로 다시 시작할 겁니다. 아마 검소하고 힘든 생활을 해야 할 겁니다. 커피나 과일 같은 것을 재배하는 것도 좋겠죠. 그렇게 되면 꼭 필요한 것만 가지고 생활해야 할 겁니다. 클레멘시가 무척 힘들겠죠. 하지만 그녀는 그런 건 아무래도 상관없다고 했습니다. 아내는 정말 훌륭한 여자입니다. 다시 볼 수 없는 훌륭한 여자죠."

"알겠습니다. 그렇다면 무엇 때문에 마음을 돌리셨나요?"

아버지는 딱딱한 목소리로 물었다.

"마음을 돌리다니요?"

"무엇 때문에 아버님께 경제적인 도움을 청하기로 마음먹었느냐는 말입니다."

로저는 아버지를 빤히 쳐다보았다.

"전 그런 적 없습니다!"

"그냥 말하십시오, 레오니데스 씨."

"잘못 알고 계신 겁니다. 제가 아버지께 간 게 아닙니다. 아버지가 저를 부르셨습니다. 시내에서 그 이야기를 들으신 것 같았습니다. 전 그냥 소문일 뿐이라고 말씀드렸죠. 하지만 아버지는 언제나 그렇듯이 모든 것을 다 알고 계셨습니다. 누군가 아버지께 말씀드렸던 거죠. 아버지는 그 문제를 추궁하셨습니다. 물론 전 그대로 무너지고 말았죠……. 모든 것을 아버지께 말씀드렸습니다. 빚진 돈 때문이 아니라…… 절 믿어 주셨던 아버지를 실망시켰다는 사실이 슬프다고 말씀드렸습니다."

로저는 발작적으로 침을 삼켰다.

"아버지가 얼마나 제게 따뜻하게 대해 주셨는지 상상도 할 수 없을 겁니다. 나무라지도 않으셨어요. 정말 다정하게 대해 주셨죠. 전 어떤 도움도 받고 싶지 않다고 말씀드렸습니다. 그 편이 제게는 더 좋은 일이라고, 계획했던 대로 멀리 떠나는 편이 좋다고 말입니다. 하지만 아버지는 제 말을 들어주지 않으셨습니다. 회사를 다시 일으켜 세울 수 있도록 도와주시겠다고 고집을 부리셨어요."

태버너가 날카롭게 물었다.

"그렇다면 아버님이 경제적인 도움을 주려고 했단 말을 우리보고 믿으라는 겁니까?"

"분명히 그러셨어요. 아버지는 그 자리에서 필요한 조치를 취하기 위해 주식 중개인에게 편지를 쓰셨습니다."

로저는 아버지와 태버너의 얼굴에서 못 믿겠다는 표정을 본 것이 분명했다. 그의 얼굴이 벌겋게 달아올랐다.

"이것 보세요. 전 아직도 그 편지를 가지고 있습니다. 그 편지를 부치려고 했지만 이번 사고로 워낙 경황이 없다 보니 그만 잊어버리고 있었죠. 아마 지금 주머니 안에 들어 있을 겁니다."

그가 말했다.

로저는 지갑을 꺼내 한참 뭔가를 뒤적이더니 마침내 원하는 것을 찾아냈다. 우표가 붙은 꼬깃꼬깃한 편지였다. 나도 몸을 앞으로 내밀고 그 편지에 적힌 주소를 봤다. 주소가 '그레이토록스 앤드 핸버리' 앞으로 되어 있었다.

"이 편지를 읽어 보십시오. 그럼 제 말을 믿게 될 겁니다."

그가 말했다.

아버지는 그 편지를 열어 보았다. 태버너는 아버지 뒤에서 같이 편지를 읽었다. 나는 그때는 그 편지를 보지 못하고 나중에 읽었다. 그것은 '그레이토록스 앤드 핸버리'의 담당자들에게 보내는 것으로, 투자 액수를 재조정하라는 것과 연합 출장 요리 회사에 대한 일로 지시를 내릴 것이 있으니 다음 날 회사 사원 중 하나를 보내 달라는 내용을 담고 있었다. 그 편지 중에는 내가 이해할 수 없는 부분도 있었지만 그 취지는 분명히 알 수 있었다. 애리스티드 레오니데스는 그 회사를 다시 일으켜 세울 준비를 하고 있었던 것이다.

태버너가 말했다.

"이 편지는 우리가 맡아 두겠습니다. 보관증을 써 드리겠습니다."

로저는 보관증을 받고는 자리에서 일어나며 말했다.

"이제 됐습니까? 일이 어떻게 된 건지 다 아셨나요?"

태버너가 물었다.

"아버님께서 이 편지를 건네주자 바로 그곳을 나왔나요? 그 다음에는 어떻게 하셨습니까?"

"서둘러 제 거처로 돌아왔습니다. 아내가 막 돌아와 있더군요. 전 그녀에게 아버지의 제안을 말해 주었습니다. 아버지는 얼마나 훌륭한 분이셨는지! 전 정말 제가 무슨 일을 하고 있는지도 모르는 놈이었습니다."

"그런 다음 아버님이 위독해지셨군요. 얼마나 지나서였습니까?"

"그건 아마 30분에서 1시간 정도 뒤였을 겁니다. 새어머니가 급히 들어오더군요. 그 여자는 겁에 질려 있었습니다. 아버지가 이상한 것 같다고 하더군요. 전 서둘러 그녀와 함께 아버지께 달려갔습니다. 이 이야기는 지난번에 다 말씀드렸는데요."

"그 전에 아버님을 찾아갔을 때 혹시 그 방에 연결된 욕실에 들어간 적이 있습니까?"

"들어가지 않았던 것 같습니다. 아니, 아니에요. 확실히 들어가지 않았어요. 그건 왜 물어보시는 거죠? 설마 제가……."

아버지는 불쑥 화가 치밀려고 하는 것을 꾹 눌러 참았다. 아버지는 자리에서 일어나 로저와 악수를 나누었다.

"레오니데스 씨, 고맙습니다. 많은 도움을 받았습니다. 하지만 이런 일은 미리 말씀해 주셨어야 했습니다."

로저가 나가고 문이 닫혔다. 나는 자리에서 일어나 아버지의 책상 위에 놓인 편지를 보았다.

"위조 편지일 수도 있습니다."

태버너가 그렇게 되기를 바라는 투로 말했다.

"그럴 수도 있지. 하지만 난 그렇게 생각하지 않네. 현재 상황에서 우리는 이 편지를 사실이라고 받아들여야 할 것 같아. 레오니데스 노인은 아들이 곤경에서 벗어날 수 있도록 준비를 해 준 거야. 이 일은 노인이 살아 있을 때 했다면 좀 더 효과적이었을 걸세. 레오니데스가 죽은 후 로저가 맡아서 하는 것보다는 말이지. 특히 지금처럼 유언장도 발견되지 않고 실제 유산 상속액이 어느 정도인지 확인할 길이 없는 이런 상황에서는 말이야. 결국 상속이 지연될 판이니 어려움이 더 많아졌지. 이제 회사의 파산은 막지 못하게 됐어. 아닐세, 태버너. 로저 레오니데스와 그 아내는 노인을 죽일 동기가 없어. 도리어……."

아버지는 말을 멈췄다. 그러고는 갑자기 어떤 생각이 떠오른 듯했던 말을 반복했다.

"도리어……."

"부청장님, 무슨 생각을 하시는 겁니까?"

태버너가 물었다.

아버지는 천천히 입을 열었다.

"애리스티드 레오니데스가 24시간만 더 살았다면 로저에게는 차라리 나았을 걸세. 하지만 노인은 하루를 더 살기는커녕 한 시간도 채 지나지 않아 갑자기 극적으로 죽어 버렸어."

"흠, 그렇다면 그 집 가족 중에 로저가 망하기를 바라는 사람이 있다는 말씀인가요? 그로 인해 경제적인 이익이 생기는 누군가가 있다? 그럴 것 같지는 않은데요."

태버너가 말했다.

"유언장에 주의를 기울여 보는 건 어떨까? 실질적으로 레오니데스 노인의 돈을 받게 되는 사람은 누구지?"

아버지가 물었다.

"변호사들이 어떻다는 건 잘 아시잖습니까. 그 작자들한테서는 제대로 된 대답을 들을 수가 없어요. 예전 유언장은 여기 있습니다. 레오니데스가 브렌다와 재혼할 때 작성한 거랍니다. 브렌다 레오니데스에게는 새로 작성한 유언장에 명시한 것과 같은 액수를 남겨 주고 그보다 조금 적은 돈을 에디스 드 해빌런드에게 남겨 준다고 되어 있습니다. 그리고 나머지 재산은 모두 필립과 로저에게 물려 준다고 되어 있지요. 전 새 유언장에 서명을 하지 않았으니, 예전 유언장이 효력을 발휘할 줄 알았습니다. 하지만 그렇게 간단한 일이 아니더군요. 새로 유언장이 만들어지면 이전에 만들어 놓은 것은 무효가 된답니다. 게다가 새로 만든 유언장에 서명을 할 때 목격자들이 있었기 때문에 유언자의 의도라는 것도 있다는 거죠. 결국 이번 일은 레오니데스가 유언 없이 죽은 걸로 결론이 내려질 확률이 반반입니다. 만일 그렇게 되면 미망인은 엄청난 재산을 혼자 물려받게 될 겁니다. 그렇지 않더라도 평생 먹고 살 만큼 돈을 받겠죠."

"그러니까 유언장이 사라진다면 가장 유리한 사람이 브렌다 레오니데스라는 말이군?"

"그렇습니다. 만일 유언장에 누군가 속임수를 부렸다면 그 배후에는 그 여자가 있을 가능성이 높습니다. 누군가 수작을 부린 건 분명한데, 그게 어떻게 된 일인지는 도무지 모르겠군요."

나 역시 어떻게 된 일인지 전혀 알 수 없었다. 그때 우리는 정말 믿을 수 없을 정도로 어리석었다. 사건을 전혀 엉뚱한 시각에서 보고 있었던 것이다.

제12장

태버너가 나가고 난 후 방에는 짧게 침묵이 흘렀다.

내가 말했다.

"아버지, 살인자들은 주로 어떤 사람들인가요?"

아버지는 생각에 잠긴 얼굴로 나를 바라보았다. 우리는 서로를 잘 이해하고 있었다. 지금도 아버지는 내가 무슨 의도로 그런 질문을 했는지 정확하게 알기에 진지하게 대답해 주었다.

"그래, 지금 같은 상황에서 그건 아주 중요한 문제지. 너한테는 특히 중요할 거다……. 살인이 네 일처럼 느껴질 테니까. 남의 일처럼 보이지 않겠지."

나는 언제나 범죄 수사국의 일에 관심을 가지고 있었지만, 대개는 아마추어의 관점으로 '사건'들을 구경하는 입장이었다. 아버지의 말씀대로 가게 진열장 밖에서 구경하는 것처럼 언제나 남의 일이라는 생각을 해 왔던 것도 사실이다. 하지만 소피아가 나보다 앞서 이번 사건에 대해 많은 것을 생각했던 것처럼, 살인은 이제 내 생활에도 지배적인 영향력을 행사하고 있었다.

아버지가 말을 이었다.

"내가 네 질문 답을 줄 수 있는 자격이 있는지 모르겠다. 네가 원한다면 우리 경찰과 같이 일하는 정신과 의사들에게 물어봐 줄 수도 있어. 그 사람들은 분석적으로 정리된 내용을 말해 줄 수 있을 거다. 아니면 태버너가 내부 자료들을 줄 수도 있고. 하지만 네가 원하는 건, 지금까지 내가 범죄자들을 상대해 온 경험을 통해 얻은 견해를 듣고 싶다는 거겠지?"

"그게 제가 원하는 거예요."

나는 기꺼이 대답했다.

아버지는 손가락으로 책상 위에 작은 원을 그렸다.

"살인자들은 어떤 사람이냐고 물었지? 그들 중에는 정말 좋은 사람들도 있단다."

아버지의 얼굴에 어렴풋이 씁쓸한 미소가 떠올랐다.

순간 내가 약간 놀란 표정을 지은 모양이었다.

"정말 그렇단다. 그 사람들은 너나 나, 방금 나간 로저 레오니데스처럼 평범한 보통 사람이지. 살인이란 건 어떻게 보면 미숙한 범죄에 불과해. 물론 네가 생각하고 있는 그런 종류의 살인을 말하는 거다. 갱단이 저지르는 살인이 아니라. 그래서 사람들은 살인을 선량하고 평범한 사람들이 우발적으로 저지르는 일이라고 느끼기도 하지. 살인자들은 궁지에 몰려 있는 상황이거나, 돈이든 여자든 무언가를 간절히 원할 때 그것을 얻기 위해 살인을 저지른다. 그 순간에 우리 같은 대부분의 사람에게 적용되는 자제력이 살인자들에게는 아무런 효력을 발휘하지 못하지. 너도 알다시피 보통 아이들은 아무런 양심의 가책 없이 자신의 욕망대로 움직인단다. 일례로 아이들은 고양이 때문에 화가 나면 '죽여 버릴 거야.'라고 말하면서 고양이 머리를 망치로 내려치지. 그런 다음 고양이가 다시 살아나지 않는다고 마음 아파한단다! 많은 아이들이 부모의 애정을 빼앗겼다고 생각하거나 자기 놀이를 방해한다 싶을 때 아기를 유모차에서 꺼내 '물에 빠뜨리고' 싶어 해. 하지만 아이들은 대부분 아주 어려서부터 그건 '잘못된' 행동이라는 것과 그런 짓을 하게 되면 처벌을 받는다는 것을 배우지. 그 과정을 거치면 그 행동이 정말 잘못이라는 것을 확실히 알게 되는 거야. 하지만 사람들 중에는 정신적으로 미성숙한 상태로 남아 있는 사람들이 있어. 그 사람들은 살인이 잘못이라는 것을 머리로는 알고 있지만 진심으로 느끼지 못해. 내 경험으로 살인자들은 진정으로 양심의 가책을 느끼지 않는다……. 아마 그게 카인의 특징이겠지. 살인자들은 다른 사람들과 구별된다. 그들은 '다른' 존재야. 살인은 잘못이지만, 그 사람들은 잘못이라고 느끼지 않아. 자신들에게 꼭 필요한 일이라고 생각해. 피해자들이 죽음을 '자초'했고 그들에게는 살인만이 '유일한 방법'이었던 거지."

"그렇다면 아버지는 만일 누군가 애리스티드 레오니데스를 미워했다면, 아주 오랫동안 증오했다면 그것도 살인의 동기가 될 수 있다고 생각하시나요?”

“순전히 증오만으로 말이냐? 난 그렇게 생각하지 않아.”

아버지는 신기하다는 듯 나를 쳐다보았다.

“네가 말하는 증오라는 건 싫어한다는 감정이 지나치게 커진 것을 의미한다고 생각한다. 물론 질투심이 섞인 증오는 좀 다르지. 사람들 말에 따르면 콘스탄스 켄트는 자기가 죽인 어린 남동생을 무척 좋아했다고 하더구나. 다만 그 애는 다른 사람들이 아기에게 주는 관심과 사랑을 자기도 받고 싶었던 것뿐이야. 내가 보기에 사람들은 누군가를 증오해서라기보다는 사랑해서 살인을 저지르는 경우가 많다. 아마도 사랑이 인생을 견딜 수 없게 만드는 경우가 많기 때문이겠지. 하지만 이런 말들이 네게 얼마나 도움이 될지 모르겠구나. 네 생각을 내가 제대로 읽은 거라면, 너는 겉으로 보기에 상냥하고 평범한 가족 중에서 살인자를 골라낼 수 있는 일반적인 특징을 알고 싶은 거겠지?”

“예, 맞아요.”

“그런 일반적인 공통점이라는 게 과연 있을지 모르겠구나.”

아버지는 잠시 생각에 잠겼다.

“정말 그런 게 있다면 난 자만심이라고 생각한다.”

“자만심이오?”

“그래, 나는 지금까지 자만하지 않는 살인자를 본 적이 없다……. 살인자들이 보이는 자만심은 십중팔구 그들을 파멸로 이끌지. 어쩌면 그들도 잡힐까 봐 두려워하고 있는지도 모른다. 하지만 그들은 자기가 저지른 범행에 대해 잘난 척하거나 자랑하지 않고는 배기지 못해. 보통 살인자들은 자기가 아주 영리하기 때문에 절대로 잡히지 않을 거라고 확신한단다."

아버지는 한마디 덧붙였다.

"또 다른 특징으로 살인자들은 말을 하고 싶어 한단다."

"말을 하고 싶어 한다?"

"그래, 살인을 저지른 사람은 엄청난 고독을 느끼게 된다. 누구에게라도 그 사실을 터놓고 이야기하고 싶지만 절대 그럴 수가 없지. 그러니까 더욱더 말하고 싶어지는 거야. 결국 어떻게 살인을 저질렀는지는 말하지 못하니까, 살인 사건에 대해서 떠들고 토론하고 사건에 관해 이론들을 세우면서 말하고 싶은 충동을 억누르는 수밖에 없는 거지. 찰스, 내가 너라면 그런 점들을 주의 깊게 살펴볼 거야. 다시 그곳으로 가 그 가족과 어울리면서 대화를 나누어 봐라. 물론 쉽지는 않을 거다. 하지만 죄가 있는 사람이든 결백한 사람이든 그들은 너 같은 낯선 사람과 이야기할 기회가 있다는 것만으로도 기뻐할 거야. 왜냐하면 가족끼리는 이야기할 수 없어도, 너처럼 아무 상관 없는 사람한테는 이야기할 수 있으니까 말이다. 그러다 보면 그 사람들 중에서 약간 다른 점을 찾아낼 수 있을지도 몰라. 무언가를 숨기는 사람은 정말로 마음놓고 이야기할 수 없을 테니까. 전쟁 중에 정보부 요원들도 그 사실을 알고 있었지. 그들은 적군에 붙잡히더라도 이름, 계급, 소속을 제외하고는 아무 말도 하지 않았어. 잘못된 정보를 흘려 준답시고 입을 열게 되면 대개는 실수하게 마련이기 때문이야. 찰스, 그 집 사람들과 이야기를 해 보렴. 그래서 어느 순간 자신을 드러내 보이는 실수를 저지르는 사람이 누군지 지켜보아라."

난 아버지에게 소피아가 말해 준 그 가족의 잔인함, 다른 종류의 잔인함에 대해 말했다. 아버지는 관심을 가지고 귀를 기울였다.

"그래, 네 여자 친구는 뭔가를 알고 있는 모양이구나. 거의 모든 가족이 결점을 가지고 있지. 갑옷에 나 있는 구멍이라고 할까. 대부분의 사람들은 자신의 약점을 숨길 수 있지만, 전혀 다른 종류의 약점이 두 개일 경우에는 그럴 수가 없어. 유전이란 건 정말 홍미로운 거다. 드 해빌런드 집안이 가진 잔인함과 레오니데스 가문의 소위 무절제한 기질을 살펴보았을 때 드 해빌런드 가문 사람들은 무절제하다고는 할 수 없으니까 괜찮다고 할 수 있을 거다. 레오니데스 가문 사람들 역시 무절제하기는 해도 친절하기 때문에 괜찮다고 할 수 있을 거고. 하지만 두 가문의 그런 기질을 모두 가지고 태어난 자손이 있다면…… 내 말이 무슨 뜻인지 알겠지?"

나는 이제까지 그런 식으로 생각해 본 적이 없었다. 아버지가 말했다.

"네가 유전 문제로 골치 아파할 필요는 없다. 원래 유전이란 건 아주 복잡하고 미묘한 문제니까. 자, 이제 그만 가서 사람들과 이야기를 해 보아라. 소피아란 아가씨는 정말 한 가지 점에서는 옳은 것 같다. 그 아가씨나 네게 진실 이상으로 좋은 것이 없다는 것 말이다. 너도 그 사실을 알아야 할 거야."

내가 방을 나갈 때 아버지가 덧붙였다.

"그 아이에게 신경을 많이 써야 할 거다."

"조세핀 말인가요? 아버지 말씀은 제가 하는 일을 그 애가 알지 못하게 하라는 건가요?"

"아니, 그런 뜻이 아니야. 내 말은 그 애를 보살피라는 말이다. 그 애에게 무슨 일이 생기면 안 되니까."

나는 아버지를 쳐다보았다.

"이런, 찰스. 그 집 어딘가에 냉혹한 살인자가 있을 거다. 그런데 조세핀이라는 아이는 일이 어떻게 된 건지 대부분 알고 있는 것처럼 보이니까 하는 말이야."

"그 애는 확실히 로저에 대한 건 전부 알고 있었어요. 그가 사기꾼이라고 속단을 내리기는 했지만. 자기가 엿들은 이야기가 무엇을 뜻하는지 상당히 정확하게 알고 있는 것 같아요."

"그래, 그렇지. 아이들은 언제나 최고의 증인이야. 나는 매번 아이들의 도움을 받곤 한다. 물론 법정에서는 효력을 갖지 못하지만 말이야. 아이들은 직접적인 질문을 좋아하지 않는단다. 그러면 그 애들은 무슨 소린지 알 수 없는 소리만 중얼거리거나 멍청한 표정을 지어 보이다가 나중에는 아무것도 모른다고 하지. 제대로 된 정보를 얻을 때는 아이들이 어른들은 모르는 뭔가를 알고 있다고 으쓱거릴 때지. 그러니까 아이로 하여금 자기가 아는 걸 자랑하게끔 만들어야 해. 조세핀에게도 같은 방법을 쓰면 많은 사실을 알아낼 수 있을 거다. 그 애에게 직접적으로 질문하지 마라. 너는 그 애가 아무것도 모를 거라는 식으로 행동해야 해. 그래야 아이를 끌어들일 수 있어."

아버지가 덧붙였다.

"그 애를 주의 깊게 보살펴야 한다. 그 애는 누군가의 안전을 해칠 정도로 너무 많은 사실을 알고 있을지도 몰라."

제13장

　나는 약간 죄책감을 느끼며 비뚤어진 집(내 마음대로 그렇게 부르기로 했다.)으로 갔다. 태버너에게 조세핀이 말해 준 로저의 비밀을 말하기는 했지만, 브렌다와 로렌스 브라운이 연애 편지를 주고받았다는 말은 하지 않았기 때문이다.

　나는 그건 그저 꾸민 이야기일 뿐이고, 그 이야기가 사실이라고 믿을 만한 증거가 없다는 말로 애써 내 자신을 위로했다. 하지만 사실 나는 브렌다 레오니데스에 대한 불리한 증거를 모으는 일이 썩 내키지 않았다. 나는 이 집에서 그녀가 처한 위치에 연민을 느끼고 있었다. 그녀에 대한 반감으로 똘똘 뭉친 적대적인 가족들에게 둘러싸여 있는 브렌다의 처지가 안타까웠다. 그런 편지들이 정말 있다면 태버너와 그의 충실한 부하들이 그 편지들을 찾아낼 터였다. 안 그래도 힘든 상황에 처해 있는 여성에 대한 의심을 더해 줄 정보를 태버너에게 알려 주고 싶지 않았다. 더군다나 그녀는 내게 로렌스와 그런 관계가 아니라고 진지하게 말해 주기까지 했다. 나는 심정적으로 심술궂은 꼬마 도깨비 같은 조세핀보다는 브렌다의 말을 믿고 싶었다. 더군다나 브렌다는 조세핀이 '정상이 아닌' 것 같다고 말했다.

하지만 내가 보기에 조세핀이 지극히 정상적인 아이라는 확신이 드는 것은 어쩔 수 없었다. 나는 그 애의 빛나는 검은 눈동자에 어렸던 총기를 떠올려 보았다.

나는 소피아에게 전화를 걸어 집으로 다시 찾아가도 괜찮을지 물었다.

"언제라도 오세요, 찰스."

"일은 어떻게 되고 있소?"

"모르겠어요. 괜찮은 것 같아요. 경찰들이 집 안을 온통 수색하고 있어요. 뭘 찾는 걸까요?"

"잘 모르겠군."

"그래서 우리 모두 신경이 날카로워져 있어요. 가능한 한 빨리 와요. 누구하고라도 얘기하지 않으면 미쳐 버릴 지경이에요."

나는 곧장 가겠다고 대답했다.

저택의 현관 앞에 도착했지만 아무도 없었다. 택시 요금을 내자 택시는 그대로 돌아갔다. 난 초인종을 눌러야 할지, 아니면 그냥 문을 열고 들어가야 할지 망설였다. 현관문은 열려 있었다.

그 자리에 서서 어떻게 해야 하나 망설이고 있을 때 뒤에서 작은 소리가 들렸다. 난 소리가 난 방향으로 고개를 돌렸다. 조세핀이었다. 아이는 얼굴을 커다란 사과로 가린 채 주목나무 울타리 앞에 서서 나를 훔쳐보고 있었다.

내가 돌아보는 순간 아이도 고개를 다른 쪽으로 돌렸다.

"안녕, 조세핀."

아이는 대답도 없이 울타리 뒤로 사라져 버렸다. 나는 차도를 건너가 그 애의 뒤를 따라갔다. 조세핀은 금붕어 연못 옆에 놓인 불편해 보이는 통나무 의자에 앉은 채 다리를 이리저리 흔들면서 사과를 먹고 있었다.

붉은 사과 위로 그 애의 눈동자가 우울하게 나를 지켜보고 있었다. 그 시선은 적개심에 불타고 있다는 말 외에는 달리 표현할 방법이 없었다.

"조세핀, 아저씨가 또 왔단다."

말을 걸기에는 상당히 빈약한 대사였다. 하지만 아무 대꾸 없이 눈 하나 깜박하지 않고 나를 바라보는 조세핀의 시선에 용기를 잃은 나로서는 그게 최선이었다.

특별한 전략이라도 있는지 아이는 계속 대답하지 않았다.

"사과 맛있니?"

조세핀은 이번에는 대답할 마음이 생겼는지 한마디로 대꾸했다.

"퍽퍽해요."

"이런, 난 퍽퍽한 사과는 싫던데."

조세핀이 나를 무시하듯 대답했다.

"이런 사과 좋아하는 사람은 아무도 없어요."

"내가 인사했을 때 왜 대답하지 않았니?"

"하기 싫어서요."

"왜 하기 싫은데?"

조세핀이 사과를 얼굴에서 내리자 비난하는 표정이 고스란히 드러났다.

"아저씨가 경찰한테 고자질했잖아요."

그 애가 말했다.

"아니, 무슨 뜻인지……."

나는 허를 찔린 기분이었다.

"큰아버지 일 말이에요."

"하지만 그 일은 잘 해결됐단다, 조세핀. 굉장히 잘됐지. 경찰들이 네 큰아버지가 잘못이 없다는 걸 알게 됐으니까. 그러니까 내 말은 큰아버지가 돈을 횡령했다거나 하는 그런 짓은 하지 않으셨다는 뜻이야."

나는 아이를 안심시켰다. 조세핀은 화가 잔뜩 나서 나를 노려보았다.

"아저씨는 너무 멍청해요."

"미안하구나."

"난 지금 큰아버지를 걱정한 게 아니에요. 탐정 활동은 그렇게 하는 게 아니란 말이에요. 아저씨는 사건을 해결할 때까지 경찰한테 아무 말도 하지 말아야 한다는 것도 몰라요?"

"이런, 그렇구나. 미안하다, 조세핀. 내가 정말 큰 실수를 했구나."

"당연히 그러시겠죠. 난 아저씨를 믿었단 말이에요."

아이는 책망하듯 말했다. 나는 조세핀에게 미안하다고 세 번째로 사과했다. 그러자 아이는 어느 정도 화가 누그러진 표정으로 다시 사과를 베어 물었다.

"하지만 경찰도 그 사실들을 곧 알아냈을 거야. 너하고 나, 우리도 결국에는 비밀을 지키지 못했을 거란 말이지."

"큰아버지가 파산할 테니까 말이죠?"

조세핀은 역시 잘 알고 있었다.

"곧 그렇게 될 것 같아."

"오늘 밤에 가족들이 그 일에 대해 의논할 거예요. 아빠하고 엄마, 큰아버지하고 이모할머니가 모여서 말이에요. 이모할머니가 아마 큰아버지한테 돈을 줄 거예요. 아직 유산을 받지는 못했지만 말이에요. 아빠는 아마 안 그럴 거예요. 틀림없이 그런 곤경에 처한 건 전부 큰아버지 탓이라고 비난하면서 그런 데 돈을 버릴 생각은 없다고 하실 거예요. 그리고 엄마도 큰아버지한테 돈을 주고 싶어 하지 않을 거예요. 왜냐하면 엄마는 지금 아빠가 에디스 톰슨 연극에 투자하기를 바라니까요. 아저씨는 에디스 톰슨을 알아요? 그 여자는 결혼했는데 남편을 좋아하지 않았어요. 그리고 바이워터스라는 젊은 선원과 사랑에 빠졌는데, 그 남자는 연극이 끝난 뒤 다른 길로 가서 남편의 등을 칼로 찔렀대요."

나는 조세핀의 박학다식함에 혀를 내둘렀고 그 애의 극적 감각에도 감탄을 금할 수가 없었다. 대명사를 발음할 때 약간 애매하기는 했지만 아이는 가장 중요한 사실들만 요약해서 간결하게 이야기할 줄 알았다.

"괜찮은 얘기죠. 하지만 연극이란 건 꼭 그대로 되는 건 아닌 것 같아요. 또 「이세벨」 같은 꼴이 나겠죠."

그 애는 한숨을 쉬었다.

"왜 개들이 그 여자의 손바닥은 먹지 않았는지 난 정말로 알고 싶어요."

"조세핀, 넌 살인자가 누군지 알고 있다고 했지?"

"그래서요?"

"누가 범인이지?"

조세핀은 나를 비웃듯이 쳐다보았다.

"나도 알아. 마지막 장이 될 때까지는 알려 줄 수 없겠지? 태버너 경감에게는 말하지 않겠다고 약속해도 안 될까?"

"단서가 좀 더 필요해요."

그 애가 사과 속을 금붕어 연못 속에 집어던지며 덧붙였다.

"어쨌든 아저씨한테는 말해 주지 않을 거예요. 아저씨는 꼭 왓슨 같은 존재니까."

난 모욕감에 기분이 상했다.

"좋아, 난 왓슨이다. 하지만 왓슨도 정보를 받긴 했잖아."

"이를테면?"

"여러 가지 사실들. 그리고 왓슨은 그 사실들을 가지고 잘못된 추론을 만들어 내곤 했지. 너도 내가 잘못된 추론을 하는 걸 보면 재미있지 않겠어?"

조세핀은 잠시 마음이 흔들리는 듯했지만 이내 고개를 저었다.

"안 돼요. 그리고 난 셜록 홈즈를 별로 좋아하지 않아요. 너무 구식이에요. 그 사람들은 마차를 타고 다녔잖아요."

"편지 이야기는 어떻게 된 거야?"

"무슨 편지요?"

"네가 저번에 말한 로렌스 선생님과 새할머니가 서로 주고받았다는 편지 말이야."

"그건 내가 만든 얘기예요."

"그 말은 믿을 수 없는걸."

"아니에요, 사실이에요. 난 종종 없는 일들을 지어내요. 재미있잖아요."

난 그 애를 가만히 쳐다보았다. 아이도 내 시선을 피하지 않았다.

"조세핀, 이러면 어떨까. 난 대영 박물관에 아는 사람이 있단다. 성경에 대해 많은 것을 알고 있는 사람이지. 네가 그 편지에 대한 이야기를 해 준다면, 그 사람한테 왜 개들이 이세벨의 손바닥을 먹지 않았는지 물어봐 줄 수 있어, 어때?"

이번에는 조세핀도 정말 망설이는 것 같았다.

그때 어디선가 그리 멀지 않은 곳에서 작은 나뭇가지가 부러지는 듯한 날카로운 소리가 들렸다.

조세핀은 단호하게 대답했다.

"아니요, 난 말 안 할 거예요."

난 패배를 인정했다. 그리고 그제야 아버지가 해 준 충고가 기억났다.

"그래, 됐다. 사실은 아저씨가 장난 좀 친 거야. 그런 걸 네가 알 리가 없지."

조세핀은 눈을 반짝 빛냈지만 단번에 미끼를 물지는 않았다. 나는 자리에서 일어났다.

"이제 그만 들어가야지. 소피아를 찾아야겠다. 같이 들어가자."

"난 그냥 여기 있을래요."

"안 돼, 나와 같이 들어가자."

나는 허물없이 손을 내밀어 조세핀을 일으켰다. 아이는 깜짝 놀라 저항하려 했지만 이내 얌전히 받아들였다. 내 존재가 식구들에게 어떤 반응을 불러일으키는지 보고 싶은 마음도 있었으리라.

그 순간에는 내가 왜 그 애와 함께 들어가고 싶어졌는지 정확한 이유가 생각나지 않았다. 그 해답이 떠오른 건 현관에 들어설 때였다.

그 이유는 갑자기 나뭇가지가 부러지는 소리가 들렸기 때문이었다.

제14장

큰 거실에서 사람들이 웅성거리는 소리가 들렸다. 나는 망설이다
가 안으로 들어가지 않았다. 알 수 없는 충동에 이끌린 나는 복도를
따라 걷다가 올이 거친 나사로 된 칸막이를 밀었다. 그 뒤로 보이는
복도는 컴컴했다. 그러다 갑자기 한쪽 문이 열리면서 밝은 빛이 가
득한 주방이 보였다. 문 앞에는 몸집이 크고 나이 든 여자가 서 있
었다. 그녀는 새하얗고 깨끗한 앞치마를 두꺼운 허리에 두르고 있
었다. 그녀를 보는 순간 나는 마음이 편안해지는 것을 느꼈다. 그건
좋은 유모만이 줄 수 있는 푸근함이었다. 나는 서른다섯 살이었지
만 그 순간은 안도감을 느끼는 네 살짜리 꼬마가 된 기분이었다. 분
명히 유모는 나를 본 적이 없었다. 하지만 그녀는 나를 한눈에 알아
보았다.

"당신이 찰스 씨죠? 어서 안으로 들어오세요. 차를 한잔 대접해

드릴게요."

크지만 아늑한 느낌을 주는 주방이었다. 내가 중앙에 있는 식탁에 앉자 유모는 차 한 잔과 달콤한 비스킷 두 조각을 접시에 담아 가져다 주었다. 마치 어린 시절로 되돌아간 느낌이었다. 마음이 편안해지면서 깜깜한 방이나 미지의 것에 대한 두려움은 모두 사라졌다.

"이렇게 오신 걸 알면 소피아 아가씨가 좋아할 거예요. 아가씨는 지나치게 흥분한 상태거든요."

유모는 못마땅하다는 투로 덧붙였다.

"식구들 모두 그렇지만."

나는 뒤를 돌아보았다.

"조세핀은 어디로 갔지? 분명히 같이 들어왔는데."

유모는 마음에 들지 않는다는 듯 혀를 찼다.

"그 꼬마 아가씨는 작은 수첩을 들고 다니면서 문 밖에서 어른들이 하는 이야기를 엿듣고 뭔가를 끼적거린답니다. 조세핀 아가씨는 학교에 보내서 또래 친구들이랑 같이 놀게 해야 해요. 에디스 마님께 그렇게 말씀드려서 그렇게 하기로 했어요. 하지만 주인님은 그냥 집에 계속 데리고 있는 편이 좋다고 하셨어요."

"조세핀을 많이 귀여워하나 보군요."

"그러셨죠. 아이들은 전부 좋아하셨어요."

난 약간 놀랐다. 필립이 아이들을 귀여워한다는 것을 어째서 과거형으로 이야기하는 것일까? 유모는 내 표정을 보고 살짝 얼굴을 붉혔다.

"제가 '주인님'이라고 부른 건 돌아가신 레오니데스 씨를 말한 거랍니다."

내가 뭐라고 대답하기도 전에 문이 열리더니 소피아가 급히 안으로 들어왔다.

"오, 찰스."

그녀는 나를 부르고는 재빨리 덧붙였다.

"유모, 난 이 사람이 와서 정말 기분이 좋아요."

"그러실 줄 알았어요, 아가씨."

유모는 잔뜩 쌓여 있던 냄비며 프라이팬 같은 것들을 모아 들고는 식기실로 갔다. 나가면서 그녀는 주방문을 닫아 주었다.

나는 자리에서 일어나 소피아에게 다가갔다. 그리고 두 팔을 벌려 그녀를 꼭 안아 주었다.

"소피아, 떨고 있군요. 무슨 일이에요?"

"너무 무서워요, 찰스. 난 정말 무서워요."

"사랑해요. 당신을 데리고 어디든 갈 수만 있다면……."

내가 말했다.

그녀는 내게서 몸을 떼면서 고개를 저었다.

"안 돼요, 그건 불가능한 일이에요. 우린 반드시 이 난관을 뚫고 나가야만 해요. 하지만 찰스, 난 정말 싫어요. 누군가 이 집 안에 살고 있는 가족 중 한 사람이, 매일 얼굴을 보고 이야기를 나누는 누군가가 냉혹하고 이기적인 살인자라는 사실이 너무 끔찍해요……."

그 순간 나는 무슨 말을 해야 할지 알 수 없었다. 소피아 같은 여자에게 의미 없는 위안의 말을 하는 것은 아무런 도움이 되지 않기 때문이다.

그녀가 말했다.

"범인이 누군지 알게 되면⋯⋯."

"정말 끔찍한 기분이 들겠죠."

"내가 정말로 두려워하는 게 뭔지 알아요? 우리 중에 누가 범인인지 끝내 밝혀지지 않을 수도 있다는 거예요⋯⋯."

소피아가 속삭였다.

그렇게 되었을 경우에 어떤 악몽 같은 상황이 벌어질지 쉽게 그려 볼 수 있었다⋯⋯. 사실 레오니데스 노인을 죽인 범인이 밝혀지지 않을 가능성은 다분했다.

그런 생각을 하다 보니 소피아를 만나면 물어보고 싶었던 질문이 떠올랐다.

"소피아, 말해 봐요. 이 집에서 에세린 안약에 대해 알고 있는 사람은 전부 몇 명이죠? 내 말은, 먼저 할아버지가 안약을 가지고 있다는 걸 아는 사람이 얼마나 되며, 또 그 약에 독성이 있어서 치명적일 수도 있다는 것을 알고 있는 사람은 얼마나 되느냐는 거예요."

"당신 말이 무슨 뜻인지는 알겠어요, 찰스. 하지만 아무 소용 없는 일이에요. 그건 우리 모두 알고 있는 사실이었어요."

"그야 물론 대충은 알고 있었겠죠. 그게 아니라 내 말은 명확하게 구체적으로⋯⋯."

"우리 모두 잘 알고 있어요. 어느 날인가 가족들이 점심 식사를 마치고 모두 모여 커피를 마시고 있었어요. 할아버지는 그렇게 가족들에게 둘러싸여 보내는 시간을 좋아하셨죠. 그때 할아버지는 눈이 많이 안 좋으셨어요. 그래서 새할머니가 에세린 안약을 가지고 와서 할아버지 눈에 한 방울씩 넣어 드렸죠. 그때 조세핀이 물어봤어요. 그 애는 무엇이든 다 물어봐야 직성이 풀리는 애니까요. '왜 약병 위에 안약—복용하지 말 것. 이라고 씌어 있는 거죠? 이걸 마시면 어떻게 되는데요?' 그랬더니 할아버지가 미소를 지으며 대답해 주셨어요. '만약 네 할머니가 실수로 나한테 인슐린 대신 안약을 주사하게 되면, 난 아마 숨을 쉬지 못할 정도로 헐떡거리다가 얼굴이 파랗게 질린 채 죽게 될 거다. 내 심장은 그다지 튼튼하지 못하니까 말이야.' 그러자 조세핀이 탄성을 질렀어요. '아.' 그걸 보고 할아버지가 말씀하셨죠. '그러니까 우리 모두 주의해야 해. 새할머니가 실수로 나한테 인슐린 대신 에세린을 주사하지 못하게 말이야, 알았지?'"

소피아는 잠시 말을 멈췄다가 다시 말했다.

"우리 모두 그 자리에서 그 이야기를 들었어요. 알겠어요? 우리 모두 들었다고요!"

나는 그제야 알게 되었다. 이제까지 나는 막연하게나마 이번 사건의 범인이 조금은 전문적인 지식이 있는 사람일 거라고 생각하고 있었다. 하지만 이제 보니 죽은 레오니데스가 살인자에게 실질적인 살인 계획을 제공한 셈이었다. 살인자는 살인 방법을 생각해 내거나 계획을 세울 필요도 없었다. 희생자 자신이 가장 간편한 방법을 알려 주었기 때문이다.

나는 깊이 한숨을 내쉬었다. 소피아는 내가 무슨 생각을 하고 있는지 알아차린 듯 이렇게 말했다.

"그래요. 정말 무서운 일이잖아요, 그렇죠?"

"소피아, 지금 막 생각이 하나 떠올랐는데."

내가 천천히 말했다.

"뭔데요?"

"당신 말이 옳았어요. 브렌다는 범인일 수가 없어요. 당신이 기억하고 있는 것처럼 다른 식구들도 모두 그 이야기를 기억하고 있을 텐데, 그 방법을 쓸 수는 없었을 거예요."

"그건 알 수 없죠. 브렌다는 좀 우둔한 면이 있으니까."

"그렇게 할 정도로 바보는 아니죠. 아니에요. 브렌다는 범인이 아니에요."

소피아가 내게서 물러섰다.

"당신은 브렌다가 범인이 아니길 바라는 거죠, 그렇죠?"

이 질문에 내가 어떤 대답을 해야 하는 걸까? 나는 딱 잘라 대답할 수 없었다. "아니, 나도 브렌다가 범인이었으면 좋겠어요."라고 말할 수는 없었다.

나는 도대체 왜 그 말을 하지 못하는 걸까? 브렌다가 레오니데스 가족들의 심한 적대감 속에 홀로 맞서고 있기 때문에? 아니면 기사도·정신 때문일까? 약자에 대한 연민? 아니면 그저 보호해 주고 싶어서? 나는 그녀가 값비싼 상복을 입고 소파에 앉아 두려움이 가득

한 눈빛과 절망적인 목소리로 호소하던 모습을 떠올렸다.

그 순간 때맞춰 유모가 식기실에서 돌아왔다. 그녀가 소피아와 나 사이의 팽팽한 긴장감을 알아차렸는지는 알 수 없었다.

유모가 못마땅하다는 듯 말했다.

"살인자니 뭐니 그런 이야기를 하고 있었죠? 그 일은 제발 잊어 버리라고 했잖아요. 그런 일은 경찰들한테 맡겨 두세요. 그런 일은 그 사람들이 할 일이에요. 두 분이 신경 쓸 일이 아니라고요."

"유모는…… 이 집안 사람 중에 살인자가 있다는 걸 몰라서 그러는 거예요?"

"그건 말도 안 돼요, 아가씨. 정말 더 이상은 못 들어주겠네. 이 집은 항상 현관문이 열려 있잖아요. 현관문뿐인가요? 도둑이나 강도 보고 어서 들어오라는 식으로 문이란 문은 잠그는 법 없이 노상 열어 놓잖아요."

"하지만 이 사건은 강도 짓이 아니에요. 도둑맞은 건 아무것도 없잖아요. 게다가 강도라면 어째서 우리 집에 들어와 독살 같은 걸 하겠어요?"

"전 범인이 강도라고 말한 적 없어요, 아가씨. 제 말은 이 집의 문은 모두 열려 있어서 아무나 들어올 수 있다는 거예요. 제 생각에는 공산주의자들의 짓인 것 같아요."

유모는 자신의 생각이 타당하다는 듯 고개를 끄덕이며 말했다.

"도대체 공산주의자들이 왜 우리 가엾은 할아버지를 죽이고 싶어 한단 말이에요?"

"그야, 사람들 말을 들어 보니 공산주의자들은 온갖 나쁜 짓은 다 한다고 하더군요. 만일 공산주의자들의 짓이 아니라면 틀림없이 가톨릭 교도들의 짓일 거예요. 그 사람들은 바빌론의 매춘부들처럼 행동하니까."

유모는 마지막 유언이라도 남기는 분위기로 말을 마치고 다시 식기실로 가 버렸다.

소피아와 나는 웃음을 터뜨렸다.

"골수 신교도인 모양이군."

"그런가 봐요. 그건 그렇고, 찰스, 같이 거실로 가요. 가족 회의 같은 걸 할 모양이에요. 원래는 저녁때 하기로 했는데 좀 일찍 시작했어요."

"소피아, 그런 거라면 내가 갈 자리가 아닌 것 같은데요."

"당신이 나와 결혼해서 우리 가족의 일원이 될 생각이라면 이런 자리에 참석해 보는 편이 좋아요."

"오늘 가족 회의의 주제는 뭔데요?"

"큰아버지의 문제예요. 당신도 이미 알고 있을 거예요. 하지만 큰아버지가 할아버지를 죽인 거라고 생각한다면 그건 정말 미친 짓이에요. 큰아버지는 할아버지를 거의 숭배하다시피 했으니까요."

"나도 그분이 범인일 거라고 생각하지는 않아요. 차라리 클레멘시 부인 쪽을 더 의심하면 했지."

"당신이 그런 생각을 하게 된 건 나 때문일 거예요. 하지만 그것도 아니에요. 내가 보기에 큰어머니는 큰아버지가 재산을 날렸다는 사실을 조금도 걱정하지 않아요. 오히려 그 상황을 더 반기고 계신 것 같아요. 큰어머니는 아무것도 가지고 싶어 하지 않는 이상한 열정을 가진 분이에요. 이제 거실로 가요."

소피아와 내가 거실에 들어서자 사람들의 목소리가 갑자기 끊겼다. 모든 사람들이 우리를 쳐다보았다.

그들은 모두 한 자리에 모여 있었다. 필립은 창문 사이에 놓인 진홍색 비단을 씌운 커다란 안락 의자에 앉아 있었다. 그의 잘생긴 얼굴에서는 냉정함과 엄격함이 엿보였다. 마치 피고에게 선고를 내리는 판사처럼 보였다. 로저는 난로 앞에 놓인 커다란 쿠션 위에 다리를 벌린 채 앉아 있었다. 그는 머리카락 속에 손가락을 집어넣고 마구 헝클어뜨려 머리카락이 전부 곤두서게 만들고 있었다. 그의 왼쪽 바지가랑이는 구겨져 있었고, 넥타이는 비뚤어져 있었다. 그는 얼굴이 잔뜩 달아올라서는 뭔가 하고 싶은 말이 많은 것처럼 보였다. 그의 뒤에는 클레멘시가 앉아 있었다. 커다란 의자에 앉은 탓에 그녀의 호리호리한 몸매가 더 한층 가냘프게 보였다. 그녀는 다른 사람들에게서 시선을 돌린 채 냉정한 눈으로 벽에 걸린 사진들을 쳐다보고 있었다. 에디스 드 해빌런드는 애리스티드 레오니데스가 앉던 의자에 몸을 꼿꼿이 하고 앉아 있었다. 그녀는 입을 꾹 다물고 쉴 새 없이 뜨개질을 하고 있었다. 그 방에서 가장 아름답게 보이는 사람들은 마그다와 유스터스였다. 두 사람은 마치 게인즈버러가 그린 초상화처럼 보였다. 그들은 소파에 함께 앉아 있었다. 검은 머리카락의 잘생긴 소년은 기분이 그다지 좋지 않은 표정이었고, 그 옆에는 마그다가 한쪽 팔을 소파의 등받이에 걸친 채 「스리 게이블스의 공작 부인」이라는 그림처럼 호박단으로 만든 가운 아래로 비단 끌신을 신은 작은 발을 내밀고 앉아 있었다.

필립이 얼굴을 찌푸렸다.

"소피아, 미안하지만 지금은 다른 사람에게는 알리고 싶지 않은 가족 문제를 의논하는 자리라서 말이다."

에디스 드 해빌런드의 뜨개바늘이 딸각 소리를 냈다. 나는 곧장 사과하고 그 자리에서 물러나려고 했다. 하지만 소피아가 나보다 한 발 앞섰다. 그녀의 목소리는 맑으면서도 확고했다.

"찰스와 저, 결혼할 거예요. 전 찰스가 이 자리에 있었으면 좋겠어요."

"안 될 이유가 뭐 있겠니."

로저가 의자에서 벌떡 일어나며 큰 소리로 말했다.

"필립, 아까부터 계속 말했지만, 이건 숨길 필요가 전혀 없는 일이다! 내일이나 모레 아침이면 온 세상이 다 알게 될 테니까 말이야. 그리고 찰스."

그는 다가와 다정하게 내 어깨에 손을 올렸다.

"이미 다 알고 있을 겁니다. 오늘 아침에 그 자리에 있었으니까."

마그다가 몸을 앞으로 내밀며 소리쳤다.

"말씀해 보세요, 런던 경시청은 어땠는지. 언제나 모두들 궁금하게 여기잖아요. 탁자는 어땠죠? 책상은요? 의자는 어떤 게 놓였던가요? 어떤 종류의 커튼이 달렸죠? 아무래도 꽃은 없겠지. 구술용

녹음기는 있나요?"

"어머니, 그만 하세요. 이미 배버수 존스에게 런던 경시청 장면은 빼라고 하셨잖아요. 재미가 없다면서 말이에요."

소피아가 말했다.

"그 장면이 너무 탐정극처럼 보이게 만드니까 그렇지. 에디스 톰 슨의 작품은 분명히 심리극인데 말이야. 아니, 심리 스릴러라고 할 까. 어떻게 부르는 게 좋겠니?"

마그다가 말했다.

"오늘 아침에 경시청에 있었단 말입니까?"

필립이 내게 날카롭게 물었다.

"어째서? 아, 그렇군. 부친께서……."

그는 얼굴을 찌푸렸다. 나는 내 존재가 환영받지 못한다는 사실 을 좀 더 확실하게 느낄 수 있었다. 하지만 소피아가 내 팔을 꽉 붙 잡고 있었다.

클레멘시가 의자를 앞으로 밀어 주었다.

"이리 앉아요."

그녀가 말했다.

나는 고맙다는 눈짓을 하고는 그 자리에 앉았다. 에디스 드 해빌 런드는 그 자리에 있는 사람들에게 분명히 말했다.

"무슨 말들을 할지는 모르겠다만, 난 우리 모두가 형부의 의사를 존중해야 한다고 생각한다. 유언장 문제가 해결되고 나면 내 몫으 로 돌아오는 유산은 전부 네게 넘겨주마, 로저."

로저는 미친 듯이 머리를 쥐어뜯었다.

"이모님, 그건 안 돼요. 그럴 수는 없어요!"

그가 외쳤다.

"나도 이모님과 같은 말을 하고 싶지만 이 문제에서 상황이 이렇게까지 이르게 된 모든 요인들을 생각해 본다면……."

필립이 말했다.

"필립, 내 뜻을 모르겠어? 난 어느 누구의 돈이든 한 푼도 받을 생각이 없어."

"그럼요. 저이는 안 받을 거예요!"

클레멘시가 느닷없이 끼어들었다.

"이모님, 그리고 유언장 문제가 해결되면 아주버님도 유산을 상속받으시게 되잖아요."

마그다가 말했다.

"하지만 유언장 문제가 제 시간 안에 해결되지 않을 수도 있질 않나요?"

유스터스가 물었다.

"유스터스, 네가 뭘 안다고 나서는 거냐, 유스터스."

필립이 말했다.

"저 애 말이 맞아. 아주 정곡을 찔렀다. 파산을 막을 수 있는 방법은 없어. 아무것도."

로저가 외쳤다. 이렇게 되어 차라리 다행이라는 말투였다.

"여기서 더 의논할 일은 아무것도 없어요."

클레멘시가 말했다.

"그렇지, 도대체 뭐가 문제라는 거야?"

로저가 말했다.

"난 큰 문제라고 생각해."

필립이 대답하고는 입을 꾹 다물었다.

"아니, 그렇지 않아! 아버지가 돌아가신 것보다 더 큰 문제가 어디 있다는 거야? 아버지가 돌아가셨어! 그런데 우리는 여기 모여 그깟 돈 문제나 떠들고 있다니!"

로저가 말했다.

필립의 창백한 얼굴이 희미하게 달아올랐다.

"우린 형을 도와주려고 하는 거야."

그가 딱딱하게 말했다.

"그건 알지. 알다마다. 하지만 더 이상 아무것도 할 수 없어. 그러니 이 자리는 그만 접도록 하자."

"내가 어느 정도는 돈을 마련할 수 있을 거야. 주식도 떨어졌고 자금 중에 손댈 수 없게 묶인 것도 좀 있지만 말이야. 마그다도 나와 비슷한 상황이기는 하지만……."

마그다가 재빨리 끼어들었다.

"당신이 어떻게 돈을 마련한다는 거예요. 아무 소용 없는 일이 될 거예요. 게다가 아이들한테도 별로 좋지 않을 거고요."

로저가 소리쳤다.

"난 아무한테도 부탁한 적 없어! 이렇게 목이 쉬도록 말했잖아.

차라리 일이 이렇게 되어서 나는 마음이 편하다."

필립이 말했다.

"이건 가문의 위신 문제야. 아버지와 우리 모두의 명예가 걸려 있다고."

"이건 가족 사업이 아니야. 전적으로 나 혼자 책임질 일이지."

"그렇지, 전적으로 형 일이기는 하지."

필립이 로저를 쳐다보며 말했다.

에디스 드 해빌런드가 자리에서 일어서며 말했다.

"이만하면 얘기는 충분한 것 같구나."

그녀의 목소리에는 결코 무시할 수 없는 위엄이 담겨 있었다. 필립과 마그다도 자리에서 일어났다. 유스터스는 천천히 거실을 나갔다. 나는 아이가 걷는 모양이 약간 뻣뻣하다는 사실을 알아차렸다. 완전히 절름발이는 아니었지만 걸을 때 한쪽 다리가 불편해 보였다.

로저가 필립의 팔을 붙잡고 말했다.

"넌 정말 좋은 동생이야. 필립, 이런 일까지 신경 써 주니 말이다."

형제는 함께 밖으로 나갔다.

마그다가 중얼거렸다.

"야단법석하고는!"

그리고 두 사람의 뒤를 따라 나갔다. 소피아도 내가 묵을 방을 살펴본다며 나갔다.

에디스 드 해빌런드는 뜨개질감을 둥글게 말아 올리고 있었다. 그녀가 내 쪽을 쳐다보았다. 나는 그녀가 내게 뭔가 하고 싶은 말이 있는 거라고 생각했다. 그녀의 눈빛은 뭔가를 호소하고 있는 듯했다. 하지만 마음을 돌렸는지 한숨만 쉬고는 다른 사람들의 뒤를 따라 나갔다.

클레멘시는 창문 쪽으로 다가가 정원을 내려다보고 있었다. 난 그녀 옆에 다가갔다. 클레멘시가 고개를 내 쪽으로 살짝 돌렸다.

"끝나서 다행이에요."

그녀는 이렇게 말하고는 혐오스러운 듯 덧붙였다.

"정말 끔찍한 방이라니까!"

"이곳이 마음에 안 드십니까?"

"숨을 쉴 수가 없어요. 항상 반쯤 죽은 꽃 향기와 먼지 냄새가 진동을 하잖아요."

난 그녀의 이곳에 대한 평가가 부당하다고 생각했다. 하지만 클레멘시의 말뜻은 알 수 있었다. 그녀가 끔찍하게 생각하는 건 다른 무엇보다도 이 방의 장식일 터였다.

이곳은 완전히 여성 취향으로 꾸민 방이었다. 이국적이고 아늑하며 바깥 날씨와는 완전히 차단된 곳이었다. 사실 남자 입장에선 오랜 시간 동안 편안히 지내기 힘든 곳이기는 했다. 발을 올려놓은 채 신문을 읽거나 담배를 피우기에는 적당하지 않은 방이었다. 그렇지만 나는 클레멘시가 2층에 꾸며 놓은 황량한 방보다는 이곳이 좋았다. 아무래도 나는 수술실 같은 곳보다는 여성의 내실 쪽을 더 좋아하는 모양이었다.

클레멘시는 주위를 둘러보며 말했다.

"여긴 연극 무대처럼 꾸며져 있어요. 마그다의 연기를 뒷받침해 줄 배경인 셈이죠."

그녀는 나를 보았다.

"혹시 알아차렸어요? 우리가 모여서 무엇을 한 건지? 그건 '제2막 가족 회의' 장면이었어요. 마그다의 연출이었죠. 아무 의미 없는 거였어요. 이야기해야 할 것도, 의논할 것도 없었어요. 이제 모두 해결되었어요. 완전히 끝난 거예요."

그녀의 목소리에서 서글픈 기색은 찾아볼 수 없었다. 도리어 만족감이 느껴지는 듯했다. 그녀가 그런 내 생각을 알아차린 모양이었다. 클레멘시는 도저히 참지 못하겠다는 듯 말했다.

"무슨 말인지 모르겠어요? 우린 자유를 얻었어요. 마침내 말이에요! 로저가 그동안 얼마나 비참하게 살아왔는지 모를 거예요. 얼마나 오랫동안 그렇게 살아왔는지. 그이는 절대로 사업 같은 일을 할수 있는 사람이 아니에요. 그 사람은 시골에서 말이나 소 같은 걸 키우면서 마음 편하게 사는 걸 좋아해요. 하지만 남편은 아버님을 존경했어요. 다른 가족들 모두 그렇지만. 그게 이 집의 잘못된 점이에요. 한 집에 가족들이 전부 모여 사는 것 말이에요. 그분이 폭군 같은 존재였다거나 가족들을 괴롭히고 겁을 주었다는 말은 아니에요. 아버님은 그렇게 하지 않으셨어요. 도리어 가족들에게 돈과 자유를 주셨죠. 그분은 가족들에게 헌신적으로 대하셨죠. 다른 가족들역시 아버님을 헌신적으로 모셨어요."

"그게 뭐가 잘못됐다는 거죠?"

"내가 보기에는 그래요. 난 자식들이 성장하면, 부모에게서 멀리 떨어지게 내보내고, 억지로라도 부모를 잊어버리게 만들어야 한다고 생각해요."

"억지로 부모를 잊어버리게 만들어야 한단 말입니까? 그건 너무 심한 것 아닐까요? 강압적으로 그렇게 하는 건 좋지 못한 방법인 것 같은데요."

"아버님이 그렇게 다른 사람에게 큰 영향을 미치지만 않았어도……."

"그건 부인이 어쩔 수 없는 부분입니다. 그분의 타고난 성격이니까요."

"아버님은 로저에게는 너무 큰 영향을 미치셨어요. 로저는 그분을 숭배하다시피 했죠. 그 사람은 아버님이 바라는 건 뭐든 다 하려고 했어요. 아버님이 바라는 아들이 되기를 원했죠. 하지만 그렇게 될 수 없었죠. 아버님은 그이에게 연합 출장 요리 회사를 물려주셨어요. 그 회사는 아버님이 특히 아끼고 자부심을 가지고 운영하던 것이었죠. 그래서 로저는 아버님의 뜻을 따르기 위해 정말 많이 노력했어요. 하지만 그이는 그런 능력을 타고나지 못했죠. 사업 문제에 있어서 로저는, 그래요, 솔직히 말해서 그이는 바보나 마찬가지예요. 남편은 그 뒤로 몇 년 동안이나 괴로워했어요. 아무리 애를 써도 사업은 자꾸 기울어만 갔어요. 남편은 갑자기 훌륭한 '생각'이 떠올랐다느니, '계획'을 세웠다느니 했지만, 그럴수록 상황은 더욱 악화되어 가기만 했어요. 연이은 실패로 정말 끔찍할 정도로 고통스러워했죠. 남편이 얼마나 불행했는지 아무도 모를 거예요. 나 역시 괴로웠어요."

그녀가 다시 내 쪽으로 얼굴을 돌렸다.

"당신은 로저가 돈 때문에 아버님을 죽였을 거라고 생각해서 경찰에도 그렇게 이야기했다죠? 그게 얼마나 웃기는 생각인지, 말이 안 되는 일인지 모를 거예요!"

"저도 이제는 압니다."

나는 풀이 죽어서 대답했다.

"로저는 더 이상 회사의 파산을 막을 수 없다는 걸 알게 되었을 때 도리어 안심했어요. 그래요, 그 사람은 그랬어요. 그이는 그 사실을 아버님이 알게 될까 봐 전전긍긍하긴 했지만 다른 일은 아무래도 상관없었어요. 남편은 우리가 새롭게 시작할 생활을 기대하고 있었어요."

그녀의 얼굴에 살짝 경련이 일더니 목소리에 힘이 빠졌다.

"어디로 가실 예정이었습니까?"

"바베이도스로 가려고 했죠. 얼마 전에 먼 친척이 돌아가셨는데, 내게 조그만 농장을 하나 물려주셨어요. 그리 대단한 건 아니에요. 하지만 갈 곳은 생긴 셈이죠. 절망적일 정도로 가난한 생활을 해야 할 테지만, 그래도 그럭저럭 먹고 살 수는 있을 거예요. 생활하는 데 그다지 많은 돈이 필요한 건 아니니까. 그곳에서라면 우리도 아무 근심 없이 살 수 있을 거예요."

클레멘시는 한숨 지었다.

"로저는 정말 엉뚱한 사람이에요. 그이는 나를, 내가 가난한 생활을 하게 될 걸 걱정해요. 아마 레오니데스 가의 돈에 대한 사고 방식이 그 사람 머릿속 깊이 박혀 있어서 그런 것 같아요. 전남편과 함께 살았을 때 우리는 정말 찢어지게 가난했어요. 로저는 그것 때문에 내가 용감하고 훌륭한 사람이라고 생각하죠! 그이는 그때 내가 얼마나 행복했는지 알지 못해요. 정말 행복했다는걸! 그 뒤로는 한 번도 행복하다는 느낌을 받아 본 적이 없어요. 하지만 내가 로저를 사랑하는 것처럼 전남편 리처드를 사랑했던 건 아니에요."

그녀는 눈을 반쯤 감았다. 나는 그녀가 자신의 감정에 완전히 몰입하고 있다는 걸 알 수 있었다. 클레멘시는 다시 눈을 뜨고는 나를 똑바로 쳐다보며 말했다.

"이제 알겠어요? 나는 절대로 돈 때문에 사람을 죽이지는 않아요. 돈을 싫어하니까."

나는 그녀의 말을 분명히 이해했다. 클레멘시 레오니데스는 돈에 매력을 느끼지 않는 보기 드문 사람 중 하나였다. 그런 사람들은 사치를 싫어하고 금욕적인 생활을 좋아하며 소유라는 개념에 회의를 느끼며 살아간다. 그렇지만 돈 자체에 끌리지는 않아도 돈이 주는 권력에 매혹되는 사람은 많다.

내가 말했다.

"부인 자신을 위해서는 돈이 필요하지 않을지 모르지만, 잘만 이용한다면 돈으로 할 수 있는 흥미로운 일들이 많이 있지 않을까요? 이를테면 연구 기금으로 기부할 수도 있지 않습니까?"

나는 클레멘시가 자신의 일에 굉장히 열성적인 사람이라고 생각했다. 하지만 그녀는 그저 이렇게 대답할 뿐이었다.

"연구 기금을 주는 건 그다지 좋지 않다는 생각이 들어요. 대개는 그 돈을 엉뚱하게 써 버리는 경우가 많아요. 가치 있는 일이란 누군가가 그 일에 대한 열정과 추진력, 타고난 통찰력을 가짐으로써 이루어지는 것이죠. 값비싼 연구 기구나 교육, 실험으로는 그런 일이 이루어지지 않아요. 그리고 그런 돈을 준다고 하더라도 대개는 엉뚱한 사람 손에 넘어가는 경우가 많아요."

"그럼 바베이도스로 가기 위해 일을 그만둬도 상관없으신 겁니까? 여전히 가고 싶으신 것 같은데."

"그럼요. 경찰이 우리를 놔주는 대로 바로 떠날 거예요. 일을 그만두는 건 전혀 아쉽지 않아요. 내가 왜 그래야 하죠? 난 게으른 사람이 되고 싶지 않아서 일을 하는 것뿐이에요. 바베이도스에서는 아마 게으름을 피울 시간이 없을 거예요."

그녀는 조바심을 내며 덧붙였다.

"아, 이 일이 빨리 해결돼야 떠날 수 있을 텐데."

"부인, 누가 이번 사건을 저질렀을 거라고 생각하십니까? 남편분과 부인께서 이번 사건에 무관하다는 것은 이미 밝혀졌고(저도 두 분이 그런 일을 하시지 않았을 거라고 확신합니다.) 부인께서는 지성이 뛰어나신 분이니 이번 사건의 범인이 누구인지 생각해 보셨을 거라고 짐작합니다만."

클레멘시는 기묘한 표정을 지으며 나를 흘긋 쳐다보았다. 그녀의 목소리는 어딘가 부자연스러운 느낌이었다. 어색해하는 것도 같았고 당황한 것처럼 들리기도 했다.

"어림짐작할 일은 아니죠. 그건 비과학적인 일이에요. 그래도 굳이 말하라고 한다면 어머님과 로렌스가 가장 의심스럽다고 할 수 있겠죠."

"그렇다면 부인께서는 그 두 사람이 범인이라고 생각하신다는 건가요?"

클레멘시는 어깨를 으쓱해 보였다.

그녀는 잠시 무슨 소리에 귀를 기울이는 듯하더니 방을 나갔다. 입구에서 그녀와 안으로 들어오던 에디스 드 해빌런드가 엇갈렸다.

에디스는 들어오자마자 내 쪽으로 다가왔다.

"얘기를 좀 나누고 싶은데."

그녀가 말했다.

아버지의 말씀이 떠올랐다. 이건…….

"그쪽이 잘못된 인상을 받지 않았으면 해서 말이에요. 필립에 대해서 말이지. 그 애는 이해하기 힘든 구석이 있어요. 냉정하다고 생각할지도 모르지만 정말 그런 건 아니에요. 그저 겉으로 보이는 모습이 그런 거지. 그건 그 애도 어쩔 수 없는 일이에요."

"전 그분에 대해 그렇게 생각하지 않았습니다……."

내가 말하려 했지만 그녀는 내 말은 제대로 듣지 않았다.

"그리고 좀 전에 로저한테 보여 준 태도 말인데. 정말로 그 애가 인색해서 그런 건 아니에요. 돈에는 관심이 없는 아이니까. 그리고 필립은 정말로 좋은 애예요. 언제나 그랬지. 하지만 그 애가 그렇다는 걸 알려면 먼저 이해해야 할 게 좀 있어요."

나는 정말 필립을 이해하고 싶다는 얼굴로 그녀를 쳐다보았다. 에디스 드 해빌런드가 말을 이었다.

"내 생각에는 그 애가 둘째로 태어난 것도 이유가 될 것 같아. 둘째로 태어난 아이들에게는 종종 그런 경향이 보이지요. 말하자면 그 애들은 태어날 때부터 불리한 조건을 가지고 있다는 거지. 필립도 자기 아버지를 존경해요. 물론 아이들은 모두 애리스티드를 존경하지. 그 역시 아이들을 아꼈고 말이에요. 그렇지만 형부도 로저에게서 특별한 자부심과 기쁨을 느꼈어요. 아무래도 장남이었으니까. 그런데 필립이 그걸 알아차렸던 모양이야. 그 애는 자기 안으로만 자꾸 들어가기 시작했죠. 그러면서 책을 좋아하기 시작하고 역사에 관심을 가지기 시작했어요. 일상 생활에서는 멀리 떨어진 그런 것들에 말이에요. 아마 그 애도 고통스러웠을 거예요. 아이들도 고민은 있는 법이니까⋯⋯."

그녀는 잠시 말을 멈췄다가 다시 이어 갔다.

"내가 말하고 싶은 건, 그러니까 필립이 로저에게 언제나 질투심을 느꼈다는 거예요. 하지만 그렇다는 걸 그 애 자신도 아마 느끼지 못하고 있을 거야. 그래서 로저가 사업에 실패했어도 그런 모습을 보인 거지. 사실 이런 얘기는 나도 하기가 뭐하네요. 더군다나 필립이 자신의 그런 질투심을 깨닫지 못하고 있는 상태니까. 아마 그래서 그 애가 이런 상황에서도 안타까운 감정을 느끼지 못하는 거라는 생각이 들어요."

"그러니까 로저 씨가 웃음거리가 된 것을 필립 씨가 정말은 기뻐하고 있다는 말씀인가요?"

"그래요. 바로 그런 거예요."

그녀는 잠시 얼굴을 찌푸리고는 덧붙였다.

"사실 그 애가 형을 돕겠다고 나서지 않아서 나도 마음이 좋지 않았어요."

"그분이 꼭 그래야 하는 건 아니지 않습니까? 무엇보다도 일을 엉망으로 만든 건 로저 씨니까요. 그분은 어른이고 보살펴야 할 자녀도 없습니다. 물론 그분이 병에 걸렸다거나 진정으로 도움을 원한다면 당연히 가족들이 도와야겠죠. 하지만 로저 씨는 혼자 힘으로 새롭게 시작하기를 기대하고 있는 것처럼 보였습니다."

"맞아요. 그건 그렇지. 로저가 걱정하는 건 오직 클레멘시뿐이라오. 하지만 클레멘시도 보통 여자는 아니지. 그 애는 정말로 불편한 생활을 선호하고 컵 같은 것도 실용적이기만 하면 된다고 생각해요. 아주 현대적이지. 그리고 골동품 같은 것에도 관심 없을 뿐만 아니라 미적인 데에도 전혀 신경을 쓰지 않아요."

에디스는 날카로운 눈으로 나를 위아래로 살펴보았다.

"소피아에게도 이번 일은 견디기 힘든 시련이지. 난 이번 사건으로 그 애가 젊음을 마음껏 누리지 못하고 있는 걸 정말 마음 아프게 생각해요. 난 가족 모두를 사랑해. 로저와 필립, 소피아와 유스터스, 조세핀까지. 모두 사랑스러운 조카들이니까. 그래, 난 진심으로 그 애들을 사랑하고 있어요."

그녀는 잠시 말을 멈췄다가 날카롭게 덧붙였다.

"하지만 이건 알아 둬요. 내가 아무리 그 애들을 사랑해도 맹목적인 건 아니라는 걸."

에디스는 갑자기 몸을 돌려 나가 버렸다. 나는 그녀가 마지막으로 던진 말에 뭔가 의미가 있다는 것을 느낄 수 있었다. 하지만 확실하게 이해할 수는 없었다.

제15장

"당신 방이 준비되었어요."

소피아가 말했다.

그녀는 내 옆에 서서 정원을 내려다보았다. 반쯤 헐벗은 나무들이 바람에 흔들리고 있어서인지 정원은 황량하고 쓸쓸해 보였다.

소피아도 나와 같은 생각을 하고 있었는지 이렇게 말했다.

"어쩜 저렇게 황량한지……."

우리가 그렇게 바라보고 있을 때 누군가가 나오는가 싶더니 또 한 사람이 그 뒤를 따랐다. 두 사람은 암석 정원에서 나와 주목나무로 만든 울타리 쪽으로 갔다. 해가 저물고 있는 시간이라 어슴푸레 보일 뿐 누군지 알아보기가 힘들었다.

먼저 나온 사람은 브렌다 레오니데스였다. 그녀는 잿빛 친칠라 모피 코트를 두르고 있었는데 남의 눈을 피하며 조심스럽게 움직이고 있었다. 그녀는 어둠이 두려운 사람처럼 우아하게 미끄러지듯 지나갔다.

나는 창문으로 스쳐 지나가는 그녀의 얼굴을 보았다. 그녀는 반쯤 미소 짓고 있었다. 예전에 2층에서 보았던 일그러진 미소였다. 몇 분쯤 후에 로렌스 브라운이 마른 몸을 웅크린 채 역시 어둠 속을 미끄러지듯 지나갔다. 그 모습은 이렇게 표현할 수밖에 없었다. 두 사람이 산책하러 나온 것으로는 보이지 않았기 때문이다. 그들은 실체가 없는 두 유령처럼 은밀하게 조심스러워하는 모습이었다.

나는 그때 나뭇가지를 부러뜨린 것이 브렌다나 로렌스가 아니었는지 궁금해졌다. 그 생각을 하자 자연스럽게 조세핀이 떠올랐다.

나는 소피아에게 물었다.

"조세핀은 어디에 있어요?"

"아마 유스터스하고 같이 공부방에 있을 거예요."

소피아는 얼굴을 찌푸렸다.

"찰스, 난 정말 유스터스가 걱정스러워요."

"왜 그런 생각을 하죠?"

"아이가 너무 우울하고 괴팍하니까요. 소아마비에 걸린 후로 많이 달라졌어요. 도대체 무슨 생각을 하는지 알 수가 없어요. 가끔은 그 애가 우리 모두를 미워하는 게 아닌가 싶을 때도 있다니까요."

"아마 좀 더 자라면 분명히 괜찮아질 거예요. 지금은 과도기라서 그런 거고."

"그래요, 나도 그렇게 생각해요. 그래도 걱정이 돼요, 찰스."

"무엇 때문에요?"

"아마 어머니와 아버지가 전혀 걱정을 하지 않아서 그런가 봐요. 정말 두 분은 부모가 아닌 것 같아요."

"어쩌면 그게 더 좋을 수도 있지 않을까요. 부모가 무관심해서 괴로워하는 아이보다는 지나치게 관심을 보이는 것 때문에 괴로워하는 아이들이 더 많잖아요."

"그건 맞아요. 사실 나도 외국에서 돌아오고 나서야 그런 생각이 들었거든요. 하지만 우리 부모님은 진짜 이상해요. 아버지는 세상에 거의 알려지지 않은 역사적인 분야에만 관심을 기울이시고 어머니는 일상 생활까지도 모두 연극처럼 꾸미면서 즐거워하세요. 오늘 저녁에 있었던 그 조잡한 회의도 다 어머니가 만드신 거예요. 그런 게 무슨 필요가 있어요? 어머니는 그저 가족 회의 장면을 연출해 보시고 싶었던 거예요. 가만히 있자니 따분해져서 그런 연극을 꾸며 보신 거죠."

나는 문득 소피아의 어머니가 살인극의 주연을 맡은 뒤 가벼운 마음으로 늙은 시아버지를 독살하는 장면을 떠올렸다. 말도 안 되는 생각이야! 나는 이렇게 생각하며 그 모습을 떨쳐 버리려고 했다. 하지만 어느 정도 꺼림칙한 마음은 계속 남아 있었다.

"어머니는 한시도 눈을 뗄 수 없는 분이에요. 언제 무슨 일을 벌일지 도무지 알 수가 없다니까요!"

"이제 가족들 생각은 그만 해요, 소피아."

내가 단호하게 말했다.

"나도 그럴 수 있었으면 정말 좋겠어요. 하지만 지금 같은 상황에서는 그렇게 하기가 좀 어려울 것 같아요. 카이로에서는 이런 가족들 생각 모두 잊고 살아서 좋았는데."

나는 그때 소피아가 가족들 일이나 집안 이야기를 한 번도 꺼낸 적이 없다는 사실이 떠올랐다.

"그때는 왜 가족 이야기를 한 번도 하지 않았던 거죠? 다 잊어버리고 싶어서 그런 거였나요?"

"그랬던 것 같아요. 우리 가족들은 항상 같이 지냈어요. 우린 서로를 무척 좋아했거든요. 서로를 지독하게 미워하는 그런 가족들하고는 달랐죠. 가족이 서로를 미워한다는 건 분명히 나쁜 일이지만, 어떤 때는 서로 뒤얽힌 애정 속에서 살아가는 게 더 나쁠 수도 있어요. 예전에 당신한테 우리 가족이 비뚤어진 작은 집에서 산다고 말했던 것도 이런 의미였어요. 물론 비뚤어졌다는 의미를 완전히 부정적으로만 보는 건 아니에요. 그저 우리 가족이 각자 혼자 힘으로 꼿꼿이 일어나 자립적으로 살아갈 수 없다는 뜻이었어요. 우린 모두 조금씩 뒤틀리고 뒤엉켜 있는 것 같아요. 마치 메꽃처럼 말이에요……."

소피아의 마지막 말을 듣자 나는 에디스 드 해빌런드가 구두로 메꽃을 짓밟던 모습이 떠올랐다.

그때 갑자기 마그다가 문을 열고 들어와 우리에게 소리쳤다.

"얘야, 왜 불도 켜지 않고 있는 거니? 벌써 깜깜해졌는데 말이다."

그녀가 전등의 스위치를 켜자 벽과 탁자 위에 설치해 놓은 전등에 한꺼번에 불이 들어왔다. 마그다와 소피아, 나는 힘을 합쳐 묵직

한 장밋빛 커튼을 내렸다. 그러고 나니 방 안에 온통 꽃향기가 맴도는 듯했다. 마그다는 소파 위에 털썩 주저앉아 큰 소리로 말했다.

"정말 대단한 장면이었어, 그렇지? 게다가 유스터스의 시무룩한 표정이라니! 그 애는 오늘 회의가 꼴불견이었다고 내게 대놓고 말하더구나. 정말 건방진 아이라니까!"

그녀는 한숨을 내쉬었다.

"차라리 네 큰아버지는 괜찮았어. 머리카락을 헝클어뜨리면서 사람을 깜짝 놀라게 했을 때가 제일 좋았던 것 같아. 이모님은 상속받을 유산을 전부 아주버니에게 준다고 하다니, 정말 마음씨가 고운 분이지? 그냥 해 본 소리가 아니라, 진짜로 그렇게 하실 분이야. 하지만 그건 정말 어리석은 일이기도 해. 하마터면 필립도 그렇게 해야 한다고 생각하게 만들 뻔했지 뭐야. 물론 에디스 이모는 가족들을 위해 무슨 일이든 하시는 어른이지! 그 연세까지 결혼도 하지 않은 늙은 이모가 조카들을 그렇게 사랑하는 걸 보면 애처로운 마음이 들 때도 있단다. 언젠가 헌신적인 독신 이모 역할을 연기해 보고 싶어. 꼬치꼬치 캐묻기 좋아하고 고집이 세면서도 헌신적인 여자의 역할을."

"그분은 언니가 죽고 난 후에 틀림없이 힘든 세월을 보냈을 겁니다. 더군다나 애리스티드 레오니데스 씨를 그토록 싫어하셨다니 더 그러시겠죠."

나는 화제를 돌렸다. 마그다의 새로운 역할에 대한 이야기가 쓸데없이 길어지는 것을 원하지 않았던 것이다.

마그다가 내 말을 가로챘다.

"아버님을 싫어했다고? 누가 그런 말을 해요? 말도 안 돼. 이모님은 아버님을 사랑하셨어요."

"어머니!"

"내 말을 가로막지 마라, 소피아. 사실 네 나이 때야 사랑이란 달빛 아래에서 젊고 아름다운 남녀가 만나 속삭이는 거라고 생각하는 게 당연하겠지만 말이다."

"이모님이 제게 직접 말씀해 주셨습니다. 돌아가신 레오니데스 씨를 싫어하셨다고 말입니다."

"처음 이곳에 왔을 때는 그랬겠죠. 자기 언니가 아버님과 결혼한 걸 싫어했으니까요. 언제나 적개심 같은 게 좀 남아 있기는 했지. 하지만 이모님은 아버님을 사랑하게 되었죠! 소피아, 나도 내가 무슨 이야기를 하고 있는지 알고 있어! 물론 이모님은 죽은 아내의 동생이고 하니까 아버님이랑 결혼할 수 없었을 거예요. 아버님도 진짜 그럴 생각은 없으셨던 것 같고, 그건 아마 이모님도 마찬가지였을 거예요. 이모님은 아버님과 다투면서 아이들을 키우는 일에 아주 행복을 느끼셨으니까. 하지만 이모님은 아버님이 브렌다와 재혼하는 것은 싫어했어요. 정말 싫어하셨지!"

"그건 어머니하고 아버지가 더 심했잖아요."

"그야 물론 우리도 싫어했지! 당연하잖아! 하지만 이모님이 가장 싫어하셨어. 얘, 난 이모님이 어머님을 볼 때 어떤 표정을 짓는지 봤다니까!"

"이제 그만 해요, 어머니."

마그다는 버릇없는 장난꾸러기 아이 같은 눈빛으로 약간은 겸연쩍은 듯 딸을 쳐다보았다. 그 시선에는 애정이 가득 담겨 있었다.

그녀는 계속해서 말했다. 하지만 지금까지 하고 있던 얘기와는 완전히 동떨어진 화제를 꺼냈다는 것도 알아차리지 못하는 듯했다.

"조세핀을 학교에 보내기로 결심했어."

"조세핀을 학교에 보낸다고요?"

"그래, 스위스에 있는 학교란다. 내일쯤 가서 둘러볼까 해. 난 정말 한시라도 빨리 그 애를 이곳에서 멀리 떨어진 곳에 보내야 한다고 생각한다. 어린아이에게 이런 끔찍한 일을 계속 겪게 할 수는 없잖니. 그 애는 이번 사건에 지나칠 정도로 빠져 있어. 지금 조세핀에게 필요한 것은 또래 아이들과 어울리며 지내는 거야. 그러기 위해서는 학교 생활을 하는 게 좋지. 난 늘 그렇게 생각해 왔단다."

"할아버지는 그 애를 학교에 보내고 싶어 하지 않으셨어요. 할아버지는 그 일에 절대 반대하셨어요."

소피아가 천천히 말했다.

"그야 아버님은 우리 모두를 당신 시야가 미치는 곳에 두고 싶어 했으니까 그런 거지. 원래 노인들이란 그렇게 이기적인 법이야. 아이는 다른 아이들과 어울려 지내야 하는 거야. 그리고 스위스는 건강에도 좋잖니. 온갖 겨울 스포츠도 할 수 있고 공기도 맑지. 음식도 여기보다는 좋을 거야!"

"통화 규제도 있는데 스위스로 보내는 건 아무래도 어렵지 않을까요?"

내가 물었다.

"어리석은 소리 마요, 찰스. 교육비라는 명목으로 어느 정도 눈속임은 가능해요. 아니면 스위스 아이와 맞바꾸는 경우도 있지. 방법은 여러 가지 있어요. 참, 로잔에 루돌프 알스터가 있었지. 내일 그 사람한테 전보를 보내서 모든 일을 준비해 놓으라고 하면 되겠다. 그러면 이번 주말까지는 조세핀을 보낼 수 있을 거야!"

마그다가 방석을 두드리며 우리에게 미소를 지어 보이더니 자리에서 일어나 문 쪽으로 갔다. 그녀는 잠깐 멈춰 서서 우리 쪽을 돌아보았다. 정말 매력적인 자태였다.

"이 세상에서 가장 소중한 건 아이들이지."

그녀의 말은 아름다운 시구를 읊조리는 듯했다.

"아이들은 그 무엇보다도 가장 먼저 생각해야 하는 거야. 게다가 소피아, 그곳에 피어 있는 꽃들을 생각해 보렴. 푸른 용담과 수선화……."

"11월에 말이에요?"

소피아가 물었지만 마그다는 이미 사라지고 없었다.

소피아는 가슴이 답답한지 깊게 한숨을 내쉬었다.

"정말 어머니는 너무 심하다니까요! 무슨 일이든 생각이 떠오르기만 하면 온갖 곳에 전보를 보내 그 자리에서 해결해 버리려고 해요. 왜 조세핀을 저렇게 정신없이 서둘러서 스위스로 보내야 하는 거죠?"

"학교에 보내려고 그러시는 거겠죠. 내가 생각해도 조세핀은 자기 또래 아이들이랑 어울리는 게 좋을 것 같은데요."

"할아버지는 그렇게 생각하지 않으셨어요."

소피아가 고집스럽게 대답했다.

나는 약간 짜증이 났다.

"소피아, 정말 아이의 장래를 위해 가장 좋은 판단을 내릴 사람이 여든이 넘은 할아버지밖에 없다고 생각하는 거예요?"

"할아버지는 우리 가족 누구에게나 최고의 판단을 내려 주셨으니까요."

"에디스 이모할머니보다 더 말인가요?"

"아니요, 아마 그렇지는 않을 거예요. 이모할머니도 학교에 보내고 싶어 하셨어요. 조세핀이 점점 다루기 어려워지고 있다는 건 나도 알아요. 최근에는 여기저기 기웃거리고 다니는 나쁜 버릇도 생겼어요. 하지만 그것도 그저 탐정 놀이를 하느라고 그러는 거예요."

마그다가 단순히 조세핀의 장래를 걱정해서 갑자기 그런 결정을 내린 걸까? 나는 그런 의문이 떠올랐다. 조세핀은 살인 사건이 일어나기 전에 있었던 일들에 대해 너무 많이 알고 있었다. 모두 그 애에게는 전혀 상관없는 일들이었는데도 말이다. 여러 가지 놀이를 하면서 건전한 학교 생활을 하게 되면 조세핀에게도 분명 도움이 될 터였다. 하지만 마그다의 결정이 너무나 갑작스럽게 내려졌다는 점과 스위스는 너무 멀리 떨어진 곳이라는 점이 아무래도 의심스러웠다.

제16장

아버지는 내게 이런 말을 했다.

"그 사람들이 너한테 이야기를 하게 만들어라."

다음 날 아침 나는 면도를 하면서 그 동안 얻은 성과가 무엇인지 생각해 보았다.

에디스 드 해빌런드가 이야기를 해 주었다. 그녀는 일부러 나를 찾아오기까지 했다. 클레멘시도 내게 이야기를 해 주었다. (아니면 내가 그녀에게 이야기를 한 건가?) 마그다도 어느 정도까지는 이야기를 해 주었다. 어쩌면 나는 그녀의 연기를 지켜보는 청중의 한 사람이었는지도 모른다. 소피아가 내게 많은 이야기를 해 준 것은 당연한 일이었다. 심지어 유모조차도 내게 이야기를 해 주었다. 그런 이야기들을 통해 내가 알아야 하는 것은 무엇일까? 그중에 의미심장한 말이나 이야기는 없었을까? 아버지가 강조했던 것처럼 정상적이지 않은 자만심을 보여 준 사람은 없었는가? 하지만 난 아무것도 알아내지 못했다.

이런 와중에서 오직 한 사람만이 나오는 어떤 주제나 방식으로도 이야기를 나누지 않으려 했다. 그 사람은 필립이었다. 오히려 그런 그의 태도가 정상적이지 못한 것은 아닐까? 그는 이제 내가 자신의 딸과 결혼할 사이라는 것을 알고 있다. 그런데도 여전히 내가 이 집에 없는 사람인 것처럼 행동하고 있다. 아마도 내 존재 자체가 마음에 들지 않는 모양이다. 에디스 드 해빌런드는 그를 대신해 사과하면서 그의 그런 태도는 단지 '겉으로 보이는' 모습일 뿐이라고 말했다. 그러면서 필립에 대해 걱정했다. 왜 그랬을까?

나는 소피아의 아버지에 대해 생각하기 시작했다. 필립은 모든 면에서 자신을 억누르며 살아왔다. 그는 질투심 때문에 불행한 어린 시절을 보내야 했고, 자기 안으로만 파고들었다. 결국 그는 책과 과거의 역사 속에서 현실로부터 도피할 곳을 찾았다. 어쩌면 몸에 익은 냉정함과 자제력 뒤로 격한 성질이 감추어져 있을지도 모른다. 물론 그렇다고 하더라도 그가 유산을 노리고 아버지를 살해했다고 보기는 어렵다. 아무래도 필립 레오니데스가 원하는 만큼 돈이 없다고 해서 자기 아버지를 살해했을 거라는 생각은 들지 않았다. 그가 아버지의 죽음을 바란다면, 그건 아마도 뿌리 깊은 심리적 이유 때문일 것이다. 필립은 아버지의 집에서 살기 위해 돌아왔다. 그 후 전쟁 중에 집을 폭격당한 로저 역시 집으로 돌아오게 되었다. 또다시 필립은 날마다 로저에 대한 아버지의 편애를 보아야 했을 것이다······. 필립은 자신의 고통스러운 마음을 달랠 수 있는 유일한 방법이 아버지의 죽음이라고 생각한 것은 아닐까? 그리고 그 죄를 형에게 덮어씌우려고 했던 것은 아닐까? 파산 직전이었던 로저가 돈이 필요하다는 점을 이용해서 말이다. 필립은 아버지가 죽기 전 로저를 만났을 때 파산을 막기 위해 편지를 써 주었다는 것을 모르고 있었으므로, 로저가 단번에 용의자로 몰릴 수 있는 강한 동기를 가졌다고 믿어 의심치 않았으리라. 하지만 과연 필립은 살인을 저지를 정도로 정신적인 균형이 무너져 있는 걸까?

순간 나는 면도칼에 턱을 베이고 욕설을 내뱉었다.

대체 무슨 생각을 하고 있는 거지? 소피아의 아버지를 살인자로 몰아서 어쩌자는 거야. 참 잘하는 짓이다! 일이 이렇게 되길 바라고 소피아가 나한테 여기에 오란 것은 아닐 텐데.

아니, 혹시 그런 걸까? 소피아가 내게 이런 부탁을 한 이면에는 무언가가 있는 것이 분명했다. 조금이라도 자기 아버지가 살인자일지도 모른다는 의심이 있다면, 소피아는 절대로 나와 결혼하려고 하지 않을 것이다. 물론 그것이 사실일 경우에 말이지만. 그리고 그녀는 소피아다. 총명하고 용감하다. 소피아는 진실을 알고 싶어 한다. 이번 사건을 깨끗하게 해결하지 못한다면 그녀와 나 사이에는 영원히 사라지지 않을 장애물로 남게 될 것이다. 그녀는 나에게 이렇게 말하지 않았던가.

"내가 생각하는 끔찍한 일이 사실이 아니라는 것을 밝혀 주세요. 하지만 설사 그 일이 사실이라 하더라도 내게 있는 그대로 말해 줘야 해요. 최악의 상황이 발생하더라도 미리 알고 맞설 수 있게 말이에요!"

에디스 드 해빌런드는 필립이 범인이라는 것을 알고 있거나, 아니면 그럴 거라고 의심하고 있는 것일까? 그녀가 말한 '맹목적인 사랑'이·아니라는 건 무슨 의미일까?

그리고 내가 범인으로 짐작 가는 사람이 누구냐고 물었을 때 클레멘시가 보여 주었던 기묘한 표정과 "로렌스와 브렌다가 가장 의심스럽지 않냐?"는 대답이 의미하는 것은 과연 무엇일까?

레오니데스 가족은 모두 브렌다와 로렌스가 범인이기를 원하고 있다. 하지만 가족들은 두 사람이 범인이기를 바라면서도 한편으로는 그들이 범인일 거라고 진심으로 믿고 있지는 않다…….

물론 가족들의 생각이 틀린 것일 수도 있다. 로렌스와 브렌다가 진짜 범인일 수도 있다. 아니면 브렌다는 범인이 아니고, 로렌스가 범인일 수도 있다…….

아마 그렇게 되는 것이 가장 좋은 해결책일 것이다.

나는 면도를 마치고 면도칼에 베인 턱을 문지르며 아침 식사를 하기 위해 식당으로 향했다. 그리고 가능한 한 빨리 로렌스 브라운과 이야기를 나누어 보기로 결심했다.

나는 커피를 두 잔째 마시다가 갑자기 이 비뚤어진 집이 내게도 영향을 주고 있다는 사실을 깨달았다. 나 역시 진짜 범인을 알고 싶어 한다기보다는 내게 유리한 쪽으로 범인이 드러나기를 바라고 있었던 것이다.

아침 식사를 마친 후 나는 홀을 지나 2층으로 올라갔다. 소피아가 로렌스는 공부방에서 유스터스와 조세핀을 가르치고 있을 거라고 알려 주었다. 나는 브렌다의 거처 앞에서 잠시 망설였다. 초인종을 누르거나 노크를 해야 하는 건지, 아니면 곧장 들어가도 괜찮은 건지 알 수가 없었다. 나는 이곳을 브렌다 개인의 공간이 아닌, 레오니데스 집의 일부로 생각하기로 결심했다.

문을 열고 안으로 들어갔다. 사방이 조용한 걸로 보아 아무도 없는 것 같았다. 왼쪽에 있는 거실로 통하는 문은 닫혀 있었고, 오른쪽에 있는 두 개의 방문은 열려 있었는데 침실과 거기 딸린 욕실이 보였다. 애리스티드 레오니데스의 침실에 딸린 욕실은 에세린과 인슐린이 보관되어 있던 곳이다. 경찰은 이미 이곳의 조사를 끝냈다. 나는 욕실 문을 열고 살짝 안으로 들어갔다. 이 집에 살고 있는 사람은 물론 외부인이라고 할지라도 얼마든지 남의 눈에 띄지 않고 이곳까지 쉽게 들어올 수 있다는 사실을 알 수 있었다.

나는 욕실 안을 둘러보았다. 그곳은 번쩍거리는 타일과 깊은 욕조로 화려하게 꾸며져 있었다. 한쪽에는 갖가지 전기 제품들이 놓여 있었다. 작은 전기 냄비와 토스터를 비롯해서 노인의 시중을 드는 사람에게 필요한 물건은 모조리 갖추어져 있었다. 벽에는 하얀 에나멜을 입힌 벽장이 붙어 있었다. 나는 그 벽장을 열어 보았다. 첫 번째 칸에는 의료 기구들이 들어 있었다. 약 컵 두 개, 눈 씻는 그릇, 점안기와 이름표가 붙은 병들이 몇 개 놓여 있었다. 그 외에도 아스피린, 붕산 가루, 요오드와 탄력 붕대도 있었다. 그 아래 칸에는 피하 주사기 두 개와 소독용 알코올, 그리고 인슐린이 가득 쌓여 있었다. 세 번째 칸에는 정제라고 적힌 병이 있었다. 밤에 필요할 때 레오니데스 노인이 한 알이나 두 알 정도 먹었던 모양이다. 그 옆에는 안약 병이 놓여 있었다. 벽장은 누구나 언제라도 필요한 물건을 꺼낼 수 있게 잘 정리되어 있었다. 살인을 위해서 약을 바꾸는 일도 너무 쉬울 것 같았다.

지금 나 역시 이 약병들을 몰래 꺼내 아무도 모르게 다시 아래층으로 내려갈 수 있을 것 같았다. 지금까지도 알고는 있었지만 경찰이 수사하기가 얼마나 어려운지 새삼 실감했다. 필요한 단서를 찾기 위해서는 오직 범인의 입장에서 생각해 보는 수밖에 없었다.

"범인이 놀라고 당황하게 만들어야 합니다. 우리가 뭔가 증거를 가지고 있다고 생각하게 만드는 거죠. 그러면 범인은 계속 우리를 주시할 겁니다. 그러다 얼마 지나서 우리가 자신을 더는 의심하지 않는다는 생각이 들면 범인은 다시 한 번 간교한 수작을 부릴 겁니다. 그때 붙잡는 거죠."

태버너가 말해 주었다.

안타깝게도 이번 사건의 범인은 이 방법에도 아무런 반응을 보이지 않고 있었다.

나는 레오니데스의 욕실에서 나왔다. 여전히 아무도 없었다. 복도를 따라 나오니 왼쪽으로는 식당이 있었고 오른쪽에는 브렌다의 침실과 욕실이 보였다. 브렌다의 침실에서는 하녀 한 명이 무언가를 하고 있었다. 식당 문은 닫힌 채였는데 그 뒤로 에디스 드 해빌런드가 생선 가게에 전화를 걸고 있는 목소리가 들렸다. 그리고 위층으로 연결되는 나선형 계단이 있었다. 나는 그곳을 올라갔다. 그곳에는 에디스의 침실과 거실이 있었고, 두 개의 침실과 로렌스 브라운의 방도 있었다. 그곳을 지나 다시 짧은 나선형 계단을 내려가니 커다란 방이 하나 나왔다. 하인들의 거처 위에 세워진 방인데, 공부방으로 이용되는 곳이었다.

나는 문 밖에서 잠시 머뭇거렸다. 안에서 로렌스 브라운의 약간 높은 목소리가 들려왔다.

조세핀의 엿듣는 버릇이 내게도 전염된 모양이었다. 나는 부끄러운 줄도 모르고 문가에 기대어 방 안에서 들리는 소리를 엿듣기 시작했다. 역사 수업을 하는 중이었는지 프랑스 혁명 정부의 집정부에 대한 질문을 하고 있었다.

가만히 그 내용을 듣다가 나는 깜짝 놀라고 말았다. 로렌스 브라운이 훌륭한 교사라는 사실을 알게 된 것이 내게는 큰 충격이었다. 그 사실에 내가 왜 그렇게 놀라야 했는지는 모르겠다. 결국 애리스티드 레오니데스가 사람을 보는 눈이 뛰어났던 것이다. 겉으로 보기에는 쥐처럼 생겼음에도 로렌스는 학생들의 상상력과 공부하고 싶은 의욕을 불러일으켜 주는 뛰어난 재능을 가지고 있었다. 테르미도르 반동으로 로베스피에르*가 밀려난 일과 바라**가 얼마나 홀

---

* 프랑스 혁명기의 정치가. 자코뱅파의 지도자로 왕정을 폐지하였으나 테르미도르의 쿠데타로 타도되어 처형되었다.

** 프랑스 혁명기의 대표적인 지도자.

룽한 인물이었고 푸셰*는 얼마나 간교한 인간이었는지, 그 당시 나폴레옹은 굶주린 젊은 포병 소위였다는 이야기까지 생생하고 실감 나게 들려주고 있었다.

갑자기 로렌스가 말을 멈추고 유스터스와 조세핀에게 질문을 던졌다. 그러고는 두 아이에게 조금 전에 가르쳐 주었던 역사 속의 인물들을 재현해 보라고 시켰다. 조세핀은 감기라도 걸린 모양인지 목소리가 별로 좋지 않았지만, 유스터스의 목소리는 평상시에 시무룩해 보이던 것과는 아주 다르게 들렸다. 그 아이는 뛰어난 두뇌와 지성, 거기에 자기 아버지에게 물려받았음이 분명한 날카로운 역사 감각까지 갖춘 것처럼 보였다.

그때 의자를 뒤로 미는 소리가 들렸다. 나는 재빨리 뒤로 물러났다가 문이 열리자 그 자리에 막 도착한 것처럼 행동했다. 유스터스와 조세핀이 방에서 나왔다.

"잘 있었니?"

내가 인사했다.

유스터스는 깜짝 놀란 눈으로 나를 쳐다보았다.

"여기까지 어쩐 일이세요?"

그가 정중하게 물었다.

조세핀은 내 존재 따위는 안중에도 없는지 그대로 스쳐 지나가 버렸다.

---

* 자코뱅파의 공포 정치 아래에서 반(反)혁명파를 처형하였으며 테르미도르 반동에서 활약하여 나폴레옹의 참모가 되었으나 후에 왕정복고에 협력하였다.

"공부방을 좀 구경하고 싶어서."

내가 자신 없이 대답했다.

"저번에 보셨을 텐데요. 그냥 아이들이 쓰는 방이에요. 예전에는 육아실로 쓰였어요. 그래서 지금도 장난감 같은 게 잔뜩 있지요."

유스터스가 나를 위해 문을 열어 주었다. 나는 방 안으로 들어갔다. 로렌스 브라운은 책상 앞에 서 있었다. 그는 나를 보자 얼굴을 붉히고는 내 아침 인사에 잘 들리지 않는 소리로 웅얼거리며 답례를 했다. 그러고는 급히 밖으로 나가 버렸다.

"선생님은 아저씨가 무서운가 봐요. 겁이 정말 많다니까."

유스터스가 말했다.

"넌 선생님이 좋니, 유스터스?"

"예, 괜찮은 분이에요. 좀 바보 같기는 하지만."

"그래도 공부는 잘 가르쳐 주시지?"

"그래요. 사실 아주 재미있게 가르쳐 주세요. 선생님은 정말 많은 걸 알고 있거든요. 이제까지 미처 몰랐던 사실들을 알려 주셨어요. 전 헨리 8세가 그렇게 재미있고 괜찮은 시를 썼다는 사실을 몰랐거든요. 물론 그 시는 앤 볼린에게 보낸 거였죠."

우리는 잠시 「늙은 수부(水夫)의 노래」와 초서의 작품, 십자군 전쟁에 숨은 정치적인 배경, 중세 사람들의 생활상과 같은 주제에 대해 이야기를 나누었다. 유스터스는 올리버 크롬웰이 크리스마스를 축하하는 것을 금지했다는 이야기에 깜짝 놀랐다. 나는 유스터스의 냉소적이고 까다로워 보이는 모습 뒤로 지적 호기심이 많고 똑똑한 아이가 숨어 있다는 것을 알 수 있었다.

이내 나는 평상시 유스터스의 심기가 나쁜 이유가 무엇인지 알아차릴 수 있었다. 그 아이에게는 병에 걸린 것이 끔찍한 시련이었던 것이다. 거기다 이제까지 즐겁게 살아왔던 모든 기반이 무너진 데 대한 좌절감까지 느끼고 있었다.

"다음 학기면 저는 축구팀에 들어가기로 되어 있어서 우리 팀의 축구복까지 맞춰 놓았어요. 그런데 그 모든 걸 포기하고 이렇게 집에 들어앉아 조세핀 같은 말썽꾸러기하고 마주 앉아 공부를 해야 하다니. 그것도 열두 살짜리 꼬마하고 말이에요."

"그렇구나. 하지만 똑같은 걸 배우지는 않을 것 아니니?"

"당연하죠. 그 애는 수학이나 라틴 어 같은 건 배우지 않아요. 하지만 계집애하고 함께 가정교사한테 배우고 싶은 사람은 아무도 없을 거예요."

나는 유스터스의 상처받은 남자로서의 자존심을 달래 주기 위해 조세핀이 나이에 비해 굉장히 영리한 아이라는 사실을 강조했다.

"그렇게 생각하세요? 전 그 애가 끔찍한 풋내기로 여겨지는걸요. 그 애는 요즘 탐정 놀이에 빠져서 정신이 없어요. 여기저기 기웃거리면서 많은 걸 알아냈다는 듯 작은 검은색 수첩에 뭔가를 잔뜩 쓰고 있죠. 제가 보기에 조세핀은 유치하기 짝이 없는 어린애일 뿐이에요."

유스터스가 당당하게 말했다.

"어쨌든 여자 애들은 탐정이 될 수 없다고 그 애에게 똑똑히 말해 줬어요. 엄마가 가능한 한 빨리 그 애를 스위스로 보내 버리기로 한 건 정말 잘한 일이라고 생각해요."

"동생이 보고 싶지 않을까?"

"그런 어린애를 누가요?

유스터가 거만하게 말했다.

"당연히 그럴 리가 없죠. 정말이지 이 집은 도저히 참을 수가 없다고요. 엄마라는 사람은 노상 런던을 오가면서 별 볼일 없는 극작가들한테 자기에게 어울리는 역을 써 내라고 난리 치죠. 정말 아무것도 아닌 일로 커다란 소동을 일으킬 때도 있어요. 아버지는 책 속에 파묻혀서 어떨 때는 누가 무슨 말을 해도 제대로 듣지 않아요. 제가 왜 이런 이상한 부모님 때문에 고민해야 하는지 모르겠어요. 그리고 큰아버지는 언제나 너무 떠들어 대서 별로 상대하고 싶지 않아요. 큰어머니는 괜찮은 편이기는 해요. 사람을 지루하게 만들지는 않죠. 그렇지만 가끔 정신이 좀 이상한 것 같기도 해요. 이모할머니도 나쁘지 않아요. 하지만 너무 늙었어요. 그나마 소피아 누나가 돌아와서 집안 분위기가 좀 밝아진 편이에요. 누나도 가끔 날카롭게 굴기는 하지만, 집안 식구들이 죄다 이상하니 그럴 수밖에 없는 거죠. 그것뿐만 아니에요. 새할머니는 우리 누나하고 나이가 비슷할 정도로 젊어요. 이러니 기분이 엉망일 수밖에 없잖아요!"

나도 그 아이의 기분을 어느 정도 이해할 수 있었다. 어렴풋이나마 내가 유스터스 나이 때 얼마나 예민하게 굴었는지 기억이 났다. 조금이라도 내가 다른 사람과 다르게 느껴지거나, 내 가까운 친척들이 유별나다는 생각이 들 때마다 얼마나 끔찍했는지 모른다.

"할아버지는 어땠어? 그분을 좋아했니?"

유스터스의 얼굴에는 이상한 표정이 떠올랐다.

"할아버지는 정말 반사회적인 분이셨어요!"

"어떤 면에서?"

"할아버지는 어디에서든 이익을 얻을 수 있는 방법을 생각하셨어요. 로렌스 선생님이 그건 아주 나쁜 태도라고 했어요. 게다가 할아버지는 지독한 개인주의자셨어요. 전 그런 태도는 모두 버려야 한다고 생각해요. 아저씨는 어떻게 생각하세요?"

"글쎄, 그거야 어쨌든 할아버지는 이미 돌아가셨잖아."

나는 좀 냉정하게 대답했다.

"차라리 잘 돌아가셨죠. 저도 이렇게까지 무정하게 말하고 싶지는 않지만, 그 연세에 더 사신들 무슨 재미가 있겠어요!"

"재미가 없으셨을까?"

"그럼요. 어쨌든 할아버지는 돌아가실 때도 됐어요. 할아버지는……."

갑자기 로렌스 브라운이 공부방에 들어오는 바람에 유스터스는 말을 멈추었다.

로렌스는 책들을 뒤적이기 시작했다. 하지만 내 눈에는 그가 계속 곁눈질로 나를 살피고 있는 것처럼 보였다.

그는 손목 시계를 보더니 유스터스에게 말했다.

"11시 정각에 이리로 돌아와야 한다, 유스터스. 지난 며칠 동안은 공부를 거의 못했으니 말이다."

"알았어요, 선생님."

유스터스는 느긋하게 문 쪽으로 걸어가서는 휘파람을 불며 밖으로 나갔다.

로렌스 브라운은 다시 한 번 내게 날카로운 시선을 던지고 입술을 한 번인가 두 번 정도 축였다. 그가 내게 무슨 말인가 하고 싶어서 다시 공부방으로 돌아온 것임을 나는 확신할 수 있었다. 그는 계속 목적도 없이 책들을 뒤적거리고 무슨 책인지 찾는 시늉을 하다가 이윽고 입을 열었다.

"저, 저 사람들은 어느 정도까지 일이 진척되었습니까?"

"저 사람들이라니요?"

"경찰 말입니다."

그가 코를 씰룩거렸다. 마침내 쥐가 덫에 걸렸군. 나는 생각했다. 이제야 고기가 미끼를 문 것이다.

"경찰들이 제게 그런 이야기를 해 줄 리가 없지요."

"하지만 저는 그쪽 아버지 되시는 분이 런던 경시청 부청장이라고 들었는데요."

"그건 맞습니다. 하지만 아들이라고 공적인 일을 함부로 알려 주지는 않지요."

나는 일부러 거만한 말투를 썼다.

"그렇다면 당신도 일이 어떻게 돌아가는지는 정확히 모른다는 말이군요……."

로렌스가 말꼬리를 흐렸다.

"그래도 경찰들이 사람을 함부로 체포하고 그러지는 않겠죠?"

"제가 아는 한은 그렇습니다. 하지만 정확한 건 아닙니다."

범인을 당황하게 만들어야 합니다. 태버너 경감이 말했다. 그렇게 하려면 먼저 범인이 놀라게 만들어야 한다. 로렌스 브라운이 놀란 모양이었다. 그가 신경질적인 말투로 빠르게 이야기하기 시작했다.

"이게 어떤 기분인지 당신은 모를 겁니다……. 이런 긴장감 말이에요……. 정말 뭐가 뭔지 모르겠습니다……. 갑자기 들이닥쳐서 이것저것 물어 대는데……. 이번 사건과는 관계도 없는 질문만 하니……."

그가 말을 멈췄다. 나는 기다렸다. 로렌스는 지금 이야기를 하고 싶어 했다. 그렇다면 그가 말을 하게끔 만들어야 했다.

"저번에 태버너 경감이 말도 안 되는 소리를 할 때 당신도 같이 있었지요? 레오니데스 부인과 제 관계를 의심하던 것 말입니다……. 정말 터무니없는 소리지요. 그런 소리를 듣게 되면 아주 미칠 지경이 됩니다. 아무리 아니라고 해도 사람들이 한번 그렇게 생각하기 시작하면 도저히 막을 길이 없으니까요! 그건 정말 당치 않은 모함입니다. 단지 부인이 남편에 비해 너무 어리다는 이유로 말이에요. 사람들의 마음이란 건 정말 사악합니다. 너무 무서워요……. 전 이 모든 것이 누군가의 계략이라고 생각합니다."

"계략이라? 정말 재미있군요."

사실 로렌스의 입장에서는 그다지 재미있지 않을 것이다.

"레오니데스 가족들은 결코 제게 호의적이지 않습니다. 언제나 절 멀리 했죠. 그들은 저를 경멸하고 있을 겁니다."

그의 손이 떨리기 시작했다.

"그렇게 할 수 있는 이유는 그 사람들이 부자이고 권력이 있기 때문입니다. 그 사람들은 저를 한참 내려다보고 있어요. 그들에게 제가 무엇이겠습니까? 일개 가정교사에 불과합니다. 그리고 비겁한 병역 거부자일 뿐이지요. 하지만 제가 병역을 거부한 것은 양심에 따랐기 때문입니다. 그런 겁니다!"

나는 아무 말도 하지 않았다.

"그건 아무래도 좋아요."

그가 소리쳤다.

"설사 제가 두려워서 전쟁에 나가지 않았다고 한들, 무슨 상관입니까? 전 실수를 하게 될까 봐 두려웠습니다. 방아쇠를 당겨야 할 때 그렇게 하지 못할지도 모른다는 생각 때문에 두려웠던 겁니다. 제가 죽이려는 사람이 나치 당원이라는 것을 어떻게 확신할 수 있습니까? 정치적인 사상이라고는 조금도 없는, 그저 나라를 지키기 위해 나온 순박한 시골 청년일 수도 있지 않습니까? 저는 전쟁은 잘못이라고 믿습니다. 아시겠습니까? 전쟁은 일어나서는 안 됩니다."

나는 계속 아무 말도 하지 않았다. 침묵이 어떤 논쟁이나 동조보다 그에게서 훨씬 더 많은 이야기를 끌어낼 수 있을 거라고 믿었기 때문이다. 로렌스 브라운은 자신의 주장을 스스로 합리화시키면서 점점 더 자신의 속을 내보이고 있었다. 그의 목소리가 떨렸다.

"모든 사람들이 저를 비웃습니다. 저 자신이 자꾸만 그렇게 만드는 모양이에요. 정말 용기가 없어서 그런 건 아닙니다. 그냥 자꾸만 엉뚱한 짓을 하게 됩니다. 한번은 불이 난 집에 갇혀 있는 여자를 구하러 뛰어든 적이 있어요. 그런데 그만 그 안에서 길을 잃어버린 겁니다. 그러다 연기를 너무 마셔서 의식을 잃어버렸죠. 소방관이 절 찾는 데 애를 많이 먹었나 봐요. 그 사람들이 이렇게 말하는 게 들리더군요. '이 바보 같은 작자는 왜 우리에게 맡기지 않고 이런 짓을 한 걸까?' 제 노력은 아무 소용이 없었던 겁니다. 사람들은 모두 제가 하는 일에 반대해요. 레오니데스 씨를 죽인 사람은 제가 의심받도록 만들어 놓았어요. 범인은 저를 파멸시키려고 그분을 죽인 겁니다."

"레오니데스 부인은 어떻습니까?"

그의 얼굴이 달아올랐다. 그제야 그는 쥐가 아니라 사람같이 보이기 시작했다.

"레오니데스 부인은 천사 같은 분입니다. 정말 천사 같죠. 나이 많은 남편에게 친절하고 상냥하게 대해 주었습니다. 그런 분이 남편을 독살했다고 생각한다는 건 정말 말도 안 되는 일입니다. 있을 수 없는 일이지요! 그 멍청한 경감은 전혀 모르겠지만 말입니다!"

"경감님은 선입견을 가지고 있어서 그런 겁니다. 그분이 접했던 수많은 사건들 중에는 젊고 예쁜 아내가 나이 많은 남편을 독살한 범인이었던 경우가 많으니까요."

"정말 비위 상하는 작자입니다."

로렌스 브라운이 잔뜩 화가 난 목소리로 말했다. 그는 방구석에 놓인 책장 앞으로 가 책들을 뒤적거리기 시작했다. 더 이상 그에게서 알아낼 것은 없을 것 같았다. 나는 천천히 공부방을 나왔다.

복도를 따라 걸어가고 있을 때 왼쪽에 있던 방문이 열리면서 갑자기 조세핀이 뛰어나와 나와 부딪힐 뻔했다. 너무나 갑작스럽게 나타났기 때문에 고대 무언극에 나오는 악마가 나타난 것 같다는 생각이 들 정도였다.

아이의 얼굴과 손은 온통 지저분했고 한쪽 귀에는 커다란 거미줄이 걸려 있었다.

"조세핀, 대체 어디에 있었던 거니?"

나는 반쯤 열린 문 틈으로 안쪽을 들여다보았다. 계단이 두 개 보였고 그 뒤는 어두컴컴한 다락방 같은 공간으로 이어져 있었다. 커다란 수조 같은 통이 몇 개 놓여 있는 것도 보였다.

"물 저장실에 있었어요."

"거기는 왜 들어갔는데?"

조세핀은 사무적으로 간단하게 대답했다.

"수사하고 있었죠."

"도대체 수조 사이에서 무슨 수사를 한다는 거야?"

그 애는 내 말에 엉뚱한 대답을 했다.

"씻으러 가야겠어요."

"나도 그렇게 하라고 말할 참이었다."

조세핀은 가까이 있던 욕실 문을 열고 들어가다가 뒤돌아보며 말했다.

"이제 슬슬 다음 살인이 일어날 때가 됐어요. 그렇죠?"

"다음 살인이라니 대체 무슨 소리야?"

"책에서 보면 이쯤에서 항상 두 번째 살인 사건이 터지잖아요. 범인과 관련된 무언가를 알고 있는 사람이 그 사실을 밝히기 전에 살인자가 제거해 버리는 거죠."

"넌 탐정 소설을 너무 많이 읽은 모양이구나, 조세핀. 현실에서 그런 일은 일어나지 않아. 그리고 설사 이 집에 살고 있는 사람 중에 무언가를 알고 있는 사람이 있다고 할지라도 아마 끝까지 그 사실을 이야기하고 싶어 하지 않을걸."

조세핀의 목소리는 수돗물이 나오는 소리 때문에 뚜렷하게 들리지 않았다.

"사람들은 가끔씩 자기가 무엇을 알고 있는지 제대로 모르고 있기도 해요."

나는 눈을 깜박이며 그 말의 뜻을 생각해 보았다. 그리고 조세핀이 씻게 내버려 두고 아래층으로 내려갔다.

내가 아래층으로 막 내려가려고 할 때 브렌다가 거실 문을 조심스럽게 열며 나타났다. 그녀는 내게 다가오더니 내 팔 위에 자신의 손을 얹고 내 얼굴을 가만히 쳐다보았다.

"어떻게 됐어요?"

그건 로렌스가 했던 질문과 같은 의미로 표현만 다른 것이었다. 다만 브렌다는 그 한마디로 더욱 간접적으로 질문을 한 것이었다.

나는 고개를 저으며 대답했다.

"별 다른 진전이 없습니다."

브렌다는 길게 한숨을 내쉬었다.

"너무 무서워요. 찰스, 정말 무서워 죽겠어요……."

그녀가 말했다.

그녀는 정말 무서워하는 것처럼 보였다. 브렌다의 불안감이 고스란히 내게 전해지는 것 같았다. 난 그녀를 안심시켜 주고 도와주고 싶었다. 지난번에 만났을 때와 마찬가지로 주위의 적대감을 혼자 이겨 내야 하는 그녀에게 안쓰러운 마음이 들었기 때문이다.

브렌다는 틀림없이 이렇게 소리치고 싶을 것이다.

"내 편이 되어 줄 사람 어디 없나요?"

그 말에 대한 대답으로 무엇이 있을까? 로렌스 브라운? 그렇다면 로렌스 브라운은 무엇을 할 수 있을까? 그는 어려운 때에 힘이 되어 줄 수 없는 사람이다. 그 역시 연약한 사람에 불과하니까. 나는 전날 저녁 정원에서 두 사람이 함께 지나가던 모습을 떠올렸다.

난 그녀를 돕고 싶었다. 정말 힘이 되고 싶었다. 하지만 내가 해 줄 수 있는 일이나, 해 줄 수 있는 말은 거의 없었다. 더군다나 나는 마음 깊은 곳에서 느껴지는 죄책감에 당혹스러웠다.

소피아가 경멸하는 듯한 눈으로 나를 쳐다보고 있는 것 같았다. "벌써 그 여자한테 넘어갔군요."라고 말하던 소피아의 목소리가 들리는 것 같았다.

하지만 소피아는 브렌다의 입장에서 보려고 하지 않았고, 보고 싫어 하지도 않았다. 살인 용의자로 의심받고 있는 이 상황에서 혼자 견뎌 내고 있는 그녀 편에 서 줄 사람은 아무도 없었다.

"내일 심리가 있대요. 어떻게, 대체 어떻게 되는 건가요?"

브렌다가 말했다.

그 문제라면 나도 그녀를 안심시켜 줄 수 있었다.

"아무 일도 없습니다. 심리는 걱정할 필요가 없어요. 아마 경찰이 더 상세히 수사하기 위해 심리를 연기할 겁니다. 언론에서는 난리가 나겠지만요. 이제까지 신문에는 레오니데스 씨의 죽음이 자연사가 아니라는 기사가 난 적이 없었으니까요. 아무래도 레오니데스 가문은 상당한 영향력이 있는 집안이니까 말입니다. 하지만 심리가 연기되면 그때부터 일이 재미있어지는 거죠."

도대체 왜 이런 엉뚱한 말을 한 걸까! 재미있다니! 왜 하필 그렇게 어울리지 않는 표현을 한 걸까?

"기자들이 무섭게 달려들까요?"

"제가 부인이라면, 어떤 인터뷰에도 응하지 않을 겁니다. 그리고 무엇보다도 먼저 변호사부터 구하시는 편이 좋을 겁니다."

그녀는 무척 놀란 듯 숨을 들이마시며 움찔했다.

"아니, 아닙니다. 부인이 생각하고 있는 그런 의미가 아니에요. 부인의 일에 관심을 가져 주고, 일이 어떻게 진행되어 가고 있는지, 말이나 행동은 어떻게 하는 게 좋은지, 어떤 말은 하지 않아야 하는지 살펴 줄 변호사가 있어야 한다는 말입니다."

나는 덧붙여 말했다.

"게다가 지금 부인은 도와줄 사람 하나 없이 혼자 계시니까요."

그녀는 내 팔을 붙잡고 있던 손에 힘을 주었다.

"그래요, 당신은 이해해 주는군요. 정말 큰 도움이 됐어요, 찰스. 덕분에 얼마나 도움이 되었는지……."

나는 흐뭇한 마음으로 기분 좋게 계단을 내려갔다……. 바로 그 때 나는 문 앞에 소피아가 서 있는 것을 발견했다. 그녀는 차갑다 못해 쌀쌀맞은 목소리로 말했다.

"정말 한참 있다가 나오는군요. 런던에서 전화가 왔어요. 아버님이 당신을 찾으시더군요."

"런던 경시청에서 말이에요?"

"그래요."

"왜 날 찾는 거죠? 다른 말은 없었나요?"

소피아가 고개를 저었다. 그녀의 눈에는 불안해하는 빛이 역력했다. 나는 그녀를 끌어안았다.

"아무 걱정하지 마요. 금세 돌아올 테니까."

제17장

아버지의 사무실은 왠지 모르게 긴장된 분위기가 감돌고 있었다. 아버지는 책상에 앉아 있었고, 태버너 경감은 창틀에 몸을 기댄 채 서 있었다. 손님용 의자에는 게이츠킬 변호사가 화가 잔뜩 난 표정 으로 앉아 있었다.

"밖으로 새어 나가지 않게 각별히 주의해 주십시오."

그가 신랄하게 말했다.

"물론입니다. 당연히 그렇게 할 것입니다."

아버지가 그를 진정시키며 말했다.

"아, 찰스, 어서 와라. 마침 잘 왔다. 의외의 일이 생겼단다."

"전례가 없는 일이지요."

게이츠킬이 말했다.

그 작은 변호사를 단단히 화나게 만들 만한 일이 생긴 모양이었다. 그의 뒤에 있던 태버너 경감이 나를 보며 싱긋 웃었다.

"찰스에게 이 상황을 말해 줘도 괜찮겠소?"

아버지는 변호사에게 양해를 구한 다음 나에게 말하기 시작했다.

"게이츠킬 씨가 오늘 아침에 깜짝 놀랄 만한 편지를 받으셨단다. 그 편지를 보낸 사람은 애그로도폴로스라는 사람으로, 델포스 식당을 운영하고 있다는구나. 그는 나이가 아주 많은 그리스 사람인데 젊은 시절에 애리스티드 레오니데스에게서 도움을 받은 뒤로 계속 친구로 지냈다고 한다. 그 사람은 언제나 레오니데스를 은인으로 여기며 감사의 마음을 잊지 않았고, 그래서 레오니데스 역시 그 사람을 많이 의지하고 신뢰했다고 하는구나."

"저는 레오니데스 씨가 그토록 의심이 많고 비밀이 많은 사람인 줄은 정말 몰랐습니다. 물론 나이를 많이 먹다 보니 노망이 나서 그런 것일 수도 있겠지만 말입니다."

게이츠킬이 말했다.

"아무래도 같은 민족 사람이었으니까 그랬을 겁니다. 게이츠킬 씨, 사람이 나이를 먹으면 자신의 젊은 시절이나 예전의 친구들에게 마음이 가게 마련이니까요."

아버지가 부드럽게 말했다.

"하지만 레오니데스 씨의 일은 지금까지 거의 40년이 넘도록 모두 제 손으로 처리해 왔습니다. 정확하게 말하면 43년 6개월 동안 말입니다."

게이츠킬이 대꾸했다.

태버너가 다시 한 번 싱긋 웃었다.

"대체 무슨 일이기에 그러십니까?"

내가 물었다.

게이츠킬이 대답하려고 입을 열었지만 아버지가 그보다 먼저 대답했다.

"애그로도폴로스 씨 말에 따르면 친구인 애리스티드 레오니데스로부터 받은 지시에 따라 편지를 보내는 거라고 하더구나. 간단하게 말하자면, 그는 1년 전에 레오니데스로부터 봉해진 편지를 한 통 받았는데 자기가 죽으면 그 편지를 바로 게이츠킬 씨에게 보내라고 했다는 거야. 애그로도폴로스 씨가 자기보다 먼저 죽게 될 경우에는 레오니데스의 대자(代子)이기도 한 그의 아들이 그 일을 대신해 달라고 했단다. 애그로도폴로스 씨는 편지를 늦게 보낸 것을 몹시 미안해했어. 그 동안 폐렴에 걸려서 친구가 죽었다는 사실을 어제 오후에야 알았다는 거야."

"모든 일이 상식에 어긋납니다."

게이츠킬이 말했다.

"게이츠킬 씨는 그 봉해진 편지를 열어 보고, 그 내용을 우리에게 알려 주어야 한다고 생각해서……."

"아무래도 상황이 이러니까요."

게이츠킬이 끼어들었다.

"우리에게 그 편지를 가져다 주셨단다. 그 안에는 정식으로 서명된 법적으로 완벽한 유언장과 그 유언장에 대해 설명하는 편지가 들어 있었어.”

아버지가 자신의 설명을 마무리지었다.

“그렇다면 마침내 유언장이 발견된 겁니까?”

내가 물었다.

게이츠킬의 얼굴이 붉게 물들었다.

“같은 유언장이 아닙니다. 이건 제가 레오니데스 씨의 요청에 따라 작성했던 서류가 아니에요. 자필로 쓴 유언장인데, 이런 게 법률가에게 가장 큰 피해를 주는 짓입니다. 아무래도 레오니데스 씨가 저를 완전히 바보로 만들려고 이런 것이 분명해요.”

태버너 경감이 잔뜩 흥분한 변호사의 기분을 가라앉히려고 애를 썼다.

“게이츠킬 씨, 그 사람은 아주 나이가 많은 노인이었습니다. 나이를 많이 먹다 보면 그런 괴팍한 짓을 하게 되는 법입니다. 미쳤다고 할 수야 없겠지만, 그렇게 이상한 일도 저지를 수 있는 법이지요.”

게이츠킬은 코웃음을 쳤다.

“그래서 게이츠킬 씨가 우리에게 전화로 유언장의 내용을 말씀해 주셨고, 내가 그 서류들을 직접 가지고 찾아와 주시면 안 되겠냐고 부탁을 드린 거란다. 그리고 너한테 전화를 했던 거야.”

하지만 그렇다고 하더라도 아버지가 왜 내게 전화를 걸었는지 이해가 가지 않았다. 이번 같은 경우는 아버지나 태버너 경감의 평상시 업무 태도를 봐서는 상당히 예외적인 일이었다. 유언장의 내용이야 시간이 지나면 자연히 알게 될 것이고, 사실 죽은 레오니데스 노인이 유산을 어떻게 남겼는지는 나와 상관없는 일이지 않은가.

"유언장의 내용이 완전히 다르다는 건가요? 종전과는 다른 방식으로 유산을 분배했다는 말입니까?"

내가 물었다.

"그런 셈이지요."

게이츠킬이 대답했다.

아버지는 나를 쳐다보았다. 태버너 경감은 애써 나를 보지 않으려 하고 있었다. 어쩐지 거북한 느낌이 들었다…….

지금 두 사람은 무슨 생각인가를 하고 있었다. 하지만 나는 그게 무엇인지 도무지 알 수가 없었다.

나는 무슨 일이냐고 묻는 얼굴로 게이츠킬을 쳐다보며 말했다.

"저하고는 아무 상관이 없는 일이기는 하지만……."

그가 대답했다.

"사실 레오니데스 씨의 유산 처리 문제를 비밀로 해야 할 이유는 없습니다. 저는 먼저 경찰 관계자들에게 알리고, 그분들의 지시에 따라야 한다고 생각했습니다. 제가 알기로는……."

그가 잠시 말을 끊었다.

"그러니까 찰스 씨와 소피아 레오니데스 양은, 뭐라고 해야 하나…… 특별한 사이라고 들었습니다만?"

"전 그녀와 결혼하고 싶습니다. 하지만 소피아는 지금 상황에서는 약혼을 원하지 않습니다."

내가 대답했다.

"지금으로서는 그렇게 하는 게 옳은 거지요."

게이츠킬이 말했다.

나는 그의 말을 반박하고 싶었지만 지금은 그런 걸 따질 때가 아닌 것 같았다.

게이츠킬이 말했다.

"유언장에 따르면, 작년 11월 29일자로 애리스티드 레오니데스 씨는 아내에게 15만 파운드를 물려주고, 그 외에 부동산을 포함한 전 재산을 손녀인 소피아 캐서린 레오니데스 양에게 물려준다고 되어 있습니다."

나는 숨이 막히는 것 같았다. 전혀 예상하지 못했던 상황이었다.

"전 재산을 소피아에게 남겼단 말입니까? 정말 놀랄 만한 일이군요. 도대체 이유가 뭡니까?"

내가 말했다.

"그 이유는 유언장과 함께 남긴 편지에 자세히 나와 있더구나."

아버지는 이렇게 말하고는 책상 위에 놓여 있던 편지 한 장을 집어 들었다.

"게이츠킬 씨, 이 편지를 찰스에게 보여 줘도 괜찮을까요?"

"전 아무래도 상관없습니다. 그 편지를 읽으면 적어도 레오니데스 씨가 그렇게 이상한 행동을 한 것에 대한 설명은 될 겁니다. 제 입장에서야 여전히 미심쩍은 부분이 있기는 합니다만."

게이츠킬이 냉정하게 대답했다.

아버지가 내게 편지를 건네주었다. 그 편지는 검은색 잉크에 작고 비스듬한 글씨로 씌어 있었다. 필체는 쓴 사람의 성격과 개성을 보여 주는 법이다. 엄격하게 서신의 양식을 지킨 것만 제외한다면, 전혀 노인이 쓴 것이라고 믿어지지 않는 글씨체였다. 레오니데스의 편지는 힘들게 익힌 교양이 그에 상응하는 가치를 지녔던, 지나간 시절에나 사용했을 법한 양식으로 씌어 있었다.

친애하는 게이츠킬

이 편지를 받게 되면 자네는 무척이나 놀랄 것이고, 어쩌면 불쾌한 감정을 느낄 수도 있을 걸세. 자네가 보기에는 필요 이상으로 비밀을 지키려는 것으로 보이겠지만 다 그만한 이유가 있다네. 사실 나는 오랫동안 사람은 개인으로 봐야 한다는 걸 믿어 왔네. 가족 안에서도 언제나 강인한 성격을 가진 한 사람이 그렇지 못한 다른 가족들을 보살피고, 그들의 짐을 모두 짊어지게 마련이지. (그건 내가 어린 시절에 지켜보고 얻은 결론으로, 절대로 잊을 수 없는 불변의 진리라네.) 우리 가족 안에서는 내가 그런 존재였지. 나는 런던에 와서 자수성가해서 스미르나에 계신 어머니와 나이 드신 조부모를 부양했네. 법망을 피해 쫓기고 있던 남동생을 구해 줬고 불행한 결혼 생활을 하던 여동생도 자유롭게 만들어 주었어. 그 밖에도 가족들을 위해 수많은 일들을 했지. 다행히 신께서 나를 오래 살게 해 주셔서 내 아이들과 손자들도 보살필 수 있었네. 많은 아이들을 잃기는 했지만 남아 있는 아이들이 모두 내 집에 함께 살게 되어서 얼마나 기쁜지 모른다네. 하지만 내가 죽게 되면 이 짐을 누군가가 물려받아야만 하네. 사실 나는 재산을 사랑하는 가족 모두에게 공평하게 나누어 주면 어떨까 깊이 생각해 보았네. 하지만 그렇게 한다고 해서 결과가 똑같이 나오지는 않는 법이지. 사람이란 동등하게 태어나지 못하는 법이니까 말일세. 인간은 타고난 불평등을 뛰어넘기 위해 노력을 통해 그 균형을 맞추어 가며 살아가고 있는 걸세. 다시 말하자면, 남자든 여자든 누군가는 내 후계자가 되어 다른 가족들을 보살피는 책임을 떠맡아야 한다는 거네. 그런 생각으로 가만히 살펴보니, 내 아들들은 둘 다 그 책임을 떠맡기에는 모자란다는 사실을 알게 되었지. 우선 내 사랑하는 장남 로저로서는 사업 감각이라고는 도저히 찾아볼 수가 없다네. 그 애는 성격은 더할 나위 없이 좋지만, 너무 충동적인 성격이라 사업상 올바른 판단을 내릴 수가 없어. 차남인 필립은 스스로에 대한 확신이 없다 보니 자꾸만 현실에서 도피하려고만 하는 성향이 있고, 손자인 유스터스는 너무 어리기도 하지만, 내가 보기에 가족들을 책임질 만한 판단력과 분별력이 없다네. 더군다나 그 애는 지나치게 귀가 얇을 뿐만 아니라 게으르기까지 하지. 오직 손녀인 소피아만이 가장으로서 적합한 자질들을 가지고 있는 것처럼 보였네. 그 애는 머리도 좋고 판단력이 뛰어날 뿐만 아니라 용기도 가지고 있어. 그리고 모든 것을 공정하게 처리하고 섣부른 선입견 같은 것도 가지고 있지 않다네. 거기다 관대한 마음까지 가지고 있지. 그래서 나는 그 애에게 우리 가족과 처제인 에디스 드 해빌런드의 행복까지도 맡기려고 하는 걸세. 에디스는 오랜 세월 우리 가족에게 헌신해 왔지. 난 그녀에게 정말 고맙게 생각하고 있다네.

이것으로 동봉한 유언장에 대한 설명은 되었을 걸로 믿네. 차라리 이 일을 왜 숨겼는지 설명하는 일이 더 어려운 것 같군. 그것도 오랜 친구인 자네에게 말이야. 난 유산 분배에 대해 이런저런 말이 나오지 않기를 원했네. 소피아가 내 후계자가 된다는 사실을 가족들에게 알리고 싶지 않았어. 그리고 내 아들들에게는 이미 적지 않은 재산을 물려주었네. 유산 상속을 이렇게 한다 해도 그 아이들이 경제적인 곤란을 겪지 않을 거라고 생각하네.

가족들의 호기심과 이런 저런 추측들을 막기 위해 나는 자네에게 가짜 유언장을 작성하도록 부탁했네. 그리고 가족들을 모아 놓고 그 유언장을 큰 소리로 읽어 주었지. 그런 다음 책상 위에 그 유언장을 올려놓고 그 위를 압지로 가린 채 하인 두 명을 불러 달라고 했네. 하인들이 왔을 때 나는 서류의 끝만 보이게 압지를 살짝 밀어 올렸지. 거기에 내 이름을 서명하고 그 아래 하인들의 서명을 받았네. 새삼 말할 필요는 없겠지만, 나와 하인들은 내가 가족들 앞에서 큰 소리로 읽었던 자네가 작성해 준 유언장이 아니라, 이 유언장에 서명한 거지.

내가 이런 속임수를 쓸 수밖에 없었던 것에 대해 자네의 이해는 바라지 않네. 그저 자네에게 이 일을 비밀로 했던 걸 용서해 주기를 바랄 뿐이지. 원래 늙은이란 사소한 비밀들을 가지고 싶어 하는 법이니까 말일세.

친애하는 내 친구, 언제나 내 일을 열심히 해 줘서 정말 고맙게 생각하네. 소피아에게 내 사랑을 전해 주게. 그리고 그 애에게 가족들을 항상 잘 보살펴 주고 어려운 일을 겪지 않도록 잘 지켜 달라고 전해 주게나.

자네의 진실한 벗

애리스티드 레오니데스

나는 지대한 관심을 가지고 이 놀랄 만한 문서를 읽었다.

"정말 뜻밖입니다."

내가 말했다.

"누가 봐도 그렇지요. 다시 한 번 말하지만, 레오니데스 씨는 저를 믿으셨어야 합니다."

게이츠킬이 소리 높여 말했다.

"진정하시오, 게이츠킬 씨. 레오니데스는 원래 유별난 사람이었어요. 이렇게 말해도 좋을지 모르겠지만 그 사람은 비뚤어진 방식으로 일을 처리하는 것을 좋아했소."

아버지가 말했다.

"그렇습니다. 레오니데스는 세상에 둘도 없을 정도로 유별난 사람 아닙니까!"

태버너가 아버지의 말에 맞장구쳤다. 그의 말투에서는 레오니데스에 대한 반감이 묻어났다.

게이츠킬은 화를 조금도 가라앉히지 못한 채 밖으로 나갔다. 그는 자신의 직업적 자부심에 깊은 상처를 입은 모양이었다.

"정말 기분이 많이 상한 모양인데요. 사실 '게이츠킬, 칼룸 앤드 게이츠킬' 법률 사무소는 아주 신망이 높은 곳이니까요. 그곳은 절대로 부도덕한 일은 맡지 않습니다. 죽은 레오니데스 노인도 수상 쩍은 일을 할 때면 '게이츠킬, 칼룸 앤드 게이츠킬' 법률 사무소를 이용하지 않았습니다. 어차피 레오니데스는 여러 법률 사무소의 변호사들을 적어도 여섯 명 이상 부렸을 겁니다. 정말 교활한 노인네였죠."

태버너가 말했다.

"어쨌든 이 유언장 사건보다 더 별난 일은 없을 걸세."

아버지가 말했다.

"솔직히 우리도 어리석었습니다. 잘 생각해 보면, 유언장에 속임수를 쓸 수 있는 사람은 노인뿐이었다는 걸 알 수 있었을 텐데 말입니다. 그 노인이 그런 짓을 했으리라고는 전혀 예상 하지 못했으니 말이에요!"

태버너가 말했다.

나는 "경찰들은 전부 멍청하다."고 말하면서 거드름을 피우며 웃던 조세핀의 모습이 떠올랐다. 하지만 조세핀은 레오니데스가 가족들 앞에서 유언장을 읽을 때 그 자리에 없었다. 설사 밖에서 엿들었다고 하더라도(그 애라면 충분히 그러고도 남았을 것이다.) 자기 할아버지가 유언장을 바꿔 치기 했으리라고는 도저히 생각할 수 없었을 것이다. 그렇다면 그때 그 애의 거만한 분위기는 어디에서 나온 것일까? 그 애는 무엇을 알기에 경찰들은 모두 멍청하다고 말할 수 있는 걸까? 그게 아니면, 그저 아는 척했던 것에 불과한 걸까?

갑자기 방 안에 침묵이 감돌기 시작했다. 나는 재빨리 고개를 들었다. 아버지와 태버너 두 사람 모두 나를 쳐다보고 있었다. 왜 그런 기분이 들었는지는 알 수 없었지만, 두 사람의 시선에 나는 도전적으로 말했다.

"소피아는 이 일을 모릅니다! 전혀 모른다고요."

"그래?"

아버지가 말했다.

나는 아버지가 내 말에 수긍을 한다는 건지, 아니면 질문을 하는 건지 분명하게 알 수가 없었다.

"소피아가 이 사실을 알면 몹시 놀랄 겁니다!"

"그럴까?"

"당연하죠!"

잠시 침묵이 흘렀다. 그때 갑자기 아버지의 책상 위에 놓여 있던 전화벨이 요란하게 울리기 시작했다.

"여보세요."

아버지가 수화기를 들고 잠시 상대방의 이야기를 듣더니 말했다.

"연결시켜 주게."

아버지가 나를 쳐다보았다.

"네가 좋아하는 아가씨다. 우리한테 하고 싶은 말이 있다는구나. 급한 일이라고 하는데."

나는 아버지에게서 수화기를 받아 들었다.

"소피아?"

"찰스? 당신이에요? 이번엔 조세핀이에요!"

그녀의 목소리가 갈라졌다.

"조세핀이 어떻게 됐다는 거요?"

"머리를 맞아서 뇌진탕을 일으켰어요. 그 애, 지금 상태가 위독해
요……. 의사들 말로는 회복하지 못할지도 모른다고……."

나는 아버지와 태버너 경감을 향해 돌아서서 말했다.

"조세핀이 머리를 맞고 쓰러졌답니다."

아버지는 내게서 수화기를 받아 들었다. 아버지는 날카롭게 예전
에 내게 주의를 주었던 일을 상기시켰다.

"그 아이에게서 눈을 떼지 말라고 했을 텐데……."

제18장

태버너와 나는 곧장 경찰차를 타고 스윈리 딘을 향해 달리기 시작했다.

나는 얼마 전에 조세핀이 물 저장실에서 나오며 '두 번째 살인이 일어날 때'라는 이상한 말을 했던 것이 떠올랐다. 그 가엾은 아이는 자기가 '두 번째 살인'의 희생자가 되리라고는 꿈에도 생각하지 못했으리라.

이 사건이 내 탓이라는 아버지의 무언의 비난을 나는 고스란히 받아들일 수밖에 없었다. 나는 조세핀을 특별히 보살폈어야 했다. 태버너 경감이나 나나 레오니데스 노인을 독살한 범인에 대한 단서를 전혀 알아내지 못하고 있었지만, 조세핀은 단서를 찾아냈을 가능성이 많았기 때문이다. 나는 조세핀의 생각이 유치하고 말도 안된다고, '그저 아는 척'하는 거라고 여겼지만, 사실은 내가 틀린 것일 수도 있었다. 조세핀은 엿듣고 다니거나 여기저기 기웃거리는 것을 좋아했다. 그러다가 정말로 중요한 단서를 찾아냈는지도 모른다. 그 애는 그 정보가 어떤 가치를 가지고 있는지 미처 깨닫지 못했겠지만 말이다.

나는 정원에서 나뭇가지가 부러지는 소리가 들렸던 일을 떠올렸다. 그때 나는 위험이 닥쳐오고 있음을 어렴풋이 알아차렸다. 그래서 조세핀을 데리고 집으로 들어갔던 것이다. 하지만 그 이후에는 그런 의심이 왠지 신파조인 데다가 비현실적인 것처럼 느껴졌다. 그러나 사실 그 느낌은 살인이 일어날지도 모른다는 예감이었던 것이다. 한번 살인을 저지른 자는 일단 자신이 위험하다고 느끼면, 안전이 확보될 때까지 아무 망설임 없이 다시 범죄를 저지르는 법이다.

어쩌면 마그다는 막연하게나마 모성 본능으로 조세핀이 위험에 직면해 있다는 것을 알아차렸던 건지도 모른다. 그래서 그 애를 스위스로 보내겠다고 갑자기 야단법석을 부렸던 게 아닐까.

우리가 도착하자 소피아가 맞아 주었다. 그녀의 말에 따르면 조세핀은 구급차를 타고 마켓 배이싱 종합 병원으로 실려 갔다고 한다. 담당 의사인 그레이가 엑스레이가 나오는 대로 결과를 알려 주겠다고 했다는 것이다.

"사건이 어떻게 일어난 겁니까?"

태버너가 물었다.

소피아는 우리를 데리고 집 뒤로 돌아가더니 문 하나를 지나 아무도 돌보지 않는 듯한 작은 뜰에 들어갔다. 뜰의 한쪽 구석에 문이 하나 보였다. 문은 약간 열린 채였다. 소피아가 설명했다.

"여긴 세탁실로 쓰던 곳이에요. 문 아래쪽에 고양이 구멍이 하나 있는데 조세핀은 그 구멍에 발을 넣고 문에 매달려서는 이리저리 흔들면서 놀곤 했죠."

나도 어렸을 때 문에 매달려 놀았던 기억이 있었다.

세탁실은 작고 컴컴했다. 안에는 나무 상자들이 놓여 있었고, 낡은 호스와 버려지다시피 한 정원용품 몇 가지와 망가진 가구들이 있었다. 문 안쪽에는 대리석으로 만든 사자 모양의 고임돌이 떨어져 있었다.

"이건 현관문에 사용하던 고임돌이에요. 이게 문 위에 올려져 있다가 떨어진 게 틀림없어요."

소피아가 설명했다.

태버너가 문 위에 손을 올려 보았다. 문은 낮게 만들어져서 고작해야 그의 키보다 약 30센티미터 정도 높을 뿐이었다.

"일종의 부비트랩이군요."

그가 말했다.

태버너가 시험적으로 문을 이리저리 흔들어 보았다. 그런 다음 대리석 덩어리를 살펴보기 위해 몸을 숙였지만 만지지는 않았다.

"이 돌을 만진 사람이 있습니까?"

"아니요, 아무도 손대지 못하게 했어요."

소피아가 대답했다.

"잘하셨습니다. 조세핀을 발견한 사람은 누구입니까?"

"저예요. 1시가 지나도록 조세핀이 점심을 먹으러 오지 않아서 유모가 그 애를 불렀어요. 15분쯤 전에 주방을 지나 마구간이 있는 뜰로 나가는 걸 봤다면서요. 유모 말이 틀림없이 공놀이를 하고 있거나, 그렇지 않으면 문에 매달려 놀고 있을 거라더군요. 그래서 제가 애를 데려오려고 나왔어요."

소피아가 잠시 말을 멈췄다.

"조세핀이 자주 이 문에 매달려서 놀았다고 했는데, 그렇다면 그 사실을 누가 또 알고 있습니까?"

소피아가 어깨를 으쓱해 보였다.

"아마 집안 식구들 모두 알고 있을걸요."

"세탁실을 이용하는 사람으로는 누가 있나요? 정원사가 사용합니까?"

소피아가 고개를 저었다.

"평상시에는 아무도 사용하지 않아요."

"집 안에서는 이 작은 뜰이 보이지 않겠지요? 누구라도 집에서 살짝 빠져나오거나 현관에서 돌아 들어와 이 부비트랩을 설치해 놓을 수 있겠군요. 하지만 불확실한 상황인데……."

태버너가 상황을 요약해서 말했다. 그는 갑자기 말을 멈추고 문을 쳐다보더니 천천히 문을 흔들어 보았다.

"이 방법은 결과가 확실하지 않죠. 사람을 맞힐 수도 있고 빗나갈 수도 있으니까. 어쩌면 못 맞힐 경우가 더 많을 것도 같군요. 하지만 그 애는 운이 나빴어요. 정통으로 맞았으니."

소피아가 몸을 떨었다.

태버너는 바닥을 자세히 들여다보았다. 움푹 들어간 곳이 여러 군데 있었다.

"이걸 보니 누군가 먼저 실험을 해 본 모양이군요……. 돌이 어떻게 떨어지는지……. 집에서는 이 소리가 들리지 않겠는데요."

"예, 아무 소리도 듣지 못했어요. 가족들 모두 이런 일이 있을 거라고는 상상도 하지 못했죠. 제가 여기서 쓰러져 있는 조세핀을 발견하기 전까지는요."

소피아의 목소리가 떨렸다.

"그 애 머리에서 피가 흐르고 있었어요."

"이건 조세핀의 목도리인가요?"

태버너가 바닥에 떨어져 있는 체크 무늬 모직 목도리를 가리키며 물었다.

"예."

태버너는 그 목도리로 대리석 고임돌을 감싼 다음 조심스레 집어 들었다.

"지문이 남아 있을지도 모릅니다."

태버너는 말은 그렇게 했지만 별로 기대하지 않는다는 투였다.

"범인은 아주 신중한 자인 듯하니까요."

그러고는 나를 보고 물었다.

"뭘 보고 있는 겁니까?"

나는 세탁실에 방치된 못쓰는 물건들 사이에서 나무로 만든 등받이가 망가진 식탁 의자를 보고 있었다. 의자 앉는 자리에 흙이 약간 묻어 있었다.

태버너가 말했다.

"이상하군요. 누군가 의자 위에 흙 묻은 발로 올라섰던 모양입니다. 하지만 왜 그랬을까요?"

그는 알 수 없다는 듯 고개를 저었다.

"레오니데스 양, 조세핀을 발견한 시간은 언제였습니까?"

"1시 5분쯤이었을 거예요."

"조세핀이 나가는 걸 유모가 본 시간은 그보다 20분쯤 전이었겠군요. 그렇다면 그 전에 마지막으로 세탁실에 있었던 사람은 누굽니까?"

"잘 모르겠어요. 아마 조세핀일 거예요. 오늘 아침 식사 후에도 이 문에 매달려 놀았으니까요."

태버너가 고개를 끄덕였다.

"그렇다면 그때부터 12시 45분 사이에 누군가 트랩을 설치해 놓았겠군요. 이 대리석은 현관문에 사용하는 고임돌이라고 하셨죠? 언제부터 그 자리에서 보이지 않았는지 혹시 기억하십니까?"

소피아가 고개를 저었다.

"그 문은 오늘 한 번도 열어 놓지 않았어요. 날이 너무 추워서요."

"오늘 아침 가족 분들은 모두 어디에 있었습니까?"

"저는 산책을 나갔어요. 유스터스와 조세핀은 10시 30분쯤 잠깐 쉬고, 12시 30분까지 공부했고요. 아버지는 아마 오전 내내 서재에 계셨을 거예요."

"어머님은요?"

"어머니는 제가 산책을 마치고 돌아올 무렵에야 겨우 침실에서 나오셨어요. 그때가 아마 12시 15분쯤 됐을 거예요. 어머니는 일찍 일어나시는 편이 아니니까요."

우리는 다시 집으로 들어갔다. 나는 소피아를 따라 서재로 갔다. 필립은 창백하고 수척해 보이는 얼굴로 평상시 늘 앉던 자리에 앉아 있었다. 마그다는 그의 무릎에 몸을 기댄 채 조용히 울고 있었다. 소피아가 물었다.

"병원에서 연락이 왔어요?"

필립이 고개를 저었다.

마그다가 흐느꼈다.

"대체 왜 그 애 곁에 있지 못하게 하는 거예요? 왜 내가 우리 아기, 우리 괴상한 못난이 아기한테 가지 못하게 하느냐 말이에요. 난 그 애를 요정이 두고 간 못생긴 아이라고 불러서 그 애를 화나게 만들곤 했어요. 내가 왜 그렇게 잔인한 소리를 했는지! 이제 그 애는 죽을 거예요. 난 그 애가 죽을 거라는 걸 알고 있어요."

"진정해요, 여보. 진정해."

필립이 말했다.

슬픔과 비탄에 잠긴 가족들을 보고 있자니 내가 그 자리에 있는 것이 어울리지 않는다는 생각이 들었다. 나는 조용히 그 자리에서 물러나 유모를 찾았다. 그녀는 부엌에 앉아 울고 있었다.

"찰스 씨, 제가 벌을 받은 거예요. 제가 안 좋은 생각을 해서, 그래서 벌을 받은 거예요."

나는 그녀의 말을 이해하려는 노력조차 하지 않았다.

"이 집에는 사악함이 깃들어 있어요. 정말 그렇다니까요. 저는 그 사실을 보고 싶지도, 믿고 싶지도 않았어요. 하지만 이제는 믿지 않을 수가 없어요. 누군가 주인님을 죽였고, 그 사람이 이번에는 조세핀 아가씨를 죽이려고 한 거예요."

"왜 조세핀을 죽이려고 했을까요?"

유모는 눈물을 훔치던 손수건을 눈에서 떼고는 나를 날카로운 눈으로 쳐다봤다.

"조세핀 아가씨가 좋아하는 게 뭔지 잘 아시잖아요. 그 아가씨는 뭔가 알아내는 걸 좋아했죠. 언제나 그랬어요. 아무리 사소한 거라도 말이에요. 식탁 아래 숨어서 하녀들의 얘기를 엿듣고 그 내용을 빌미로 위협하기도 했어요. 자기가 대단한 사람이라도 되는 양 자랑하고 싶어 했어요. 하지만 마님은 조세핀 아가씨를 무시했죠. 유스터스 도련님이나 소피아 아가씨처럼 예쁜 아이가 아니었으니까요. 사실 작고 못생긴 아이긴 하죠. 마님은 조세핀 아가씨를 요정이 두고 간 못생긴 아이라고 불렀어요. 그건 마님이 잘못하신 거예요. 그것 때문에 조세핀 아가씨가 더 나쁜 아이가 된 거라고 전 생각해요. 그러다 보니 조세핀 아가씨는 사람들 뒤를 쫓아다니며 이것저것 알아내고는, 자기가 그런 사실들을 알고 있다고 떠벌이고 다니게 된 거죠. 하지만 살인자가 버티고 있는 지금 같은 상황에서는 위험하기 짝이 없는 일이잖아요!"

그렇다. 그 애는 정말 위험한 짓을 했던 것이다. 그때 문득 떠오른 생각이 있었다. 나는 유모에게 물었다.

"혹시 그 애가 들고 다니던 검은 수첩이 어디 있는지 알아요? 항상 뭔가 끼적거리고 다니던 그 수첩 말이에요."

"뭘 말씀하시는 건지는 알겠어요, 찰스 씨. 조세핀 아가씨는 수첩을 아무도 모르는 곳에 숨겨 놓곤 했죠. 저도 아가씨가 연필을 연신 빨면서 그 수첩에 뭔가를 적는 모습을 본 적이 있어요. 그래서 제가 '그런 짓 하면 안 돼요. 납독이 있으니까.'라고 했더니, 아가씨는 '괜찮아. 연필은 납이 아니라 탄소로 만들어져 있으니까.'라고 말하더군요. 전 그 말이 무슨 소린지 알 수가 없었어요. 연필심은 당연히 납으로 만들어진 게 아닌가요?*"

"그렇게 생각할 수도 있겠네요. 하지만 그건 그 애 말이 맞아요."

내가 대답했다. (사실 조세핀의 말은 언제나 맞았다!)

"그건 그렇고 그 수첩은 어디에 있죠? 혹시 어디에 숨겨 놨는지 아세요?"

"모르겠어요. 절대로 다른 사람의 눈에 띄지 않는 곳에 숨겨 놓곤 했으니까요."

"아까 쓰러졌을 때 그곳에 떨어져 있지는 않았나요?"

"아니에요, 찰스 씨. 거기 수첩은 없었어요."

---

* 연필심을 뜻하는 단어(lead)에는 납이라는 의미도 있다.

혹시 누가 수첩을 가져간 것은 아닐까? 아니면 조세핀이 자기 방에 숨겨 놓았을까? 그 수첩이 어디 있는지 찾아봐야겠다는 생각이 들었다. 하지만 조세핀의 방이 어디인지 알 수가 없었다. 그래서 복도에서 머뭇거리고 있는데 태버너 경감이 나를 불렀다.

"이리로 오세요. 여기가 조세핀 방입니다. 방이 어떻게 됐는지 좀 보세요."

나는 방으로 들어가려다가 문 입구에서 그만 멈춰서고 말았다.

방 안은 태풍이라도 지나간 것처럼 보였다. 정리장의 서랍들은 모두 뒤집어져 내용물이 온통 바닥에 어질러져 있었고, 작은 침대의 매트리스는 침대보가 벗겨진 채 바닥에 떨어져 있었다. 양탄자는 구석에 뭉쳐 있었고, 의자는 넘어져 있었다. 벽에 걸려 있던 그림들은 모두 바닥에 떨어져 있었고 사진들은 전부 액자에서 빠져 있었다.

"세상에, 이게 대체 어떻게 된 일입니까?"

내가 소리 질렀다.

"어떻게 된 일인 것 같습니까?"

"누군가 이 방에서 뭔가를 찾으려고 한 모양이군요."

"맞습니다."

나는 방 안을 둘러보고는 휘파람을 불었다.

"하지만 도대체 누군가가 여기를 이렇게 뒤집어 놓는 동안 어떻게 집안 식구들이 전혀 모를 수가 있지요?"

"충분히 그럴 수 있습니다. 브렌다 레오니데스 부인은 오전 내내 침실에서 손톱 손질을 하거나 친구와 전화를 하지 않으면 이 옷 저 옷 입어 보면서 시간을 보냈답니다. 필립은 서재에서 책들을 뒤적거리고 있었죠. 유모라는 여자는 주방에서 감자 껍질을 벗기고 콩 껍질을 까고 있었답니다. 가족들의 습관을 알고 있으면 사실 어려운 일도 아니지요. 하지만 이것만은 분명히 말할 수 있습니다. 이 집에 있는 사람이라면 누구든지 조세핀을 해칠 생각으로 부비트랩을 설치하거나, 아이의 방을 뒤질 수 있다는 겁니다. 하지만 범인은 몹시 서둘렀던 모양입니다. 차분히 방 안을 뒤지기에는 시간이 모자랐나 보죠."

"집안 식구 중에 범인이 있다는 말씀인가요?"

"그렇습니다. 조사를 해 보니 그렇더군요. 사람들 모두가 조금씩 확인되지 않는 시간들이 있었습니다. 필립과 마그다, 유모, 당신이 좋아하는 아가씨까지 말이에요. 2층에 있던 사람들 역시 그렇습니다. 브렌다는 오전 시간 대부분을 혼자서 보냈더군요. 로렌스와 유스터스는 10시 30분에서 11시까지 대략 30분 정도 휴식 시간이 있었습니다. 당신이 그 두 사람과 함께 있었던 시간이죠. 하지만 그 시간 내내 함께 있지는 않았습니다. 에디스 드 해빌런드는 정원에 혼자 있었답니다. 로저도 자기 서재에 그냥 있었다고 하더군요."

"클레멘시만 혐의가 없겠군요. 런던에 있는 연구소에서 일하고 있었을 테니까."

"아니요, 오늘은 그 여자도 집에 있었습니다. 두통이 있어서 나가지 않았답니다. 머리가 아파서 혼자 자기 방에 있었다고 하더군요.

그들 중 누군가가 악랄한 범인입니다! 그런데 도대체 누군지 알 수가 없어요! 정말 모르겠습니다. 그자가 이 방에서 무엇을 찾으려고 했는지 알 수만 있어도……."

태버너는 엉망이 된 방을 다시 둘러보았다.

"범인이 찾고 있던 걸 찾아냈는지 알 수만 있어도……."

뭔가가 내 머리를, 기억을 자극했다. 다음 순간 태버너의 말에 그 기억이 확실히 떠올랐다.

"당신이 마지막으로 조세핀을 봤을 때 그 애는 뭘 하고 있던가요?"

"잠깐만 기다려 보세요."

나는 급히 방에서 나가 계단을 올라갔다. 그리고 왼쪽에 난 문을 지나 맨 위층까지 올라갔다. 물 저장실의 문을 밀고 들어가 계단 두 개를 오르자 천장이 낮고 경사가 진 탓에 고개를 숙여야 했다. 나는 주위를 살펴보았다.

내가 물 저장실에서 뭘 하고 있었냐고 물었을 때 조세핀은 "수사하고 있다."고 대답했다. 그때만 해도 나는 수조밖에 없는, 거미줄이 가득한 다락방에서 무슨 수사를 한다는 건지 이해하지 못했다. 하지만 생각해 보면 다락방만큼 물건을 숨기기에 좋은 장소는 없었다. 조세핀은 이곳에 틀림없이 뭔가를 숨겨 놓았을 것이다. 자기하고는 전혀 상관 없는 어떤 것을. 만약 그렇다면 금세 그것을 찾아낼 수 있을 터였다.

내가 그것을 찾는 데는 3분 정도 걸렸다. 그것은 커다란 수조 뒤에 숨겨져 있었다. 수조에서 나는 쉬쉬거리는 소리가 음산한 분위기를 한층 더해 주는 가운데, 나는 갈색 종이로 휘감아 놓은 편지 묶음을 찾아냈다.

첫 번째 편지부터 읽기 시작했다.

오, 로렌스, 내 사랑하는 사람, 소중한 당신…… 지난 밤 당신이 그 시구를 읽었을 때, 난 몹시 황홀했어요. 당신이 나를 바라보지는 않았지만, 그건 나를 위한 것이었다는 걸 알고 있었으니까요. 애리스티드가 "자네는 시를 아주 잘 읽는군." 하며 당신을 칭찬해 주었죠. 그 사람은 우리가 서로에게 어떤 감정을 느끼고 있는지 전혀 알지 못해요. 사랑하는 당신, 이제 머지않아 모든 일이 다 잘될 거예요. 그 사람은 아무것도 모르는 채로 편안하게 죽어갈 테고, 그건 우리에게도 기쁜 일이 될 거예요. 애리스티드는 나한테 정말 잘해 줬어요. 그 사람이 고통받는 건 원하지 않아요. 하지만 정말 무슨 낙으로 여든 살이 넘도록 살고 있는지 모르겠어요. 나라면 정말 그 나이까지 살고 싶지도 않을 거예요! 이제 우리가 언제나 함께 있을 수 있는 날이 얼마 안 남았어요. 내가 당신을 '사랑하는 남편'이라고 부를 수 있는 날이 온다면 정말 얼마나 기쁠까요! 내 사랑, 우리는 서로를 위해 태어났어요. 당신을 사랑해요, 사랑해요. 사랑해요. 우리 사랑은 영원할 거예요. 나는…….

편지 내용은 더 있었지만 계속 읽고 싶지 않았다. 나는 심란한 기분으로 아래층으로 내려가 태버너에게 편지 뭉치를 건네주었다.

"누군지 모르겠지만 그 친구가 찾던 게 아마 이걸 겁니다."

태버너는 그 편지를 몇 줄 읽더니 휘파람을 불며 다른 편지들도 대충 살펴보았다. 그런 다음 크림이라도 먹은 고양이 같은 표정을 지으며 나를 쳐다보았다.

"자, 그렇다면 이걸로 브렌다 레오니데스 부인의 눈부신 미래도 끝이로군요. 로렌스 브라운도 마찬가지고. 그러니까 모든 게 두 사람 짓이었다 이거지……."

태버너가 부드럽게 말했다.

제19장

지금 생각해도 이상한 것은 브렌다 레오니데스가 로렌스 브라운에게 보낸 편지들을 찾아내고 나자, 내가 그녀에게 느꼈던 동정심과 연민이 순식간에 모두 사라져 버렸다는 사실이다. 브렌다가 로렌스 브라운을 맹목적으로 열렬히 사랑하고 있으면서도 내게 의도적으로 거짓말을 했다는 사실이 드러나자 자존심이 상했기 때문일까? 나도 모르겠다. 난 심리학자가 아니니까. 그보다는 자기 자신을 지킨다는 이유로 어린 조세핀의 머리를 내려친 범인의 무자비함에 내가 가지고 있던 동정심이 말라 버린 거라고 믿고 싶을 뿐이다.

"브라운이 부비트랩을 설치했을 겁니다. 그래야 이 사건에서 이해가 되지 않았던 점들을 설명할 수 있으니까요."

태버너가 말했다.

"이해가 되지 않았던 점이라니요?"

"어째서 부비트랩 같은 어리석은 방법을 쓴 걸까요? 생각해 보십시오. 아이가 그 연애 편지들을 가지고 있다고 두 사람에게 말했겠죠. 그 편지들은 범인들을 꼼짝 못하게 만드는 증거 아닙니까. 그러니까 범인 입장에서 가장 먼저 해야 할 일은 그 편지들을 돌려받는 것이지요.(만약 아이가 편지가 없는 상태에서 두 사람에 대해 떠들었다면, 그저 꾸며낸 말 정도로 치부될 수도 있을 테지만요.) 그런데 두 사람은 편지를 찾지 못했으니 무척 답답했을 겁니다. 그런 상황에서 할 수 있는 유일한 방법은 아이가 말을 못하게 만드는 수밖에 없었겠죠. 이미 한 번 살인을 저지른 마당에 또다시 사람을 죽이는 일이 뭐가 어렵겠습니까. 범인은 조세핀이 사용하지 않는 뜰에서 세탁실 문에 매달려 놀기를 좋아한다는 사실을 이미 잘 알고 있었습니다. 사실 가장 이상적인 방법은 문 뒤에 숨어 있다가 그 애가 들어오면 부지깽이나 쇠막대기, 단단한 호스 같은 걸로 내려치는 겁니다. 그런 물건들이야 손쉽게 구할 수 있는 거니까요. 그런데도 힘들게 대리석 사자를 문 위에 올려놓는 어리석은 방법을 썼죠. 빗맞을 수도 있을 뿐만 아니라 설사 아이 머리에 제대로 떨어진다고 해도 죽을지 안 죽을지도 모르는 불확실한 방법 아닙니까. 실제로 지금 상황이 그렇게 된 거지요. 도대체 왜 그랬을 거라고 생각하십니까?"

"글쎄, 정말 왜 그랬을까요?"

"누군가의 알리바이를 만들어 주기 위해 그랬을 거라는 생각도 해 봤습니다. 이 방법이라면 조세핀이 머리를 맞고 쓰러지는 그 순간에도 범인은 충분히 알리바이를 댈 수 있으니까요. 하지만 그건 아닙니다. 왜냐하면 첫째, 이 집안 사람들 중에 완벽한 알리바이를 댄 사람이 아무도 없습니다. 둘째, 누가 되었든지 점심 시간에 아이를 찾아 나선 사람은 부비트랩으로 쓰인 대리석 사자를 발견하게 되어 있었죠. 범인의 수법이 고스란히 드러나 버리는 거죠. 만일 살인자가 아이가 발견되기 전에 돌을 치워 버렸다면 우리는 당연히 사건의 정황을 몰라 당황했을 겁니다. 하지만 범인은 그렇게 하지 않았습니다. 도무지 이해가 안 가는 노릇이지요."

그가 정말 알 수 없다는 듯 손을 앞으로 뻗어 보였다.

"그렇다면 경감님은 어떻게 결론을 내리셨습니까?"

"개인적인 요소, 곧 사람의 성격 때문이라는 겁니다. 로렌스 브라운의 성격을 생각해 보십시오. 그자는 폭력을 좋아하지 않습니다. 물리적인 폭력은 휘두를 수가 없는 사람이지요. 그자는 문 뒤에 숨어 있다가 아이의 머리를 내려치는 일 같은 건 절대로 하지 못할 사람입니다. 그는 부비트랩을 설치하고 멀리 도망가 버렸을 겁니다. 그 순간을 보지 않아도 되게 말이죠."

"그랬군요. 그렇다면 에세린을 인슐린 병에 바꿔 넣는 것도 같은 맥락으로 보면 되겠군요."

나는 천천히 말했다.

"그렇습니다."

"그럼 경감님은 로렌스가 브렌다 모르게 이 사건을 저질렀다고 생각하십니까?"

"그렇게 본다면 브렌다가 인슐린 병을 왜 처리하지 않았는지 설명이 될 겁니다. 물론 늙고 지친 브렌다의 남편을 편하게 저세상으로 쉽게 보내기 위해 두 사람 사이에 어느 정도 의논은 되어 있었겠지요. 어쩌면 약을 바꿔치기해서 남편을 독살해야겠다는 생각은 브렌다 혼자 한 건지도 모릅니다. 하지만 이번 부비트랩 사건은 그 여자가 한 게 아닙니다. 여자들은 어떤 일을 처리하든 이런 식의 기구를 설치하는 것을 별로 신뢰하지 않는 법이니까요. 그건 여자들의 생각이 옳은 경우가 많습니다. 내 생각에 인슐린을 에세린 안약으로 바꿔 치기 한 것은 브렌다의 생각인 것 같습니다만, 이번 일은 그녀가 사랑에 빠진 노예에게 시켰을 겁니다. 그 여자는 확실하지 않은 일은 무엇이든 피하는 성격이니까요. 그런 다음 두 사람은 아무렇지도 않은 듯 태연하게 행동했던 겁니다."

태버너는 잠시 말을 멈췄다가 다시 이었다.

"이 편지들이 나왔으니 이제는 이 사건을 검찰 총장에게 알려도 될 것 같습니다. 확실한 증거가 있으니 다른 말은 없겠지요! 아이만 회복된다면 다른 걱정은 없겠는데 말입니다."

태버너는 나를 흘깃 쳐다보았다.

"그건 그렇고 100만 파운드를 가진 여자와 약혼한 소감은 어떻습니까?"

나는 움찔했다. 지난 몇 시간 동안 너무 여러 가지 일이 일어나는 바람에 유언장 생각은 까맣게 잊고 있었다.

"소피아는 아직 모르고 있을 텐데요. 그 이야기를 제가 해 주는 게 좋을까요?"

내가 물었다.

"아마 내일 사건 심리가 끝나자마자 게이츠킬이 달려와 그 슬픈 소식을 (아니 기쁜 소식이라고 해야 하나요?) 전해 줄 겁니다."

태버너는 말을 멈춘 채 생각에 잠긴 얼굴로 나를 쳐다보았다.

"그 유언장에 대해 알게 되면 그 집 가족들이 어떤 반응을 보일 것 같습니까?"

제20장

내 예상대로 심리는 연기되었다. 경찰의 연기 요청이 받아들여진 것이다.

지난 밤 병원에서 조세핀의 부상이 우려했던 것보다 대단하지 않으며 회복도 빠를 것이라는 연락을 받은 뒤라 우리 모두 기분이 괜찮은 편이었다. 하지만 담당 의사인 그레이가 얼마 동안은 그 누구도, 조세핀의 엄마마저도 면회를 허락할 수 없다고 했다.

"어머니는 특히 안 돼요. 그레이 선생님께 그 점에 대해 분명히 말씀드렸어요. 선생님도 어머니가 어떤 분인지 알고 계시거든요."

소피아가 내게 속삭였다.

순간 내 얼굴에 의아해하는 표정이 떠올랐던 게 분명했다. 소피아가 날카롭게 말했다.

"왜 그렇게 못마땅한 얼굴이에요?"

"아니, 그래도 어머니인데……."

"난 당신이 그렇게 보수적인 사고 방식을 가지고 있어서 좋아요, 찰스. 하지만 당신은 아직 우리 어머니가 무슨 일을 저지를지 잘 모르고 있어요. 어머니는 어쩔 수 없는 분이에요. 틀림없이 병실에서도 연극 장면을 연출하실 거예요. 머리 부상을 당한 아이 앞에서 그런 연극을 해 봤자 치료에 전혀 도움이 되지 않아요."

"정말 빈틈없는 아가씨라니까."

"할아버지가 돌아가셨으니 누군가 한 사람쯤은 이렇게 해야죠."

나는 그녀를 주의 깊게 바라보았다. 레오니데스 노인의 안목은 녹슬지 않았다. 그가 짊어졌던 가족에 대한 책임감은 이미 소피아의 어깨 위에 놓여 있었다.

심리가 연기되고 난 후 게이츠킬은 우리와 함께 스리 게이블스 저택으로 갔다. 그는 목소리를 가다듬고 격식을 갖추어 말했다.

"여러분께 제가 말씀드릴 일이 있습니다."

가족들은 모두 마그다의 거실에 모였다. 난 마치 무대 뒤에서 짜릿한 기대감을 가지고 연극이 시작되기를 기다리는 사람과 같은 기분이었다. 게이츠킬이 지금 무슨 이야기를 할지 잘 알고 있었기 때문이다. 나는 사람들의 반응을 살펴볼 준비를 했다.

게이츠킬은 간결하고 무뚝뚝하게 말했다. 자신의 개인적인 느낌이나 거북함은 조금도 드러내지 않았다. 그는 먼저 애리스티드 레오니데스의 편지를 읽은 다음 유언장을 공개했다.

그것은 정말 흥미로운 광경이었다. 나는 한 번에 모든 사람들의 얼굴을 볼 수 있다면 얼마나 좋을까 하고 생각했다.

브렌다와 로렌스에 대해서는 신경 쓰지 않았다. 왜냐하면 브렌다의 상속분은 이번 유언장에서도 달라진 게 없었기 때문이다.

나는 로저와 필립을 우선적으로 지켜보았고, 그 다음으로 마그다와 클레멘시를 살폈다.

그들을 지켜보면서 내가 받은 첫 인상은 일단은 그들 모두가 잘 처신하고 있다는 것이었다. 필립은 입술을 굳게 다문 채 앉아 있던 등받이가 높은 의자에 머리를 기대었다. 그는 아무 말도 하지 않았다.

반대로 마그다는 게이츠킬의 말이 끝나자마자 말을 퍼부어 대기 시작했다. 성량이 풍부한 그녀의 목소리는 밀려드는 파도가 시냇물을 덮쳐 버리듯 게이츠킬의 가느다란 목소리를 압도했다.

"소피아, 얘야. 어떻게 이런 일이 있을 수 있니……. 정말 소설 같은 일이야……. 노인네가 그렇게까지 교활하게 사람을 속이다니. 나이만 많이 먹었지, 정말 어린애 같은 짓이야. 어떻게 아버님이 우리를 믿지 못할 수가 있지? 우리가 당신 뜻에 따르지 않을 거라고 생각하신 걸까? 그렇다고 아버님이 다른 사람보다 소피아를 특별히 예뻐하지도 않았는데. 어쨌든 정말 극적인 일이야."

갑자기 마그다는 뛰어오를 듯이 가볍게 자리에서 일어났다. 그리고 소피아를 향해 춤을 추듯 다가가서는 궁중에서나 할 법한 예의를 갖추어 우아하게 절했다.

"소피아 아가씨, 이 늙고 가난한 엄마에게 자비를 베풀어 주세요. 제발 동전 한 개만 나누어 주세요. 이 엄마는 영화를 보러 가고 싶답니다."

그녀는 런던 사투리로 애처롭게 말했다.

마그다는 소피아를 잡아당기기라도 할 것처럼 손을 갈고리처럼 구부린 채 앞으로 내밀었다.

필립은 미동도 없이 딱딱하게 말했다.

"마그다, 제발 이 자리에서 그런 쓸데없는 어릿광대 짓은 그만두지 그래요."

"참, 그런데, 아주버님은 어떡하죠."

마그다가 갑자기 로저를 돌아보며 외쳤다.

"불쌍한 아주버님. 아버님이라면 틀림없이 아주버님을 도와주셨을 텐데. 그러기도 전에 돌아가셨으니 어떡하면 좋아요. 이제 아무것도 없으시잖아요. 소피아."

그녀는 오만하게 소피아 쪽으로 몸을 돌렸다.

"다른 건 몰라도 큰아버지는 꼭 도와드려야 한다."

"아니요, 필요 없어요. 아무것도."

클레멘시가 앞으로 한 걸음 나오며 말했다. 그녀의 얼굴에는 도전적인 기색이 어려 있었다.

로저는 마음씨 착한 곰처럼 소피아에게 어슬렁어슬렁 다가갔다. 그리고 소피아의 손을 자애롭게 잡으며 말했다.

"난 아무것도 원하지 않는단다, 얘야. 나는 이 사건이 깨끗이 해결되는 대로, 최소한 잠잠해지기라도 하면 그때 클레멘시와 함께 서인도 제도로 떠날 거다. 그곳에서 검소하게 살아 보려고 한다. 그렇게 살다가 도저히 견딜 수 없는 지경이 되면 그때는 집안의 가장에게 도움을 좀 받아 볼 수도 있겠지."

로저는 소피아에게 따뜻한 미소를 지어 보였다.

"하지만 그렇게 되기 전에는 한 푼도 받을 생각이 없다. 난 아주 단순한 사람이야, 정말 그래. 믿지 못하겠다면 네 큰어머니에게 물어보렴."

그때 전혀 예상하지 못했던 목소리가 중간에 끼어들었다.

에디스 드 해빌런드였다.

"그건 정말 잘 생각한 거다. 하지만 다른 사람들 이목도 생각해야지. 만일 네가 파산한 뒤에 소피아의 도움을 받지 않고 지구 끝으로 도망가 버린다면, 온갖 안 좋은 이야기가 다 돌게 될 거다. 그렇게 되면 소피아에게도 좋지 않아."

"다른 사람들이 뭐라고 떠들건 무슨 상관이에요?"

클레멘시가 경멸하듯 말했다.

"너야 상관없겠지."

에디스가 날카롭게 대꾸했다.

"하지만 소피아는 이곳에서 살아야 해. 저 애는 머리도 좋고 마음씨도 착한 아이야. 난 형부가 소피아에게 재산을 전부 물려준 것은 올바른 결정이었다고 생각한다. 물론 우리 영국 사람들 생각에야 아들이 둘이나 있는 데도 그렇게 한다는 게 좀 이상하게 보이기는 하지만 말이다. 난 소피아가 돈에 욕심이 많아서 파산 직전의 로저를 도와주지 않았다는 이야기를 듣게 되는 건 부당한 일이라고 생가해."

로저가 에디스 드 해빌런드에게 다가갔다. 그는 팔을 내밀며 이모를 끌어안았다.

"이모, 이모는 정말 다정하신 분이세요. 그리고 절대로 물러서지 않는 투사이기도 하고요. 하지만 이모가 아직 모르시는 게 있어요. 클레멘시하고 저는 저희가 원하는 게 뭔지 잘 알고 있어요, 원하지 않는 게 무엇인지도 잘 알고 있고요!"

클레멘시의 여윈 두 뺨이 갑자기 달아올랐다. 그녀는 도전적으로 두 사람 앞에 나섰다.

"여기 있는 사람 중 그 누구도 로저를 이해하지 못해요. 절대로 이해할 수 없을 거예요! 앞으로도 그럴 거고요! 로저, 그만 가요."

두 사람이 방을 떠나자 게이츠킬도 헛기침을 하며 서류들을 정리하기 시작했다. 표정이 몹시 불만스러워 보였다. 상황이 이런 식으로 전개되는 것이 마음에 안 드는 모양이었다. 분명히 그렇게 보였다.

마지막으로 내 시선은 소피아에게 향했다. 그녀는 벽난로 옆에 당당하고 꼿꼿한 자세로 서 있었다. 턱을 앞으로 내민 채 눈동자는 흔들림이 없었다. 그녀는 바로 조금 전에 엄청난 유산을 물려받았다.

하지만 가장 먼저 든 생각은 갑자기 그녀가 너무나 외로운 처지에 놓였다는 것이었다. 이제 소피아와 가족들 사이에는 장벽이 세워졌다. 앞으로 그녀는 가족들과 멀어지게 될 것이다.

나는 소피아가 이미 그 사실을 받아들였다는 걸 알 수 있었다. 레오니데스 노인은 그녀의 어깨에 무거운 짐을 올려놓았다. 그는 자신이 소피아에게 짐을 떠맡겼다는 것을 알고 있었고, 그녀 역시 잘 알고 있었다. 레오니데스는 소피아의 어깨가 그 짐을 견뎌 낼 수 있을 만큼 강하다는 것을 믿고 있었다. 하지만 지금 이 순간, 내 눈에는 말로 표현할 수 없을 정도로 그녀가 애처롭게 보였다.

지금까지 그녀는 아무 말도 하지 않았다. 아니, 말할 기회가 없었다. 하지만 이제는 무슨 말이라도 해야 할 터였다. 나는 레오니데스 가족의 정다운 모습 이면에 보이지 않는 적개심이 흐르고 있다는 것을 느낄 수 있었다. 심지어 마그다가 보여 준 우아한 연극적 모습 뒤에도 딸에 대한 미묘한 앙심이 도사리고 있는 듯했다. 아직 표면에 드러나지는 않았지만 다른 가족들에게서도 암울한 기운이 느껴졌다.

게이츠킬은 목소리를 가다듬고 정확하게 준비된 말을 시작했다.

"소피아 양, 먼저 축하드립니다. 이제 아가씨는 굉장한 부자입니다. 제가 지금 드릴 수 있는 충고는 성급하게 행동하지 말라는 것밖에 없군요. 당장 필요한 돈이 있다면 얼마든지 준비해 드리겠습니다. 앞으로 여러 가지 문제에 대해 저와 의논하고 싶으시다면, 제 힘이 닿는 한 성심 성의껏 돕겠습니다. 좀 더 생각할 시간이 필요한 일이 있을 때는 미리 약속을 하고 링컨 호텔에서 뵙도록 하죠."

"로저는……."

에디스 드 해빌런드가 완강한 어조로 말을 꺼내려 하자 게이츠킬이 재빨리 그녀의 말을 가로챘다.

"로저 씨는 혼자 힘으로 이 상황을 극복해야 할 겁니다. 그분은 성인이에요, 벌써 쉰넷이나 되지 않았습니까. 애리스티드 레오니데스 씨의 결정이 옳았다는 것은 잘 아실 겁니다. 로저 씨는 사업가의 자질이 없습니다. 그 점은 앞으로도 마찬가지일 거고요."

그는 이렇게 말하고는 소피아를 쳐다보았다.

"아가씨가 연합 출장 요리 회사를 다시 일으킬 생각이라고 해도 로저 씨가 그 사업을 잘 이끌어 갈 수 있을 거라는 환상은 버려야 할 겁니다."

"전 그 회사를 다시 일으킬 생각 같은 건 조금도 없어요."

마침내 소피아가 처음으로 입을 열었다. 그녀의 목소리는 분명했고 사무적이었다.

"그건 어리석은 짓이죠."

그녀가 덧붙였다.

게이츠킬은 소피아를 흘긋 쳐다보고는 가만히 미소를 지었다. 그런 다음 그는 사람들에게 작별 인사를 한 뒤 밖으로 나갔다.

거실 안은 잠시 침묵이 흘렀다. 이제야 완전히 가족들만 남았다는 것을 깨닫게 해 주는 침묵이었다.

필립이 딱딱한 태도로 자리에서 일어났다.

"그만 서재로 돌아가 봐야겠다. 공연히 시간만 낭비했어."

"아버지……."

소피아가 거의 애원하듯 자신 없는 목소리로 불렀다. 필립이 적대감이 가득한 차가운 시선으로 소피아를 돌아보자 그녀는 몸을 떨며 뒤로 물러났다.

"네게 축하 인사를 해 주지 못하는 걸 이해해라. 이 일은 내겐 정말 충격적인 일이었다. 아버지가 내게 이런 굴욕감을 주었다는 것을 도저히 믿을 수가 없구나. 평생을 아버지께 헌신하며 살았는데 아버지는 그걸 무시해 버렸다. 그래, 그토록 헌신했는데 말이야."

처음으로 그는 얼음 같은 자제력을 벗어 던지고 본연의 모습으로 돌아왔다.

"세상에, 어떻게 아버지가 내게 이럴 수가 있는 거지? 아버지는 항상 나를 불공평하게 대했어, 언제나."

그가 소리쳤다.

"아니야, 필립. 그런 게 아니다. 그렇게 생각해선 안 돼."

에디스 드 해빌런드가 외쳤다.

"이건 널 무시해서 그런 게 아니란다. 그렇지 않아. 사람들은 나이가 들면 자연스럽게 젊은 사람들에게 마음이 가는 법이란다……. 그것뿐이야, 분명해……. 그리고 애리스티드는 사업 감각이 아주 뛰어난 사람이잖니. 난 그 사람이 유산을 너와 네 형에게 물려주게 되면 상속세가 너무 많이 나온다고 말하는 걸 여러 번 들었단다……."

필립이 낮고 쉰 목소리로 대답했다.

"아버지는 나한테 전혀 관심이 없었어요. 언제나 로저, 로저 형뿐이었죠. 다행히 이번에는……."

그는 갑자기 잘생긴 얼굴을 보기 싫게 일그러뜨리며 이상한 표정을 지었다.

"아버지도 로저 형이 바보에다 실패자라는 사실은 알아차리신 거죠. 나처럼 형도 버렸으니까."

"저는 뭐예요?"

유스터스가 외쳤다.

그때까지 나는 유스터스가 그 자리에 있다는 사실조차 알아차리지 못하고 있었다. 하지만 지금 그 아이는 격한 감정에 사로잡혀 온몸을 떨고 있었다. 얼굴은 시뻘겋게 달아올랐고 눈에는 눈물까지 고여 있었다. 아이의 새된 목소리는 신경질적으로 떨리고 있었다.

"정말 치욕적이야! 말할 수 없을 정도로 수치스러워요! 어떻게 할아버지가 저한테 이럴 수 있어요? 전 유일한 손자였어요. 저를 빼고 어떻게 소피아 누나한테 모든 걸 넘겨 준 거죠? 이건 공정하지 못해. 전 할아버지가 미워요. 아니, 증오해. 죽을 때까지 절대로 용서하지 않을 거야. 잔인하기 그지없는 폭군 같은 노인네. 저도 할아버지가 죽어 버렸으면 좋겠다고 생각했어요. 이 집에서 정말 나가고 싶었어. 제 마음대로 살고 싶었어요. 그런데 이제는 소피아 누나한테 잡혀서 시키는 대로 살아가야 한단 말이야? 사람을 이렇게 바보 취급하다니. 차라리 죽어 버렸으면 좋겠어……."

유스터스는 갈라진 목소리로 마구 퍼부어 대더니 그대로 방에서 뛰쳐나가 버렸다.

에디스 드 해빌런드가 그 모습을 보고 혀를 차며 중얼거렸다.

"자제력이 저렇게 없어서야."

"저 애가 어떤 기분인지 난 알 것 같아요."

마그다가 외쳤다.

"물론 그렇겠지."

에디스가 신랄하게 대꾸했다.

"불쌍한 우리 아들! 어서 달래 주러 가 봐야겠어요."

"이런, 마그다……."

에디스가 서둘러 마그다의 뒤를 쫓아갔다.

두 사람의 목소리가 조금씩 멀어졌다. 소피아는 여전히 필립을 쳐다보고 있었다. 그녀의 시선은 분명히 뭔가를 호소하고 있었다. 하지만 필립은 딸의 애원에 응하지 않았다. 그는 평상시의 자제력을 되찾은 모습으로 냉정하게 그녀를 바라보고 있었다.

"소피아, 네 수단이 좋았던 모양이다."

그는 이렇게 말하고 방에서 나가 버렸다.

"어떻게 그런 잔인한 말을 할 수가 있지. 소피아……."

내가 소리쳤다. 그녀는 내게 손을 내밀었다. 나는 그녀를 안아 주었다.

"모두들 당신한테 너무 심한 것 같아."

"가족들이 어떤 느낌을 받았을지 알아요."

"당신 할아버지는 정말 너무하셨어. 당신한테 이런 일을 겪게 하다니."

그녀는 어깨를 폈다.

"내가 이겨 낼 수 있을 거라고 할아버지는 믿으셨던 거예요. 난 잘할 수 있어요. 다만 유스터스가 너무 마음 상해 하지 않았으면 좋겠어요."

"곧 괜찮아질 거예요."

"그럴까요? 난 걱정돼요. 그 애는 아주 소심한 편이거든요. 또 아버지가 마음 상해 하시는 것도 속상해요."

"어머니는 괜찮으신 것 같던데요."

"어머니도 기분이 좋지는 않으실 거예요. 딸한테 연극 후원금을 부탁하는 건 성미에 맞지 않으실 테니까. 하지만 어머니는 금세 돌아와 에디슨 톰슨 연극의 후원금을 내놓으라고 하실 거예요."

"어떻게 할 작정이에요? 어머님을 기쁘게 하려면 아무래도……."

소피아는 내 품에서 벗어나 고개를 쳐들었다.

"절대 안 된다고 할 거예요! 별 볼일 없는 연극일 뿐만 아니라 어머니한테 어울리는 역도 없어요. 완전히 돈만 날리는 일이에요."

나는 조용히 웃었다. 도저히 참을 수가 없었다.

"왜 그래요?"

소피아가 의심스럽다는 듯 물었다.

"할아버님이 당신한테 유산을 남긴 이유를 알 것 같아서 그래요. 당신은 그분을 빼닮았어, 소피아."

제21장

당시 나는 조세핀이 이 모든 사건들을 보지 못한 게 정말 안타까웠다. 그 애가 있었다면 좋아했을 만한 일들이 무척 많았으니까 말이다.

조세핀은 회복이 무척 빨라서 얼마 안 있으면 집으로 돌아올 예정이었다. 그럼에도 그 애는 또 다른 중요한 사건 하나를 놓치고 말았다.

그날 아침 나는 소피아, 브렌다와 함께 암석 정원에 있었다. 그때 차 한 대가 들어와 현관 앞에 멈춰 서더니 태버너 경감과 램 경사가 내렸다. 두 사람은 계단을 올라 집 안으로 들어갔다. 브렌다는 꼼짝하지 않고 서서 차를 쳐다보고 있었다.

"저 사람들, 다시 돌아왔네. 난 저 사람들이 포기한 줄 알고 있었는데. 다 끝난 거라고 생각하고 있었는데."

난 그녀의 몸이 떨리는 것을 보았다. 브렌다는 10분 전에 우리와 합류했는데, 친칠라 모피 코트를 입은 채로 이렇게 말했다.

"이렇게 바깥 공기를 마시며 운동이라도 하지 못한다면, 정말 미쳐 버렸을 거야. 대문 밖으로 나가고 싶지만 진을 치고 기다리는 기자들이 몰려들까 봐 그러지도 못하겠고. 마치 포위당한 기분이라니까. 언제까지 이래야 하는 걸까?"

소피아는 얼마 안 있으면 기자들도 지쳐 떨어져 나갈 거라고 대답했다.

"차를 타고 나가시면 되잖아요."

소피아가 덧붙였다.

"말했잖아. 몸을 움직이고 싶다고."

그러다가 브렌다가 느닷없이 이렇게 물었다.

"소피아, 로렌스를 해고했다면서? 이유가 뭐야?"

소피아가 조용히 대답했다.

"유스터스 교육 문제를 다른 식으로 해결해 볼까 해서요. 게다가 조세핀도 곧 스위스로 떠날 테니까요."

"그랬구나. 로렌스가 많이 당황한 것 같았어. 그 사람은 네가 자기를 못 믿어서 내보내는 거라고 느끼는 모양이더라."

소피아는 더 이상 아무 말도 하지 않았다. 바로 그때 태버너가 탄 차가 도착했던 것이다. 그 자리에 가만히 선 채로 브렌다는 습한 가을 바람에 몸을 떨었다.

"대체 무엇 때문에 온 걸까? 무슨 이유로?"

브렌다가 중얼거렸다.

나는 태버너 일행이 온 이유를 알고 있었다. 아직 소피아에게 물 저장실에서 발견한 편지들에 대해 말하지 않았지만, 나는 그들이 검찰 총장에게 갔다 왔다는 것을 알고 있었다.

태버너가 다시 집 밖으로 나왔다. 그는 차도와 잔디밭을 가로질러 우리를 향해 다가오고 있었다. 브렌다는 점점 더 심하게 몸을 떨기 시작했다.

"저 사람은 왜 온 걸까? 원하는 게 뭐지?"

브렌다는 신경질적으로 계속 같은 말만 반복하고 있었다.

마침내 태버너가 우리 앞에 도착했다. 그는 상투적인 어구를 무뚝뚝하고 사무적인 투로 말했다.

"여기 체포 영장이 있습니다. 지난 9월 19일에 애리스티드 레오니데스를 에세린으로 독살한 혐의입니다. 이제부터 당신이 하는 모든 말은 재판 시 증거로 쓰일 수 있음을 알려 드립니다."

그러자 브렌다는 완전히 무너지고 말았다. 그녀는 비명을 지르며 내게 매달렸다.

브렌다가 소리쳤다.

"아니, 아니야. 아니에요. 난 안 그랬어요! 찰스, 저 사람한테 내가 그러지 않았다고 말해 줘요! 내가 하지 않았어요. 난 아무것도 몰라요. 이건 전부 모함이에요. 날 데리고 가지 못하게 해요. 이건 사실이 아니에요. 말했잖아요……. 내가 그러지 않았다고……. 난 그런 일 한 적 없어요……."

정말 끔찍했다. 믿을 수 없을 정도로 끔찍한 광경이었다. 난 그녀를 달래려고 애쓰며 내 팔을 꼭 붙잡고 있는 그녀의 손가락을 떼어 냈다. 그러면서 브렌다를 진정시키기 위해 변호사를 알아봐 주겠다고 했다. 변호사가 모든 것을 알아서 해 줄 거라고⋯⋯.

태버너가 브렌다의 팔꿈치를 가만히 붙잡았다.

"가시지요, 레오니데스 부인. 모자가 필요하지는 않으십니까? 그래요? 그렇다면 곧장 가도록 하지요."

브렌다는 그에게 잡힌 팔을 빼내며 커다란 고양이 눈동자를 닮은 눈으로 태버너를 노려보았다.

"로렌스, 로렌스는 어떻게 했어요?"

"로렌스 브라운 씨 역시 체포되었습니다."

태버너가 대답했다. 그러자 그녀는 맥이 탁 풀린 모양이었다. 브렌다는 금세라도 쓰러질 것처럼 보였다. 얼굴은 눈물로 뒤범벅이 되었다. 그녀는 태버너와 함께 힘없이 잔디밭을 지나 차가 있는 곳까지 갔다. 로렌스 브라운과 램 경사 역시 나오고 있었다. 그들은 모두 차에 탔다⋯⋯. 차는 이내 출발했다.

나는 숨을 깊이 들이마시고 소피아를 돌아보았다. 그녀의 창백한 얼굴에는 고뇌가 가득했다.

"무서워요, 찰스. 너무 끔찍한 일이에요."

그녀가 말했다.

"그래요."

"일급 변호사를 구해 주셔야 해요. 최고로 뛰어난 변호사로 말이에요. 그녀에게, 새할머니에게 가능한 모든 도움을 줄 거예요."

"이런 느낌인 줄 미처 몰랐군요. 이제까지 사람이 체포되는 걸 한 번도 본 적이 없으니까."

"예, 정말 생각도 못한 일이었어요."

우리는 더 이상 아무 말도 하지 않았다. 나는 브렌다의 얼굴에 떠올랐던 절망적인 공포에 대해 생각했다. 그녀의 겁에 질린 얼굴이 왠지 익숙하게 느껴졌다. 문득 그 이유를 알 것 같았다. 그건 내가 이 비뚤어진 집에 처음 왔던 날, 마그다 레오니데스가 에디스 톰슨의 작품에 대한 이야기를 하면서 보여 줬던 표정과 똑같은 것이었다.

"그런 다음 완전한 공포만 남게 되는 거예요. 어떻게 생각해요?"

마그다는 이렇게 말했다.

완전한 공포. 그건 바로 브렌다의 얼굴에 떠오른 표정이었다. 브렌다는 결코 투사가 아니었다. 나는 그녀가 살인을 저지를 만한 용기가 있는지조차 의심스러웠다. 그녀는 범인이 아닐 가능성도 있었다. 어쩌면 피해 망상에 정신이 불안정한 로렌스 브라운이 사랑하는 여자를 자유롭게 해 주기 위해 에세린을 인슐린 병에 바꿔 넣었는지도 몰랐다. 사실 그건 너무 쉬운 일이었다.

"이렇게 끝나는군요."

소피아가 말했다.

그녀는 깊은 한숨을 쉬더니 내게 물었다.

"하지만 그 두 사람을 왜 지금 체포한 거죠? 확실한 증거도 없잖아요."

"결정적인 증거를 찾았어요. 편지가 있었거든요."

"두 사람의 연애 편지를 찾았단 말이에요?"

"그래요."

"그런 걸 보관하다니 어쩜 그렇게 어리석은 짓을!"

정말 그랬다. 두 사람은 어리석었다. 다른 사람들의 경험에 비추어 봐도 이런 종류의 어리석음은 결코 이로울 게 없었다. 편지에 적힌 말, 편지에 적힌 사랑의 증거를 간직하고 싶어 하는 열정 때문에 어리석음을 범한 사례는 일간 신문에서도 충분히 찾아볼 수 있었다.

"정말 심란한 일이에요, 소피아. 하지만 더 이상 마음 써서 좋을 게 없어요. 어쨌든 모든 게 우리가 바라던 대로 되지 않았어요? 마리오 식당에서 만났을 때 당신이 말했죠. 만일 할아버지를 살해한 범인이 그럴 만한 사람이면 문제될 게 없다고. 그때 말한 사람이 브렌다였어요? 아니면 로렌스였나?"

"그만 해요, 찰스. 무서워요."

"하지만 우린 더욱더 분별 있게 행동해야겠죠. 당장 결혼할 수도 있어요, 소피아. 날 더 이상 기다리게 만들지 말아요. 레오니데스 가족이 결백하다는 게 밝혀지지 않아요."

소피아가 나를 바라보았다. 이제까지 나는 그녀의 눈동자가 그토록 선명한 푸른색이었는지 알지 못했다.

"좋아요. 나도 이제는 우리 가족이 이 사건에서 혐의를 벗었다고 생각해요. 우린 결백해요, 그렇죠? 틀림없겠죠?"

"안심해요, 당신 가족 중에는 살인 동기를 가진 사람이 아무도 없잖아요."

그녀의 얼굴이 갑자기 창백해졌다.

"그렇다면 나는 예외예요, 찰스. 난 동기가 있어요."

"그야, 물론……."

나는 깜짝 놀랐다.

"어떻게 그럴 수 있다는 거죠? 당신은 유언장에 대해 전혀 모르고 있었는데."

"난 알고 있었어요, 찰스."

소피아가 속삭였다.

"뭐라고?"

난 그녀를 쳐다보았다. 갑자기 온몸이 싸늘해지는 것 같았다.

"할아버지가 유산을 전부 내게 물려줄 거라는 걸 알고 있었어요."

"하지만 어떻게?"

"할아버지가 말씀해 주셨어요. 아마 돌아가시기 2주일 전쯤이었을 거예요. 할아버지가 나를 부르시더니 갑자기 이렇게 말씀하셨어요. '내 재산은 모두 네게 남겨 줄 생각이다. 소피아. 내가 죽고 나면 네가 가족들을 잘 보살펴야 한다.'"

나는 그녀를 쳐다보았다.

"그런 말은 안 했잖아요."

"그건, 할아버지가 처음에 만든 유언장에 서명하셨다기에, 난 할아버지가 착각하셨나 보다 했던 거예요. 그냥 할아버지가 내게 유산을 남기는 상상을 하신 거라고 생각했어요. 그게 아니면 내게 유산을 상속한다는 유언장을 만들었는데 그게 없어진 걸지도 모른다는 생각도 했죠. 그리고 그런 유언장이 정말로 있다고 해도 발견되지 않기를 바랐어요. 난 너무 두려웠으니까요."

"두렵다고? 무엇이 말이죠?"

"그건 살인이 일어났기 때문일 거예요."

나는 브렌다의 얼굴에 떠올랐던 공포를 기억했다. 그건 이유를 알 수 없는 공포 그 자체였다. 마그다가 살인자 역의 연기를 했을 때 표정으로 보여 주었던 완전한 공포도 떠올렸다. 물론 소피아의 마음속에 그런 공포심은 없었다. 그녀는 현실주의자였고 그렇기 때문에 레오니데스의 유언장 때문에 자신에게 혐의가 돌아갈 수도 있다는 것을 분명히 알고 있었다. 나는 이제야 그녀가 왜 나와 약혼하기를 거절했는지, 왜 내게 진실을 찾아 달라고 했는지 이해할 수 있었다. 아니, 최소한 이해한다고 생각했다. 소피아가 말했던 것처럼, 그녀에게 진실보다 더 좋은 것은 없었다. 나는 그녀가 그 말을 할 때 얼마나 진지했고 흥분했는지 기억하고 있었다.

우리는 방향을 바꿔 집 쪽으로 걷기 시작했다. 갑자기 소피아가 했던 또 다른 말이 떠올랐다.

그녀는 자기도 사람을 죽일 수 있다고 했다. 그리고 덧붙이기를, 자신은 정말로 가치 있는 일이 아니면 사람을 죽이지 않을 거라고 했다.

제22장

  암석 정원에서 돌아 나오는데 로저와 클레멘시가 우리를 향해 힘차게 걸어왔다. 로저는 외출용 정장보다 훨씬 잘 어울리는 트위드로 된 옷을 펄럭거리며 다가왔다. 그는 기대에 부풀어 흥분한 것처럼 보였다. 하지만 클레멘시는 얼굴을 찌푸리고 있었다.

  "여기들 있었군, 두 사람. 마침내 끝났어! 그 동안 경찰이 그 악랄한 여자를 왜 체포하지 않는 건지 이해할 수 없었는데 말이야. 무슨 생각으로 그렇게 꾸물댄 건지 정말 모르겠다니까. 결국 그 여자와 불쌍한 그 여자의 애인은 함께 끌려가 버렸지. 난 두 사람이 모두 교수형을 당했으면 좋겠어."

  로저가 말했다.

  클레멘시는 한층 더 얼굴을 찌푸렸다.

  "그렇게 야만스러운 말은 하지 마요, 로저."

"야만스럽다니? 무슨 소리를! 자기를 믿고 있던 아무 힘 없는 노인을 계획적으로 냉혹하게 독살한 자들이야. 그런 살인자들이 붙잡혀서 기뻐하는 나를 야만적이라고 하다니! 난 그 여자를 내 손으로 직접 목 졸라 죽이고 싶은 사람이라고."

그가 소피아를 보고 물었다.

"그건 그렇고, 경찰이 왔을 때 그 여자는 두 사람하고 같이 있었지? 붙잡혀 갈 때 어떻던?"

"아주 끔찍했어요. 새할머니는 거의 정신이 나간 것 같았어요."

소피아가 낮은 목소리로 대답했다.

"그 정도는 당연한 거다."

"그렇게 심하게 말하지 마요."

클레멘시가 말했다.

"그래, 그랬다는 건 인정해, 여보. 하지만 당신은 모를 거야. 돌아가신 건 당신 친아버지가 아니니까. 난 아버지를 사랑했어. 이해 못하겠소? 난 그분을 사랑했단 말이야!"

"이제는 이해할 수 있어요."

클레멘시가 대답했다.

그러자 로저가 반쯤 농담하는 투로 그녀에게 물었다.

"클레멘시, 당신은 정말 상상력이 조금도 없다니까. 만일 내가 독살당했다면 어땠을 것 같아?"

클레멘시는 눈을 내리깐 채 손을 거의 움켜쥐다시피 하더니 날카롭게 말했다.

"농담으로라도 그런 말은 입 밖에 내지 마요."

"여보, 아무 걱정 마요. 이제 얼마 안 있으면 이 모든 일들에서 벗어날 수 있을 테니까."

우리는 집 쪽으로 이동했다. 로저와 소피아가 앞장서고, 클레멘시와 내가 그 뒤를 따랐다.

클레멘시가 말했다.

"이제는 경찰이 우리를 보내 줄까요?"

"그렇게 빨리 떠나고 싶으십니까?"

내가 물었다.

"난 너무 지쳤어요."

나는 깜짝 놀라 그녀를 쳐다보았다. 클레멘시는 내 시선에 희미하게 절망적인 미소를 지으며 고개를 끄덕였다.

"이제까지 내가 계속 싸워 왔다는 걸 몰랐어요? 찰스. 난 내 행복을 위해 싸웠어요. 물론 로저의 행복을 위해서이기도 하고요. 난 저 사람이 가족들의 설득에 넘어가 영국에 그냥 남겠다고 할까 봐 너무 두려워요. 그렇게 되면 우리는 또다시 숨 막히는 가족이라는 유대에 얽히게 될 테니까요. 난 소피아가 로저에게 돈을 줄까 봐 걱정이에요. 그러면 저이는 아마 영국을 떠나려고 하지 않을 거예요. 남편은 여기에 있어야 내가 더 편안하고 안락한 생활을 할 수 있다고 생각하니까요. 로저는 다른 사람의 말을 듣지 않아요. 자기 혼자 온갖 생각을 할 뿐이죠. 게다가 그런 생각치고 제대로 된 건 하나도 없어요. 남편은 아무것도 몰라요. 그리고 누가 레오니데스 집안 사람 아니랄까 봐 여자의 행복에는 돈과 편안한 생활만 있으면 된다고 생각해요. 하지만 난 내 행복을 위해 싸울 거예요. 그렇게 만들고야 말 거예요. 난 로저와 멀리 떠나 저이에게 어울리는 생활을 하게해 줄 거예요. 실패를 모르는 삶 말이에요. 난 로저가 나만을 위한사람이기를 원해요. 가족에게서 떨어져서요……."

낮은 소리로 다급하게 이야기하는 그녀의 목소리에 담긴 필사적인 열망과 조급함에 나는 깜짝 놀랐다. 그 동안 나는 클레멘시가 얼마나 초조해하는지 전혀 알아차리지 못했다. 그리고 로저에 대한그녀의 감정이 그토록 필사적이었다는 것도, 그런 독점욕을 가지고있었다는 것도 미처 몰랐다.

그 순간 나는 에디스 드 해빌런드의 말이 문득 떠올랐다. 그녀는이상한 어조로 '맹목적인 사랑'에 대해 말한 적이 있었다. 난 에디스의 그 말이 클레멘시를 두고 한 말은 아니었는지 궁금했다.

내가 보기에 로저는 이 세상 그 누구보다도 아버지를 사랑했다.그토록 헌신하는 아내보다도 더 아버지를 사랑했다. 처음으로 나는남편을 자기 것으로 만들고 싶어 하는 클레멘시의 갈망이 얼마나절박한 것이었는지 느낄 수 있었다. 로저에 대한 사랑이 그녀가 살아가는 이유였다. 그는 그녀의 남편이자 연인이었지만, 그녀의 아이이기도 했다.

그때 차 한 대가 현관 앞에 도착했다.

"아, 조세핀이 돌아온 모양이군요."

내가 말했다.

조세핀과 마그다가 차에서 내렸다. 조세핀은 머리에 붕대를 감고 있었지만 건강은 괜찮아 보였다.

"금붕어 보러 갈 거야."

그 애는 이렇게 말하고 우리 앞을 지나 연못 쪽으로 걸어갔다.

"얘야, 아직은 좀 더 누워서 쉬어야지. 영양가 많은 수프도 먹고."

마그다가 외쳤다.

"호들갑 떨지 마요, 엄마. 난 아무 이상 없으니까. 그리고 영양가 많은 수프 따윈 먹기 싫어."

마그다는 어쩔 줄 몰라 했다. 나는 조세핀이 이미 며칠 전에 퇴원했어도 될 만큼 건강해졌다는 것을 알고 있었다. 그런데도 오늘까지 병원에 두었던 이유는 태버너가 그렇게 하라고 권했기 때문이었다. 그는 범인들을 완전히 붙잡기 전까지는 조세핀의 안전을 염려하고 있었다.

내가 마그다에게 말했다.

"신선한 공기를 마시는 편이 조세핀의 건강에도 좋을 겁니다. 제가 가서 잘 지켜보겠습니다."

난 조세핀이 연못에 도착하기 전에 아이를 따라잡을 수 있었다.

"네가 없는 동안 정말 많은 일들이 있었단다."

조세핀은 아무 말도 하지 않았다. 근시인 눈으로 연못만 쳐다볼 뿐이었다.

"페르디난도가 안 보이네."

그 애가 말했다.

"페르디난도는 어떻게 생겼는데?"

"꼬리가 네 개 달려 있어요."

"정말 신기하구나. 아저씨는 밝은 금색을 띠고 있는 저놈이 마음에 드는데."

"그런 건 흔한 거예요."

"저기 좀먹은 것처럼 보이는 하얀 놈은 마음에 안 든다."

조세핀이 비웃듯이 나를 쳐다보았다.

"그건 쉬번킨이라는 거예요. 아주 비싼 물고기예요. 금붕어 따위는 상대가 안 될 정도로 비싼 거라고요."

"그동안 무슨 일이 있었는지 듣고 싶지 않니, 조세핀?"

"대충 알아요."

"또 다른 유언장이 발견되었는데, 네 할아버지가 전 재산을 소피아 언니에게 물려준다고 되어 있었다는 것도 알아?"

조세핀이 귀찮다는 듯 고개를 끄덕였다.

"엄마가 말해 줬어요. 어쨌든 그 일은 벌써 알고 있었다고요."

"병원에 있을 때 들었겠구나?"

"아니요, 할아버지가 소피아 언니한테 전 재산을 물려주었다는 걸 알고 있었다는 뜻이에요. 할아버지가 언니한테 말하는 걸 들었으니까."

"또 엿들었던 모양이구나?"

"그래요. 난 엿듣는 게 좋아요."

"그건 정말 나쁜 짓이야. 남의 얘기를 엿듣는 사람은 다른 사람에게 좋은 말을 못 듣는 법이라는 걸 잊어선 안 된다."

조세핀은 나를 이상하다는 눈으로 바라보았다.

"할아버지가 언니한테 내 얘기를 하는 걸 들었어요. 아저씨 말이 그런 의미라면 말이에요. 유모도 내가 문 뒤에서 엿듣는 걸 보면 굉장히 화를 내요. 유모 말로는 꼬마 숙녀는 그런 종류의 일을 하면 안 된데요."

"유모 말이 맞아."

"치이, 요즘 세상에 숙녀 따위는 없어요. 「브레인 트러스트」*에서도 그랬어요. 그런 건 진, 부, 한 거라고 말이에요."

그 애는 진부하다는 단어를 조심스럽게 발음했다.

나는 화제를 돌리기로 했다.

"네가 집에 너무 늦게 돌아오는 바람에 큰 볼거리 하나를 놓쳐 버렸어. 태버너 경감님이 브렌다 새할머니와 로렌스 선생님을 잡아갔단다."

나는 조세핀이 꼬마 탐정으로서 이 소식을 들으면 틀림없이 흥분할 거라고 생각했다. 하지만 아이는 여전히 귀찮다는 태도로 대답했다.

"알아요."

"알 수가 없을 텐데. 조금 전에 있었던 일이니까."

"길에서 그 차와 마주쳤어요. 차 안에 태버너 경감님이랑 스웨이

---

* 영국 BBC의 라디오 프로그램 이름.

드 신발을 신은 형사 아저씨, 그리고 브렌다 새할머니와 로렌스 선생님이 함께 타고 있더라고요. 그걸 보고 두 사람이 체포되었다는 걸 알았어요. 태버너 경감님이 두 사람한테 예의를 갖추어 대해 주었으면 좋겠어요. 원래 그렇게 해야 하는 거잖아요."

나는 태버너가 제대로 예의를 갖추어 행동했다고 말해서 조세핀을 안심시켰다.

"경감님한테 편지 이야기를 할 수밖에 없었단다. 편지들은 수조 뒤에서 찾았지. 네가 그것 때문에 머리를 맞고 쓰러진 거라고 직접 경감님한테 가서 말하는 게 좋을 것 같은데."

나는 조세핀에게 미안한 마음으로 말했다. 조세핀은 조심스럽게 손을 들어 머리를 만졌다.

"하마터면 죽을 뻔했지 뭐예요. 이제 두 번째 살인이 일어날 때가 됐다고 아저씨한테 말했잖아요. 그런 편지들을 물 저장실에 숨기다니. 정말 너무 뻔해요. 저번에 로렌스 선생님이 그곳에서 나오는 걸 보고서 난 금세 알아차렸어요. 선생님은 수조 마개나 파이프, 전기 퓨즈 같은 건 전혀 못 만지는 분이거든요. 그래서 그곳에 뭔가를 숨긴 게 틀림없다고 생각했죠."

그 애는 만족스러운 투로 말했다.

"하지만 내 생각에는……."

그때 에디스 드 해빌런드가 위엄 있는 목소리로 조세핀을 부르는 바람에 내 말이 끊겼다.

"조세핀, 조세핀. 어서 들어와야지."

조세핀은 한숨을 쉬었다.

"정말 야단들이라니까. 그만 가야 할 것 같아요. 이모할머니 말은 들어야 하거든요."

그 애는 잔디밭을 가로질러서 달려갔다. 나는 천천히 그 뒤를 따라가기 시작했다. 조세핀은 이모할머니와 몇 마디 주고받더니 그대로 집 안으로 들어가 버렸다. 나는 테라스에 올라가 에디스 드 해빌런드 옆으로 갔다.

그날 아침 그녀는 무척 늙어 보였다. 나는 심한 피로와 고통에 지친 에디스의 얼굴을 보고 깜짝 놀랐다. 그녀는 기진맥진한 데다 심한 좌절감에 사로잡혀 있는 것 같았다. 걱정이 가득한 내 얼굴을 보자 에디스는 애써 미소를 지어 보였다.

"저 아이는 한층 더 모험심에 불타는 것처럼 보이는군요. 앞으로는 조세핀을 좀 더 잘 보살펴야겠어요. 참, 이제는 그럴 필요가 없지……."

그녀는 한숨을 내쉬고는 말을 이었다.

"이번 사건이 모두 끝나서 무척 기뻐요. 하지만 대체 이게 무슨 망신인지. 살인죄로 체포되는 거면 적어도 의연하게라도 받아들여야 하는 게 아닌가. 브렌다처럼 자제심을 잃고 비명을 질러 대는 인간들은 정말 참을 수가 없어요. 용기들도 없지. 로렌스 브라운은 구석에 몰린 토끼처럼 보이더군요."

그녀의 말을 듣고 있자니 그 두 사람이 조금은 안됐다는 생각이 들었다.

"어쨌든 불쌍한 사람들이죠."

내가 말했다.

"그래, 정말 불쌍하긴 하지. 브렌다가 자기를 돌볼 정신은 있으려나. 실력 있는 변호사를 구한다거나, 뭐 그런 여러 가지 일들을 처리해야 할 테니 말이에요."

정말 이상한 일이었다. 레오니데스 집안 사람들은 모두 브렌다를 싫어하면서도 그녀의 변호를 위해 세심하게 신경 쓰고 있었다.

에디스 드 해빌런드가 계속 말했다.

"얼마나 오래 걸릴까? 재판까지 전부 다 끝나려면 말이에요."

나는 정확하게는 모르겠다고 대답했다. 아마 두 사람은 즉결 재판소에 넘어갔다가 재판에 회부될 터였다. 내 생각으로는 서너 달 정도는 걸릴 것 같았다. 그리고 만일 유죄가 선고되면 항소도 있을 터였다.

"두 사람이 유죄 선고를 받을 거라고 생각해요?"

에디스가 물었다.

"잘 모르겠습니다. 경찰이 얼마나 확실한 증거들을 가지고 있는지 모르겠습니다. 편지들이 있기는 합니다만."

"연애 편지가요? 그렇다면 두 사람은 정말 사귀고 있었다는 말인가요?"

"두 사람은 서로 사랑하고 있습니다."

그녀는 정색했다.

"그 말을 들으니 썩 기분이 좋지는 않아요, 찰스. 난 브렌다를 싫어했어요. 예전에는 지금보다 더 싫어했지. 그래서 그 여자에 대해 심한 소리도 많이 했어요. 하지만 지금은 가능하다면 어떤 방법으로든 브렌다를 도와주고 싶어요. 애리스티드도 그걸 원하겠지. 그녀가 공정한 재판을 받을 수 있도록 도와주는 게 내가 할 일이라는 생각이 들어요."

"로렌스도 말입니까?"

"이런, 로렌스가 있었군!"

에디스는 어쩔 수 없다는 듯 어깨를 으쓱해 보였다.

"남자라면 스스로 자신을 돌볼 줄 알아야 하는 법이지. 하지만 그대로 내버려 두었다가는 애리스티드가 우리를 결코 용서하지 않을 거예요. 만일……."

그녀는 말을 마치지 않고 끝을 흐렸다.

그녀가 화제를 돌렸다.

"점심 시간이 거의 다 됐네. 그만 안으로 들어가요."

나는 런던에 가야 한다고 말했다.

"그쪽 차로 갈 건가?"

"그럴 겁니다."

"흠, 그럼 나도 좀 태워 줬으면 좋겠는데. 이제는 밖에 나가도 상관없을 테니까."

"물론 저야 기꺼이 모시겠습니다만, 차가 2인승이라 불편하실 겁니다. 점심 식사 후에 소피아와 어머님도 런던에 볼 일이 있다고 하던데 그 차로 같이 가시는 게 좀 더 편하실 텐데요."

"그 애들과 같이 가고 싶지 않아요. 그쪽하고 같이 가는 게 좋을 것 같은데. 내가 런던에 간다는 걸 다른 사람들한테 별로 알리고 싶지 않으니까."

나는 깜짝 놀랐지만 에디스의 뜻에 따르기로 했다. 우리는 런던까지 가는 동안 아무 말도 하지 않았다. 나는 그녀에게 어디에서 내리고 싶은지 물었다.

"할리 가에 내려 줘요."

나는 은근히 걱정이 되었지만 아무 말도 하지 않았다. 에디스가 말했다.

"아니야, 시간이 너무 이른 것 같아. 데븐햄에 내려 줘요. 거기서 점심을 먹고 할리 가로 가야겠어."

"제가 같이……."

나는 말을 꺼냈다가 그만두었다.

"그게 마그다와 같이 오고 싶지 않았던 이유예요. 그 애는 뭐든지 연극처럼 만들어 버리지. 공연히 야단법석을 떨면서 말이야."

"뭐라 드릴 말씀이 없습니다."

"괜히 날 안쓰럽게 생각할 필요 없어요. 난 지금까지 잘 살아왔으니까. 썩 괜찮은 삶이었지."

에디스는 갑자기 싱긋 웃었다.

"게다가 아직 끝난 건 아니니까."

제23장

나는 요 며칠 동안 아버지를 만나지 못했다. 아버지는 레오니데스 사건보다는 다른 일로 바쁘신 듯했다. 그래서 나는 태버너 경감을 찾아갔다.

태버너는 잠시 휴식을 즐기는 중이었다. 그래서 밖에 나가 한잔하지 않겠느냐는 내 말에 기꺼이 응해 주었다. 나는 사건이 깨끗이 해결된 것을 축하해 주었다. 태버너는 내 축하를 받기는 했지만 그다지 기뻐하는 것처럼 보이지는 않았다.

"뭐, 이제 끝난 셈이기는 하지요. 사건을 해결했으니까요. 우리가 사건을 해결했다는 사실은 아무도 부인하지 못할 겁니다."

"그 두 사람에게 유죄 판결이 내려질까요?"

"확신할 수는 없습니다. 아무래도 정황 증거밖에 없으니까요. 살인 사건 증거라는 게 대부분 그렇기는 합니다만. 배심원들이 그런 증거들을 어떻게 받아들이느냐가 관건이죠."

"그 편지들은 어느 정도 효과가 있을까요?"

"찰스 씨, 그 편지들은 언뜻 보면 결정적인 증거로 보입니다. 여자의 남편이 죽으면 함께 살자는 내용이 나오니까요. 이를테면 '이제 얼마 남지 않았어요.' 같은 문구가 나오죠. 하지만 변호인 측에서는 틀림없이 그 의미를 다른 쪽으로 돌려서 해석하려고 할 겁니다. 레오니데스의 나이를 생각해 보면 그가 죽기를 바라는 건 당연한 일이라는 식으로 말이죠. 게다가 독살에 관한 실질적인 언급도 없습니다. 물론 분명하게 표현하지야 않아서 그렇지, 그런 의미를 담고 있는 단락도 있습니다만. 결국 판사가 누구냐에 달렸죠. 만약 캐베리가 이 사건을 담당하게 된다면 틀림없이 유죄 판결을 내릴 겁니다. 그 판사는 항상 불륜 사건에는 엄한 편이니까요. 내 생각에는 변호인 측으로 이글스나 험프리 커가 나올 것 같습니다. 험프리는 이런 사건에 아주 뛰어나죠. 하지만 피고에게 용맹한 전투 경력이나 재판에 도움이 될 만한 게 아무것도 없으니 그 친구도 이번에는 생각대로 잘 풀어 가지 못할 겁니다. 로렌스 같은 양심적 병역 거부자를 변호하자면 충분한 실력 발휘를 하지 못하겠죠. 문제는 배심원들이 피고들을 어떻게 보느냐는 겁니다. 배심원들에 대해서는 아무도 알 수 없으니까요. 찰스 씨도 아시겠지만, 그 두 사람은 그다지 동정심을 불러일으킬 만한 처지가 못 되죠. 브렌다는 돈 때문에 노인과 결혼한 예쁜 여자고, 브라운은 신경질적인 성격의 양심적 병역 거부자니까요. 게다가 이런 범죄는 아주 흔합니다. 아니, 너무나 익숙해서 두 사람이 살인을 저질렀다는 것이 차라리 믿어지지 않을 지경이니까요. 물론 배심원들이 로렌스가 범인이고, 브렌다는 무죄라고 판결할 수도 있겠죠. 반대로 여자가 범인이고 로렌스는 아무것도 몰랐다고 할 수도 있습니다. 아니면 두 사람이 공모해서 저지른 범죄로 결론이 날 수도 있겠죠."

"그렇다면 경감님은 어떻게 생각하십니까?"

그는 무표정한 얼굴로 나를 쳐다보았다.

"아무 생각도 하지 않습니다. 단지 사실들을 밝혀 내고 그 결과를 검찰 총장에게 갖다주었더니 그쪽에서 기소를 결정한 거죠. 그게 전부예요. 내 할 일을 다 했으니 난 그 사건과는 아무 상관 없어진 겁니다. 이제 아시겠어요?"

하지만 난 알 수가 없었다. 태버너가 이 사건에서 기분 좋게 해방된 것처럼 보이지 않았기 때문이다.

그로부터 사흘이나 지나서야 나는 아버지에게 그 생각을 털어놓을 수 있었다. 하지만 아버지는 이 사건에 대해 아무런 언급을 하지 않았다. 나와는 왠지 그 이야기를 하고 싶지 않은 분위기였다. 그 이유가 무엇인지 알 것도 같았다. 하지만 나는 그 장벽을 무너뜨리기로 했다.

"뭔가 해결책이 있어야겠어요. 태버너 경감은 그 두 사람이 범인이라는 사실을 미심쩍어 하고 있더군요. 아버지도 마찬가지인 것 같은데요."

내가 말했다.

아버지는 고개를 저으며 태버너가 했던 말과 똑같은 말을 했다.

"이미 우리 손을 떠난 일이다. 남은 건 판결뿐이야. 더 이상 문제 삼을 수 없어."

"하지만 아버지는 그 두 사람이 죄가 있다고 생각하지 않으시잖아요. 태버너 경감도 마찬가지고요."

"그건 배심원들이 결정할 문제야."

"제발, 저한테까지 그렇게 틀에 박힌 말씀 하지 마세요. 아버지나 태버너 경감의 개인적인 생각을 알고 싶어요."

"내 개인적인 의견이라고 해 봐야 너보다 나을 게 없단다, 찰스."

"아버지는 경험이 많으시잖아요."

"솔직하게 말해 주마. 사실은 나도 잘 모르겠다!"

"두 사람은 유죄 판결을 받게 될까요?"

"그렇겠지."

"하지만 아버지는 그 두 사람이 유죄라고 확신하지는 않으신다는 거죠?"

아버지는 어깨를 으쓱해 보였다.

"그런 걸 누가 확신할 수 있겠니?"

"그런 식으로 넘어가려고 하지 마세요, 아버지. 다른 사건들의 경우에는 안 그랬잖아요? 언제나 뚜렷한 확신이 있으셨죠. 마음속으로는 전혀 의심하지 않으셨잖아요?"

"그래, 그야 가끔씩은 그랬지. 하지만 늘 그랬던 것은 아니야."

"이번만큼은 제발 아버지가 확신을 가져 주셨으면 좋겠어요."

"나도 그랬으면 좋겠구나."

우리는 입을 다물었다. 난 해 질 무렵 정원을 지나가던 브렌다와 로렌스의 모습을 떠올렸다. 그들은 외로웠고 두려움과 불안감에 휩싸여 있었다. 처음부터 그 두 사람은 두려움에 사로잡혀 있었다. 그건 죄의식 때문이 아니었을까?

하지만 나는 내 자신에게 대답했다. '꼭 그런 건 아니'라고. 브렌다와 로렌스 두 사람은 그때까지 불안에 떨며 인생을 살아가는 수밖에 없었다. 그들은 자신감이 없었고, 삶의 위험이나 패배를 피할 수 있는 능력을 가지고 있지 못했다. 두 사람이 분명하게 알 수 있었던 건 언제라도 살인으로 이어질 수 있는 금지된 사랑의 공식뿐이었다.

아버지가 진지하지만 따뜻한 목소리로 말했다.

"찰스, 이 사건에 대해 다시 한 번 생각해 보자구나. 넌 아직도 레오니데스 가족 중에 진범이 있다고 생각하지?"

"꼭 그렇다는 건 아니에요. 그저 좀 의심스러운 부분이……."

"그렇게 생각하고 있잖니. 네가 틀린 걸 수도 있겠지만 생각은 그렇게 하고 있어."

"맞아요."

"왜 그런 생각을 하는 거지?"

"왜냐하면……."

나는 그 이유를 생각하기 시작했다. 그리고 내 생각을 더욱 분명하게 표현하기 위해 애썼다.

"그건……. (그래, 그거다.) 왜냐하면 그 가족들이 그렇게 생각하고 있기 때문입니다."

"가족들이 그렇게 생각을 한다? 재미있는걸. 정말 재미있는 일이야. 그렇다면 그들은 서로를 의심하고 있거나, 누가 진짜 범인인지 알고 있다는 뜻이겠구나."

"확실한 건 아닙니다. 전부 불확실하고 혼란스럽기만 하니까요. 다만 제 생각에는 전체적으로 그 사람들이 뭔가를 알면서도 그 사실을 숨기려고 한다는 느낌이었습니다."

아버지는 고개를 끄덕였다.

"로저는 예외입니다. 그 사람은 브렌다가 범인이라는 사실을 진심으로 믿고 있을 뿐만 아니라, 그녀가 교수형당하기를 간절히 바라고 있으니까요. 그렇게 믿을 수 있는 이유는 로저가 단순하고 솔직한 사람일뿐만 아니라 마음속으로 뭔가를 숨기지 못하는 성격이기 때문입니다. 하지만 다른 사람들은 브렌다에게 미안해하고 있어요. 걱정하면서 가능한 한 도움을 주고 싶어 하지요. 제게 브렌다를 위해서 최고의 변호사를 알아봐 달라고 부탁까지 했을 정도입니다. 그러는 이유가 뭘까요?"

"그건 아마 그들이 내심 브렌다가 범인이 아니라고 생각하기 때문이겠지……. 그래, 그럴 게다."

이어 아버지가 조용히 물었다.

"그렇다면 누가 범인일까? 넌 가족 모두와 이야기를 나눠 봤잖아. 가장 의심스러운 사람은 누구더냐?"

"모르겠습니다. 그게 절 미치게 만들어요. 그 사람들 중에는 아버지 말씀처럼 '살인자에 들어맞는' 사람이 없거든요. 그렇지만 전 느낄 수 있습니다. 그들 중 한 사람이 살인자라는 걸 말입니다."

"그 사람이 소피아라고 생각하는 거냐?"

"아닙니다. 절대로 그녀는 아니에요!"

"찰스, 넌 마음속으로 그런 생각을 해 봤을 거다. 그걸 부인하지는 마라. 그러면 그럴수록 그 생각이 진짜인 것처럼 느껴질 테니까. 다른 사람들은 어떠냐? 필립이 범인은 아닐까?"

"그가 범인이라면 정말 공감하기 어려운 동기로 살인을 저지른 셈입니다."

"범행 동기 중에는 이해할 수 없는 것들도 많지. 살인자에게는 아주 사소한 것도 동기가 될 수 있단다. 그래, 그 사람의 동기는 뭘 것 같으냐?"

"필립은 로저에 대해 심한 질투심을 가지고 있습니다. 태어나면서부터 지금까지 평생 동안 말입니다. 애리스티드 레오니데스는 로저를 편애했습니다. 그게 필립을 괴롭혔지요. 로저는 파산 직전이었고 레오니데스 노인이 그걸 알게 되었습니다. 그는 장남을 도와주겠다고 약속했지요. 필립이 그 사실을 알았다고 가정해 보십시오. 레오니데스 노인이 그날 밤 죽어 버린다면 로저를 도와주지 못할 거라고 생각했을 겁니다. 그렇게 되면 로저는 완전히 파멸하게 되고요. 아, 물론 말도 안 되는 생각이지만……."

"아니다. 그렇지 않아. 확실히 평범한 상황은 아니다만 충분히 있을 수 있는 일이다. 그런 게 인간이지. 마그다는 어떠냐?"

"그녀는 정말 어린 아이 같아요. 균형 감각이 전혀 없다고나 할까요. 아마 갑자기 조세핀을 스위스로 보내 버리려고 하지만 않았어도 제가 마그다를 의심하는 일은 없었을 겁니다. 혹시 조세핀이 무언가를 알고 있거나 말할지도 모른다는 두려움 때문에 아이를 멀리 보내 버리려고 하는지도 모른다는 생각이 들더군요……."

"게다가 바로 그때 조세핀이 머리를 얻어맞았다는 거지?"

"그렇긴 하지만 엄마가 딸의 머리를 내려칠 수는 없는 법이죠!"

"어째서?"

"하지만, 아버지. 어떻게 엄마가……."

"찰스, 애야. 넌 경찰 신문을 읽어 본 적이 없니? 엄마들이 자식 중 하나를 미워한 사례는 얼마든지 있단다. 다른 아이들에게는 헌신적이면서, 오직 한 아이만 미워하는 경우 말이다. 그렇게 되는 건 어떤 이유나 연상되는 일이 있는 경우가 대부분이지. 원인이 무엇이든 간에 이해하기 쉬운 일은 아니야. 하지만 한번 일이 그렇게 되면, 엄마는 그 아이를 미워하게 돼. 그리고 그 알 수 없는 혐오감은 시간이 갈수록 더욱더 심해지게 마련이지."

"마그다도 조세핀을 요정이 두고 간 못생긴 아이라고 불렀어요."

나는 마지못해 아버지의 말을 인정했다.

"그래서 그 아이가 고민하더냐?"

"별로 그런 것 같지는 않았어요."

"그렇다면 또 누가 있지? 로저는 어떨까?"

"로저는 자기 아버지를 죽일 사람이 아니에요. 그것만은 분명합니다."

"그렇다면 로저는 제외시키기로 하자. 그 친구의 아내는 어떠냐? 이름이 뭐였지, 클레멘시였나?"

"예, 하지만 그녀가 레오니데스 노인을 죽였다면 전혀 생각지도 못한 이유로 그랬을 거예요."

난 아버지에게 클레멘시와 나누었던 대화를 들려주었다. 그리고 로저와 함께 영국을 떠나고 싶다는 열망 때문에 그녀가 시아버지를 독살했을 가능성도 있다고 말했다.

"클레멘시는 시아버지에게 아무 말 하지 말고 떠나자고 남편을 설득했을 겁니다. 그런데 노인이 그 사실을 알게 된 겁니다. 그는 연합 출장 요리 회사를 도와주려고 했을 테죠. 클레멘시의 희망과 계획은 모두 좌절되고 맙니다. 그리고 그녀는 로저에게 깊은 애정을 가지고 있습니다. 맹목적이라고 할 수 있을 정도로 말입니다."

"넌 에디스 드 해빌런드가 말한 것과 똑같이 이야기하는구나!"

"그런 셈이죠. 그뿐만 아니라, 에디스 드 해빌런드 역시 범인일 가능성이 있습니다. 하지만 그랬다면 그 이유를 모르겠습니다. 다만 그녀가 레오니데스를 직접 자기 손으로 처단했다면 그럴 만한 충분한 이유와 생각이 있었을 거라고 생각할 뿐입니다. 에디스는 그런 사람이니까요."

"그 여자 역시 브렌다가 제대로 된 변호를 받게 해 줘야 한다고 했다지?"

"그랬습니다. 아마 도의적인 책임 때문에 그런 거겠죠. 그리고 만약 에디스 드 해빌런드가 범인이라 해도 그녀라면 그 죄를 다른 사람에게 뒤집어씌우는 짓은 하지 않을 거라고 생각합니다."

"그럴 게다. 게다가 에디스 드 해빌런드가 조세핀의 머리를 내려칠 수 있었겠니?"

나는 천천히 대답했다.

"아니요. 그렇게 하지는 않았을 겁니다. 그러고 보니 조세핀이 제게 했던 말 중에 계속 걸리는 게 하나 있는데 그게 뭔지 기억이 나지 않네요. 깜박 잊어버렸나 봐요. 하지만 뭔가 안 맞는 느낌이었는데. 그 말만 기억난다면……."

"신경 쓰지 마라. 조만간 떠오르겠지. 그 외에 의심 가는 인물은 없니?"

"있어요. 아주 많죠. 아버지는 혹시 소아마비에 대해 잘 알고 계신가요? 그런 병도 성격에 영향을 미칠 수 있습니까?"

"유스터스 얘기를 하는 거냐?"

"예, 생각을 하면 할수록 유스터스가 살인범의 이미지에 들어맞는 것 같아서요. 그 애는 자기 할아버지를 싫어했을 뿐만 아니라 증오하기까지 했어요. 유스터스는 괴팍하고 침울한 성격이죠. 한마디로 정상은 아니에요. 그리고 가족들 중에서 조세핀의 머리를 냉혹하게 내려칠 수 있는 사람도 그 아이밖에 없어요. 혹시 조세핀이 그 애에 대해 무언가 알고 있었는지도 모르죠. 분명히 뭔가 알고 있는 게 있을 겁니다. 조세핀은 모르는 게 없으니까요. 그 애는 작은 수첩에 알아낸 사실들을 적어 놓곤 하는데……."

나는 갑자기 말을 멈췄다.

"맙소사, 이렇게 바보 같을 수가."

"무슨 일이냐?"

"이제야 뭐가 잘못된 건지 알겠어요. 우린, 그러니까 태버너 경감과 저는 범인이 필사적으로 그 편지들을 찾으려고 조세핀의 방을 그렇게 엉망으로 만들어 놓은 줄 알았어요. 전 조세핀이 편지들을 가지고 있다가 물 저장실에 숨겨 놓은 거라고 생각하고 있었거든요. 하지만 요전 날 조세핀이 말하기를 그 편지들을 그곳에 숨겨 놓은 것은 로렌스라고 했어요. 그 애는 물 저장실에서 나오는 그를 본 뒤 그곳을 뒤져서 그 편지들을 찾아냈던 거죠. 그리고 당연히 그 편지들을 읽어 봤겠죠. 조세핀은 그러고도 남을 애니까! 하지만 그 애는 그 편지들을 다른 곳에 옮기지 않았어요."

"그게 어때서?"

"모르시겠어요? 범인이 조세핀의 방에서 찾고 있었던 건 그 편지 뭉치가 아니었어요. 그자는 다른 것을 찾고 있었던 거라고요."

"다른 것이라면……."

"아마 조세핀이 '수사' 기록을 해 놓은 작은 검정색 수첩일 겁니다. 누군가 그 수첩을 찾고 있어요! 제 생각에는 아직 수첩이 범인 손에 들어가지 않았을 겁니다. 조세핀이 가지고 있을 테니까요. 하지만 만약……."

나는 자리에서 반쯤 일어났다.

"만약 그렇다면 그 애는 여전히 위험하겠구나. 그 말을 하고 싶었던 거냐?"

"예, 조세핀이 스위스로 떠나기 전까지는 결코 안전하지 않습니다. 가족들이 그 애를 그곳으로 보낼 생각이라는 것은 아버지도 알고 계시죠?"

"조세핀이 가려고 할까?"

나는 그 문제를 생각해 보았다.

"아마 가고 싶어 하지 않을 겁니다."

"그렇다면 그 애는 가지 않을 거다. 하지만 조세핀이 위험에 처해 있다는 네 말은 맞아. 어서 가 보도록 해라."

아버지가 침착하게 말했다.

"유스터스가 범인일까요, 아니면 클레멘시가?"

나는 절망적으로 외쳤다.

아버지가 부드럽게 대답했다.

"내 생각에는 이 모든 일들이 뚜렷하게 한 가지 사실을 가리키고 있어……. 네가 그 사실을 알아차릴 수 있을지 모르겠다. 나는……."

그때 글로버가 문을 열었다.

"실례합니다만, 찰스 도련님. 스윈리에서 레오니데스 양의 전화가 왔습니다. 급한 용무라는데요."

지난번에 조세핀이 쓰러졌을 때와 똑같은 끔찍한 상황이 반복되고 있었다. 또다시 조세핀에게 일이 생긴 건 아닐까? 이번에는 살인자가 목적을 달성했을까?

나는 다급하게 전화를 받았다.

"소피아? 나 찰스예요."

소피아의 절망적인 목소리가 들렸다.

"찰스, 끝난 게 아니었어요. 살인자는 아직도 이 집 안에 있어요."

"도대체 무슨 소리요? 무슨 일이지? 조세핀에게 또 안 좋은 일이 생겼소?"

"이번에는 조세핀이 아니에요. 유모예요."

"유모가?"

"예, 코코아를 마셨어요. 조세핀이 마실 코코아였는데 그 애는 마시지 않았어요. 그냥 탁자 위에 내버려 뒀죠. 버리기가 아까워서 그랬는지 유모가 그 코코아를 마셨어요."

"가엾은 유모. 그래, 상태가 많이 안 좋은 거요?"

소피아의 목소리가 갈라졌다.

"찰스, 유모는 죽었어요."

제24장

우리는 다시 악몽 속으로 되돌아가고 있어.

태버너와 함께 차를 타고 스윈리 딘으로 향하면서 내 머릿속에 떠오른 생각이었다. 처음 이곳으로 왔을 때와 똑같은 상황이었다.

태버너는 간간이 욕을 내뱉었다. 나는 가끔씩 멍하니 아무 소용 없는 말을 중얼거렸다.

"결국 범인은 로렌스와 브렌다가 아니었어. 로렌스와 브렌다가 아니었던 거야."

내가 정말로 그렇게 생각했던 적이 있었던가? 그 생각을 하자 나는 기꺼운 마음이 들었다. 다른 좀 더 사악한 가능성에서 벗어나게 되었다는 점이 그나마 다행이었다.

브렌다와 로렌스는 사랑에 빠졌고 어리석게도 감상적이고 낭만적인 편지들을 주고받았다. 그들은 브렌다의 늙은 남편이 어서 빨리 평안하고 수월하게 눈감아 주기를 바랐다. 하지만 난 그들이 정말로 레오니데스의 죽음을 바랐는지조차 의심스러웠다. 그 두 사람에게는 평범한 결혼 생활보다는 서로에 대한 갈망과 절망이 가득한, 불행한 연애가 훨씬 더 잘 어울린다는 생각이 들었기 때문이다. 브렌다는 확실히 열정적인 여자로 보이지 않았다. 그녀는 그러기에는 너무 차갑고 냉담한 편이었다. 브렌다는 그저 낭만적인 사랑을 하고 싶었을 것이다. 로렌스 역시 현실적이고 육체적인 만족감보다는 좌절과 막연한 미래를 꿈꾸면서 얻는 희열을 즐기는 사람으로 보였다.

두 사람은 함정에 빠졌다. 하지만 그 난관을 벗어날 방법을 찾지 못한 채 두려움에 떨고 있었다. 어처구니없을 정도로 어리석기만 한 로렌스는 브렌다의 편지를 없애 버리지도 않았다. 아직까지 발견되지 않은 걸로 보아 그나마 브렌다는 그의 편지들을 없애 버린 모양이었다. 그리고 세탁실 문 위에 대리석 돌을 올려놓은 것도 로렌스가 한 짓은 아니었을 것이다. 아직까지 얼굴을 드러내지 않은 범인의 짓이었을 것이다.

우리는 현관 앞에 차를 세웠다. 태버너가 차에서 내리고 내가 그 뒤를 따랐다. 홀 안에는 내가 알지 못하는 사복 형사가 한 명 서 있었다. 그가 태버너에게 경례를 하자 태버너는 그를 한쪽으로 데리고 갔다.

홀 안에 가방들이 잔뜩 놓인 것이 내 눈에 들어왔다. 모두 꼬리표가 붙어 있어 언제라도 떠날 수 있게 준비되어 있었다. 2층과 아래

층을 연결하는 문은 열려 있었다. 그 사이로 클레멘시가 내려오는 모습이 보였다. 그녀는 트위드 코트 속에 전에 보았던 붉은 드레스를 입고 빨간 펠트 모자를 쓰고 있었다.

"이제 작별 인사를 해야겠어요, 찰스."

그녀가 말했다.

"지금 떠나시는 겁니까?"

"오늘 밤에 런던으로 가요. 내일 아침 일찍 비행기를 타야 하거든요."

클레멘시는 조용히 미소 지었다. 하지만 그녀의 눈동자는 경계를 풀지 않았다.

"하지만 지금 떠나지 못할 텐데요?"

"왜 안 된다는 거죠?"

그녀의 목소리가 굳었다.

"사람이 죽었으니……."

"유모의 죽음은 우리와 아무 상관 없어요."

"아마 그렇지 않을 겁니다. 아무래도 모든 상황이……."

"어째서 '아마 그렇지 않을 거'라고 말하는 거죠? 이번 일은 우리하고는 아무 관계가 없단 말이에요. 로저와 나는 계속 2층에서 짐을 싸고 있었어요. 홀의 탁자 위에 코코아 잔이 놓여 있는 동안 한 번도 내려오지 않았다고요."

"그 사실을 입증하실 수 있습니까?"

"로저가 2층에 있었다는 건 내가 증명할 수 있어요. 내가 같이 있었다는 건 남편이 증명해 줄 테고."

"그건 아무 소용이 없습니다……. 두 분은 부부니까요."

클레멘시는 발끈 화를 냈다.

"정말 말도 안 되는 소리를 하는군요, 찰스! 로저와 난 우리 힘으로 살아 보기 위해 멀리 떠날 예정이었어요. 우리가 왜 아무런 해도 입히지 않는 착하기만 한 늙은 여자를 독살하겠어요?"

"독살의 대상은 유모가 아니었을지도 모릅니다."

"그렇다고 해도 우리가 조세핀 같은 어린아이한테 독약을 먹일 이유는 없어요."

"어린아이도 어린아이 나름이지요. 그렇지 않습니까?"

"그건 무슨 뜻이죠?"

"조세핀은 평범한 아이가 아니니까요. 그 애는 사람들에 대해 많은 것들을 알고 있어요. 그 애는……."

나는 말을 멈췄다. 거실로 통하는 문으로 조세핀이 불쑥 들어왔기 때문이다. 그 애는 이번에도 어김없이 사과를 먹고 있었다. 둥글고 붉은 사과 너머로 아이의 눈동자가 즐거운 듯 잔인하게 빛나고 있었다.

"유모는 독살당했어요, 아저씨. 할아버지처럼요. 정말 흥미진진한 사건이죠?"

그 애가 말했다.

"넌 이런 일을 보고도 아무렇지도 않니, 조세핀? 유모를 좋아하지 않았어?"

나는 질린 목소리로 조세핀을 다그쳤다.

"별로요. 유모는 항상 나만 보면 야단을 쳤거든요. 별일도 아닌 것 가지고 난리였죠."

"그럼 네가 좋다고 생각하는 사람은 누구니, 조세핀?"

클레멘시가 물었다.

조세핀은 잔인함이 어린 눈동자를 클레멘시 쪽으로 돌렸다.

"이모할머니는 좋아요. 전 이모할머니를 아주 많이 사랑해요. 그리고 유스터스 오빠도 좋아한다고 할 수 있어요. 하지만 오빠는 저만 보면 고약하게 굴어요. 게다가 이번 사건의 범인을 찾는 일에는 관심도 없고요."

"너도 이제는 탐정 노릇을 그만두는 편이 좋을 거다, 조세핀. 너무 위험하니까."

내가 말했다.

"더 이상 범인을 찾으려고 수사할 필요 없어요. 난 이미 다 알고 있으니까요."

그 애가 대답했다.

잠시 침묵이 흘렀다. 조세핀의 시선은 흔들림 없이 진지하게 클레멘시에게 고정되어 있었다. 그때 어디선가 긴 한숨 같은 것이 들리는 듯했다. 나는 주위를 돌아보았다. 에디스 드 해빌런드가 계단 중간쯤에 서 있었다. 하지만 그녀가 한숨 소리를 낸 주인공은 아닌 듯했다. 그 소리는 조세핀이 방금 전에 들어왔던 문 뒤에서 들린 것 같았다.

나는 재빨리 그 문을 열었다. 하지만 아무도 보이지 않았다. 나는 괜히 불안해졌다. 조금 전까지 누군가 문 뒤에 숨어서 조세핀의 말을 엿들은 것이 분명했다. 나는 조세핀을 품에 끌어안았다. 그 애는 사과를 먹으면서 계속 클레멘시를 노려보고 있었다. 그 애의 진지한 표정 뒤로 사악한 만족감이 흐르고 있을 거라는 생각이 들었다.

"이리 와라, 조세핀. 우리끼리 얘기 좀 하자꾸나."

내가 말했다.

나는 조세핀이 거부할지도 모른다고 생각했지만 지금은 아이의 억지를 들어줄 상황이 아니었다. 거의 강제적으로 조세핀을 끌고 그 애의 방이 있는 쪽으로 갔다. 마침 아무도 사용하는 않는 작은 거실이 하나 있었다. 난 그 애를 그 방으로 데리고 들어가 문을 꼭 닫았다. 그리고 조세핀을 의자에 앉힌 뒤 의자를 끌어다 그 애 앞에 앉았다.

"자, 조세핀. 우리 터놓고 얘기해 보자. 네가 알고 있는 게 뭐지?"

"많은 걸 알고 있죠."

"물론 그렇겠지. 네 머릿속은 틀림없이 알아도 될 것과 알아서는 안 되는 정보들로 가득 차 있을 거야. 하지만 넌 내가 뭘 물어보고 있는지 알고 있잖니. 그렇지?"

"당연하죠. 난 바보가 아니니까."

조세핀이 비웃듯이 던진 그 말이 나를 빗대어 한 말인지, 경찰을 빗대어 한 말인지 알 수 없었지만 나는 무시해 버리기로 했다.

"네 코코아에 약을 탄 사람이 누군지 알고 있니?"

조세핀이 고개를 끄덕였다.

"그럼 할아버지를 독살한 사람이 누군지도 알아?"

그 애가 다시 고개를 끄덕였다.

"그럼 누가 네 머리를 내려쳤는지도 알고 있어?"

이번에도 조세핀은 고개를 끄덕였다.

"그렇다면 네가 알고 있는 걸 다 말해 보자. 이 자리에서 아저씨한테 얘기해 보렴."

"싫어요."

"싫어도 얘기해야 해. 아무리 사소한 일이라도 알고 있거나, 새로 알아낸 것이 있으면 모두 경찰한테 알려야 하는 거야."

"경찰한테는 더욱더 말하지 않을 거예요. 그 사람들은 너무 멍청해요. 경찰들은 브렌다 새할머니나 로렌스 선생님이 범인이라고 생각하죠. 나 같으면 그런 어리석은 생각은 하지 않을 거예요. 두 사람은 절대로 범인이 아니에요. 그건 내가 잘 알아요. 난 진짜 범인이 누군지 알고 있어요. 그 사람이 확실한지 실험도 해 보았죠. 내 생각이 맞았어요."

그 애는 의기양양하게 말을 끝마쳤다.

나는 인내심을 가지게 해 달라고 하늘에 빌었다. 그런 다음 다시 처음부터 시작했다.

"잘 들어, 조세핀. 넌 정말 똑똑한 아이야."

그 말에 조세핀은 기분이 좋아 보였다.

"하지만 네가 아무리 영리하다고 해도 살아 있지 못하면 아무 소

용 없는 거야. 모르겠어? 네가 이렇게 바보같이 굴면서 그 비밀을
경찰에게 말하지 않는 한 많이 위험해질 수도 있다는 걸?"

조세핀은 내 말을 알아들었다는 듯 고개를 끄덕였다.

"물론 그렇겠죠."

"너는 벌써 두 번이나 위기를 겪었어. 한 번은 네 목숨이 위험했
고, 또 한 번은 다른 사람이 대신 목숨을 잃었지. 만일 네가 지금처
럼 집 안을 돌아다니며 범인이 누군지 알고 있다고 큰 소리로 떠들
고 다니면 다시 위험해질 수도 있어. 그때는 네가 죽거나, 아니면 또
다른 누군가가 죽을지도 몰라."

"책에서는 사람들이 차례로 죽어가요. 결국에는 살인자가 누군지
알게 되죠. 남자든 여자든 오직 한 사람만 남으니까."

조세핀이 신이 나서 떠들었다.

"이건 탐정 소설이 아니야. 여기는 스윈리 딘의 스리 게이블스 저
택이고. 넌 그 따위 소설들을 너무 많이 읽은 어리석은 꼬마에 불과
해. 분명히 말하지만, 네가 알고 있는 사실들을 어서 말하지 않는다
면 네 이빨이 부딪힐 정도로 흔들어서라도 알아내고 말 거야."

"난 언제라도 이야기를 꾸며서 말할 수 있어요."

"그렇겠지. 하지만 넌 그렇게 하지 않을 거야. 대체 뭘 기다리고
있는 거지?"

"아저씨는 말해 줘도 몰라요. 어쩌면 절대로 말하지 않을 수도 있
어요. 내가 그 사람을 좋아할 수도 있으니까."

그 애는 자기가 한 말을 음미하기라도 하듯 말을 끊었다.

"그리고 만일 내가 말하게 된다면 제대로 할 거예요. 먼저 사람들을 모두 불러 모은 다음, 이제까지 찾은 단서들을 모두 설명하고 나서 느닷없이 이렇게 말할 거예요. '당신이 범인이야…….'"

조세핀은 극적으로 집게손가락을 앞으로 내밀었다. 그때 막 에디스 드 해빌런드가 방으로 들어왔다.

"사과 속은 쓰레기통에 버려라, 조세핀. 손수건은 가지고 있니? 손가락이 끈적거리잖아. 나하고 같이 차 타고 어디 좀 가자꾸나."

에디스가 말했다. 그때 그녀와 나는 눈이 마주쳤다. 어딘가 의미심장한 눈빛이었다.

"한두 시간쯤 나가 있는 편이 네게 좋을 것 같아서 그래."

조세핀이 못마땅하다는 얼굴을 하자 에디스가 덧붙였다.

"롱브리지에 가서 아이스크림 소다를 먹자꾸나."

그 말에 조세핀이 눈을 반짝거리며 대답했다.

"두 개 먹을래요."

"그러자. 이제 가서 코트를 입고 모자를 써라. 감색 목도리를 두르고. 오늘은 밖이 춥더구나. 찰스, 같이 가서 이 애가 옷을 잘 입는지 좀 봐 줘요. 조세핀 옆에 있어 줘요. 지금 난 편지를 두 통 정도 써야 하니까."

에디스 드 해빌런드는 책상 앞에 앉았다. 나는 조세핀과 함께 그 방을 나왔다. 에디스의 주의가 없었더라도 난 거머리처럼 조세핀에게 꼭 달라붙어 있을 생각이었다. 이 아이가 위험에 처해 있다는 것을 확신했기 때문이다.

조세핀의 몸단장을 도와주고 있을 때 소피아가 방으로 들어왔다. 그녀는 나를 보고 깜짝 놀란 듯했다.

"어머, 찰스. 언제부터 보모가 됐어요? 당신이 여기 있는 줄 몰랐어요."

"이모할머니하고 롱브리지에 갈 거야. 같이 아이스크림을 먹기로 했어."

조세핀이 자랑스럽게 말했다.

"세상에, 이런 날씨에?"

"아이스크림 소다는 언제 먹어도 맛있으니까. 추운 날씨에 먹으면 추위도 덜 타게 돼."

조세핀이 말했다.

소피아는 얼굴을 찌푸렸다. 그녀는 걱정이 많은 듯 보였다.

눈 밑에 그늘이 생기고 얼굴이 창백한 그녀를 보자 마음이 편하지 않았다.

우리는 다시 작은 거실로 돌아갔다. 에디스가 편지 두 통을 막 봉하고 있었다. 그녀는 기운차게 자리에서 일어났다.

"그럼 이제 가 보자. 에번스에게 포드를 대 놓으라고 일렀단다."

에디스가 말했다.

그녀가 먼저 홀로 나갔고, 우리는 그 뒤를 따라갔다.

내 시선은 다시 홀 안에 놓인 푸른 꼬리표가 달린 가방들에 머물렀다. 마음속으로 왠지 알 수 없는 불안감이 희미하게 번지는 것이 느껴졌다.

"날씨가 아주 좋구나."

에디스 드 해빌런드가 장갑을 끼면서 하늘을 올려다보았다. 집 앞에는 포드10 자동차가 주차되어 있었다.

"춥긴 하지만 상쾌한 날이야. 전형적인 영국의 가을 날씨지. 저 나무들 좀 보렴. 얼마나 보기 좋으냐, 잎이 떨어진 나뭇가지들이 하늘로 뻗어 있는 모양이. 아직도 금빛 잎사귀들이 한두 개는 달려 있구나⋯⋯."

에디스는 잠시 말을 멈추고는 소피아를 돌아보며 입맞춤했다.

"잘 있으렴, 소피아. 그리고 너무 걱정하지 마라. 살다 보면 정면으로 맞서서 견뎌 내야 하는 일도 있는 법이란다."

그런 다음 그녀는 "가자, 조세핀." 하고 부르고는 차에 올랐다. 조세핀은 에디스의 옆자리에 올라탔다. 차가 출발하자 두 사람은 우리에게 손을 흔들었다.

"에디스 이모할머니의 말씀이 옳아요. 조세핀도 잠시 밖에 나가 있는 편이 좋을 거예요. 그건 그렇고, 소피아. 어떻게든 그 애가 알고 있는 사실을 털어놓게 만들어야 할 텐데 말이에요."

"저 애는 아마 아무것도 모를 거예요. 그저 잘난 척하고 싶은 거죠. 조세핀은 우쭐대는 걸 좋아하니까요."

"이번엔 그런 게 아닌 것 같아요. 경찰들이 코코아에 들어간 독은 뭐라고 했어요?"

"디기탈린일 거라고 하더군요. 이모할머니가 심장병 때문에 그 약을 드세요. 이모할머니 방에 약이 가득 담긴 병이 있었죠. 그런데 지금은 거의 빈 병만 남았어요."

"그런 약은 어딘가에 잘 넣어 두고 자물쇠를 채워 두었어야죠."

"그렇게 하셨어요. 하지만 마음만 먹으면 누구라도 그 열쇠를 찾는 일은 쉬웠을 거예요."

"누구라도 말이죠. 정말 누가 그런 걸까요?"

나는 다시 한 번 쌓여 있는 짐 가방들을 보았다가 갑자기 큰 소리로 말했다.

"저 사람들을 가게 해선 안 돼요. 절대로 못 가게 해야 해요."

소피아는 깜짝 놀란 표정이었다.

"로저 큰아버지와 클레멘시 큰어머니 말이에요? 찰스, 지금 무슨 생각……."

"그럼 당신은 누구라고 생각하는 거예요?"

소피아는 어떻게 해야 할지 모르겠다는 듯이 손을 앞으로 내밀었다.

"난 모르겠어요, 찰스. 내가 아는 건 다시 돌아왔다는 것뿐이에요. 이 끔찍한 악몽 속으로……."

그녀가 속삭였다.

"알 것 같아요. 태버너 경감과 함께 이곳으로 오면서 나도 그런 생각밖에는 들지 않았으니까요."

"이건 정말 악몽이에요. 잘 알고 지내던 사람들 사이를 걸어가는데 갑자기 그 사람들의 얼굴이 바뀐 것처럼 보이는 거예요. 전혀 알지 못하는 사람의 얼굴로 말이에요. 낯선 사람으로, 잔인한 타인의 모습으로……."

그녀가 소리쳤다.

"밖으로 나가요, 찰스. 제발 밖으로 나가요. 차라리 바깥이 더 안
전해요……. 난 이 집에 있는 게 무서워요……."

제25장

우리는 정원에 오랫동안 머물렀다. 그녀와 나는 우리의 어깨를 짓누르고 있는 공포에 대해서는 이야기하지 않기로 암묵적인 합의를 했다. 대신 소피아가 죽은 유모에 대해, 어린 시절 유모와 함께했던 놀이에 대해, 유모가 들려주었던 큰아버지나 아버지, 고모, 삼촌 이야기에 대해 애정이 담뿍 담긴 목소리로 말해 주었다.

"그분들은 모두 유모에게 친자식이나 마찬가지였어요. 유모는 전쟁이 일어나자 우리를 도와주려고 이리로 돌아왔어요. 아직 조세핀은 아기였고 유스터스는 장난꾸러기 꼬마였을 때예요."

소피아에게는 그런 추억들을 되새기는 것이 마음을 진정시키는 데 어느 정도 도움이 되는 것 같았다. 나는 그녀에게 이야기를 계속해 보라며 북돋워 주었다.

문득 나는 태버너가 무슨 일을 하고 있을지 궁금했다. 아마도 가족들을 상대로 탐문 수사를 벌이고 있을 거라는 생각이 들었다. 그 때 경찰 사진사와 다른 남자 두 명을 태운 차가 집을 떠났다. 그리고 연달아 구급차가 도착했다.

소피아는 몸을 떨었다. 얼마 안 있어 구급차가 떠났다. 우리는 그 차로 옮겨진 유모의 시신이 부검되리라는 것을 알고 있었다.

그 뒤로도 한참 동안 우리는 정원에서 머물렀다. 앉아서 쉬기도 하고 주위를 거닐기도 하며 이야기를 나누었다. 그녀와 나의 대화는 점점 진짜 생각에서 멀어지고 있었다. 마침내 소피아가 입을 열었다. 그녀는 떨고 있었다.

"너무 늦었어요. 이제 깜깜해졌네요. 안으로 들어가야 할 것 같아요. 이모할머니와 조세핀이 아직도 안 오네요……. 지금쯤이면 집에 도착했어야 할 시간인데."

난 막연히 불안해졌다. 무슨 일이 일어난 건 아닐까? 에디스가 의도적으로 아이를 이 비뚤어진 집에서 먼 곳으로 데리고 간 것은 아닐까?

우리는 집 안으로 들어갔다. 소피아가 커튼을 모두 내렸다. 벽난로에 불을 붙이자 커다란 거실은 과거의 영화를 떠올리게 하는 비현실적인 분위기와 절묘한 조화를 이루었다. 탁자에는 국화가 가득 꽂힌 청동 꽃병들이 놓여 있었다.

소피아가 벨을 울리자 2층에서 일하던 하녀가 차를 가지고 왔다. 그녀는 눈이 빨갛게 충혈된 채 계속 훌쩍거리고 있었다. 나는 하녀가 겁을 잔뜩 집어먹은 채 자꾸만 어깨 너머를 뒤돌아보고 있다는 것을 알아차렸다.

마그다는 우리와 함께 차를 마셨지만 필립에게는 서재로 차를 가져다주었다. 그녀는 이번에는 깊은 슬픔에 잠긴 사람의 역할을 하고 있었다. 거의 아무 말도 하지 않았다.

"이모님과 조세핀은 어디 간 거니? 너무 늦는구나."

마그다는 이 말 한마디만 했을 뿐이다. 그러나 그 말을 하면서도 생각은 완전히 다른 데 가 있는 사람처럼 보였다.

하지만 나는 점점 더 불안해지고 있었다. 태버너가 아직 이 집에 있느냐고 내가 물어보자 마그다가 그럴 거라고 대답해 주었다. 나는 그를 찾아가 에디스 드 해빌런드와 조세핀이 돌아오지 않아 걱정된다고 말했다.

태버너는 즉시 전화를 걸어 몇 가지를 지시하고는 내게 말했다.

"연락이 오는 대로 즉시 알려 드리죠."

나는 그에게 고맙다고 인사하고 다시 거실로 돌아왔다. 소피아는 유스터스와 함께 앉아 있었다. 마그다는 어디로 갔는지 보이지 않았다.

나는 소피아에게 말했다.

"경감이 무슨 소식이든 듣는 대로 알려 줄 거예요."

소피아가 낮은 목소리로 말했다.

"무슨 일이 있는 거예요, 찰스. 틀림없이 무슨 일이 생긴 거예요."

"소피아, 아직 그렇게 늦은 시간은 아닌걸요."

"무슨 걱정을 그렇게 해? 영화라도 보러 갔겠지."

유스터스는 이렇게 말하고는 어슬렁거리며 방을 나갔다. 난 소피아에게 말했다.

"이모할머니는 아마 조세핀을 데리고 호텔에 갔을 거예요. 아니면 런던에 갔을 수도 있죠. 그 아이가 위험에 처해 있다는 걸 이모할머니도 알고 계신 모양이에요. 어쩌면 우리보다 더 잘 알고 계실지도 모르죠."

소피아는 우울해 보였다. 왜 그러는지 이해할 수 없을 만큼.

"이모할머니가 내게 작별의 입맞춤을 했어요……."

무슨 의미로 그녀가 이런 말을 하는 건지 도무지 알 수가 없었다. 나는 마그다도 몹시 걱정하고 있느냐고 물어보았다.

"어머니요? 아니요, 어머니는 아무 걱정 없으세요. 시간 관념이라고는 없으신 분이니까. 지금 어머니는 「그 여자 죽이다」라는 배버수 존스의 새 희곡을 읽고 계세요. 여자 푸른 수염이 저지르는 살인에 관한 이상한 이야기인데 「비소와 낡은 레이스」라는 작품을 표절한 것 같아요. 어머니는 그중에서 너무나도 과부가 되고 싶어 하는 착한 여자 역할이에요."

나는 더 이상 아무 말도 하지 않았다. 우리는 그냥 앉아서 책을 읽는 시늉을 하며 시간을 보냈다.

6시 30분이 지나자 태버너가 문을 열고 안으로 들어왔다. 무슨 말을 할지 이미 그의 얼굴에 씌어 있었다.

소피아가 자리에서 일어났다.

"무슨 일이죠?"

그녀가 물었다.

"좋지 못한 소식을 알려 드리게 되어 유감입니다. 그 차를 수배해 본 결과, 한 운전자가 비슷한 번호판을 단 포드 자동차가 플랙스퍼 히스의 대로에서 옆길로 빠져 숲으로 들어가는 것을 봤다고 신고했습니다."

"플랙스퍼 채석장으로 들어가는 길은 아니었겠죠?"

"맞습니다, 레오니데스 양."

태버너는 잠시 멈추었다가 말을 이었다.

"차는 채석장에서 발견되었습니다. 차에 타고 있던 두 사람 다 사망했습니다. 그나마 즉사해서 고통은 없었을 겁니다."

"조세핀!"

마그다가 문 앞에서 소리쳤다. 그녀는 눈물을 흘리며 외쳤다.

"조세핀……. 내 아기."

소피아는 마그다의 옆으로 달려가 끌어안았다. 내가 말했다.

"잠시만 기다려 봐요."

뭔가 떠오르는 게 있었다! 에디스 드 해빌런드는 책상에서 편지를 두 통 썼다. 그리고 방에서 나올 때 그 편지들을 손에 들고 있었다. 하지만 차에 올라탈 때는 손에 아무것도 들고 있지 않았다.

나는 홀로 달려가 긴 떡갈나무 장식장 앞으로 갔다. 편지는 눈에 띄지 않게 놋쇠 차 주전자 뒤에 놓여 있었다. 위에 놓인 편지는 태버너 경감 앞으로 되어 있었다. 나는 뒤따라온 태버너에게 그 편지를 건네주었다. 그가 편지 겉봉을 뜯자, 나는 그의 옆에 서서 편지에 적힌 짧은 내용을 같이 읽었다.

내가 죽은 뒤에 이 편지를 열어 보기 바랍니다. 세세한 이야기까지 쓰고 싶지는 않군요. 다만 형부인 애리스티드 레오니데스와 유모인 자넷 로의 죽음에 대한 책임이 모두 내게 있다는 말만 하겠습니다. 이로써 브렌다 레오니데스와 로렌스 브라운이 애리스티드 레오니데스의 살인에 대해 결백하다는 것을 엄숙히 밝힙니다. 할리 가 783번지에 사는 마이클 카베스 박사에게 물어보면 내 목숨이 불과 몇 달밖에 남지 않았다는 사실을 알려 줄 겁니다. 난 이 방법을 통해 아무 죄도 없이 살인죄를 뒤집어쓴 채 고통받고 있는 두 사람을 구해 주려고 합니다. 지금 이 글을 쓰는 나의 정신 상태는 정상이며 내 의지대로 행한 일임을 명확하게 밝히는 바입니다.

에디스 엘프리다 드 해빌런드

그 편지를 다 읽었을 때 나는 소피아 역시 내 옆에서 그 내용을 같이 읽었음을 알아차렸다. 그렇게 해도 좋다는 태버너의 동의가 있었는지 없었는지는 모르겠지만.

"이모할머니⋯⋯."

소피아가 중얼거렸다.

나는 에디스 드 해빌런드가 메꽃을 가차 없이 짓밟던 모습을 떠올렸다. 그리고 처음에 그녀를 의심하는 상상을 했던 것도 생각났다. 하지만 왜⋯⋯.

내가 미처 말하기도 전에 소피아가 내 생각과 같은 말을 했다.

"그렇다면 조세핀은 어떻게 된 거죠? 왜 이모할머니는 조세핀을 데리고 간 걸까요?"

"그리고 왜 그런 걸까? 이런 사건들을 일으킨 동기는 뭐지?"

내가 물었다.

하지만 난 그 말을 하면서도 진실을 알고 있었다. 모든 것이 명백했다. 난 여전히 두 번째 편지를 손에 들고 있었다. 그 편지는 내 앞으로 보내는 것이었다.

그건 태버너에게 쓴 편지보다 두꺼웠다. 이미 그 속에 든 것이 무엇인지 나는 알고 있었다. 봉투를 열자 조세핀의 작은 검은색 수첩이 바닥에 떨어졌다. 나는 수첩을 집어 들었다. 수첩을 펼치자 첫 번째 장에 적힌 글이 보였다…….

소피아의 목소리가 먼 곳에서 들리는 것 같았다. 그녀의 목소리는 맑고 차분했다.

"우린 완전히 잘못 알고 있었어요. 이모할머니는 결코 범인이 아니에요."

"그렇소."

소피아가 내게 가까이 다가와 속삭였다.

"범인은…… 조세핀이군요. 그렇죠? 모두 그 애가 한 짓이에요."

우리는 작은 검은색 수첩에 적혀 있는 글을 바라보았다. 어린아이다운 글씨로 이렇게 씌어 있었다.

오늘 나는 할아버지를 죽였다.

제26장

　시간이 지난 뒤 생각해 보니, 그때 내가 왜 그렇게 눈뜬장님이었는지 의아해진다. 진실은 언제나 눈앞에 펼쳐져 있었다. 살인자의 특성에 들어맞는 사람은 조세핀, 오직 그 애뿐이었다. 그 애의 자만심, 끊임없는 과시 욕구, 말하기를 좋아하는 성격, 영리한 자기에 비해 경찰이 얼마나 멍청한지 되풀이해 말하던 일.

　그런데도 조세핀이 범인이라는 생각을 해 본 적은 한 번도 없었다. 그건 그 애가 어린아이였기 때문이다. 하지만 아이들도 살인을 저지른다. 특히 이번 사건은 아이들의 시각에서나 가능한 사건이었다. 애리스티드 레오니데스는 자기 입으로 말한 방법으로 살해당했다. 그는 조세핀에게 상세한 계획을 고스란히 알려 주었다. 그 애가 주의해야 할 일은 지문을 남기지 않는 것뿐이었다. 그 정도는 탐정 소설만 읽어도 충분히 알 수 있는 일이었다. 그리고 그 밖의 일들 역시 추리 소설에서 읽은 것들을 되는 대로 끌어 모은 것에 지나지 않았다. 수첩, 범인 찾기 수사, 누군가를 의심하는 듯한 행동, 확신이 들 때까지 끝까지 말하지 않겠다는 고집…….

그리고 결국에는 자기 자신을 위험에 빠뜨리기까지 했다. 자칫 정말로 죽을 수도 있었다는 것을 생각해 보면 정말 믿을 수 없는 행동이었다. 역시 아이인지라, 자기가 죽을 수도 있다는 생각까지는 하지 못했을 것이다. 조세핀은 주인공이었다. 그리고 주인공은 절대로 죽지 않는 법이다. 단서가 있긴 했다. 세탁실의 낡은 의자에 묻어 있던 흙 자국. 문 위에 대리석을 올려놓기 위해 의자 위에 올라가야 할 정도로 키가 작은 사람은 조세핀밖에 없었다. 바닥에 난 자국으로 미루어 보아 그 애는 한 번 이상 실패했음이 분명했다. 조세핀은 목적을 이룰 때까지 몇 번이고 의자 위에 올라가 고임돌을 문 위에 올렸다. 그리고 지문을 남기지 않기 위해서 목도리로 고임돌을 쌌다. 결국 그 돌은 그 애의 머리에 떨어졌다. 하마터면 목숨을 잃을 뻔하기는 했지만.

그것은 범인이 조세핀을 노리고 있다는 인상을 주는 데 더할 나위 없이 완벽한 설정이었다! 조세핀이 공격을 당했다! 그 애가 '무언가를 알고 있었기' 때문에 위험에 빠졌다!

이제 보니 조세핀이 물 저장실에서 나온 것도 의도적으로 내 관심을 끌기 위한 것이었다. 그런 다음 세탁실로 가기 전에 자기 방을 엉망으로 만들어 놓은 것은 거의 예술의 경지였다.

하지만 아이는 병원에서 돌아와 브렌다와 로렌스가 체포되었다는 사실을 알게 되자 기분이 좋지 않았을 것이 분명하다. 사건은 끝났고 그렇게 되면 조세핀은 더 이상 주목받지 못할 테니까.

그래서 그 애는 에디스의 방에서 디기탈린을 훔쳐서 자기가 마실 코코아에 넣었다. 그리고 그 코코아에 입도 대지 않은 채 홀의 탁자 위에 컵을 남겨 두었다.

조세핀은 유모가 그 코코아를 마시리라는 걸 알고 있었을까? 아마 그랬을 것이다. 아침에 그 애가 한 말을 떠올려 보면 조세핀은 자기에게 잔소리를 늘어놓는 유모를 좋아하지 않았던 것이 분명하다. 어쩌면 유모는 평생 동안 많은 아이들을 키워 본 경험으로 조세핀을 의심하고 있었던 것은 아닐까? 유모는 조세핀이 보통 아이가 아니라는 것을 이미 알고 있었을 것이다. 그 애는 정신적인 발달은 빨랐지만 도덕 관념은 희박했다. 아마도 소피아가 말하는 가문의 '잔인함'에서 비롯된 여러 가지 유전적 요소들이 조세핀을 그렇게 만들었을 것이다.

조세핀은 할머니 가계의 권위적인 무자비함과 오직 자기의 관점으로만 세상을 보는 마그다의 가차 없는 이기주의를 물려받았다. 그리고 필립과 같은 예민한 감수성으로 자신의 외모가 볼품없다는 것이나, 가족들 사이에서 요정이 두고 간 못생긴 아이라고 불리는 것을 괴로워하고 있었을 것이다. 거기에 레오니데스 노인의 비뚤어지고 괴팍한 기질까지 고스란히 빼닮은 것이 틀림없었다. 그 애는 애리스티드 레오니데스의 손녀였고, 그의 두뇌와 교활함을 그대로 물려받았다. 그러나 레오니데스 노인이 가족과 친구들에게 애정을 쏟은 반면, 조세핀은 자기 자신에게만 애정을 기울였다.

나는 레오니데스 노인이 다른 가족들은 모르는 것을 깨닫고 있었을지도 모른다는 생각이 들었다. 그는 조세핀이 다른 사람은 물론 그 애 자신에게까지 위험한 존재가 되리라는 사실을 미리 알고 있었을지도 모른다. 그래서 조세핀을 학교에 보내고 싶어 하지 않던 것이리라. 그는 집에서 그 애를 지키고 보호하고 싶었던 것이다. 이제야 그가 왜 소피아에게 조세핀을 특별히 부탁했는지 이해할 수 있었다.

마그다가 갑자기 조세핀을 해외로 보내 버리겠다고 결정한 것 역시 어쩌면 그 아이에게 두려움을 느꼈기 때문은 아닐까? 아마도 의식하지는 못했겠지만, 본능적으로나마 희미하게 느끼고 있었을지도 모른다.

그렇다면 에디스 드 해빌런드는 어떻게 알게 된 것일까? 처음에는 그저 의심하다가, 이내 두려움을 느끼고, 마침내는 모든 사실을 알게 된 것일까?

나는 손에 들고 있던 편지를 읽기 시작했다.

찰스에게

당신에게만 밝히는 거예요. 원한다면 소피아에게는 알려 줘도 괜찮아요. 누군가는 진실을 알아야 하니까. 동봉한 수첩은 뒷문 밖에 있는 쓰지 않는 개집에서 찾았어요. 이 애가 그곳에 넣어 둔 거지. 그동안 계속 의심하기는 했지만 이 수첩으로 분명히 알게 되었어요. 내가 지금부터 할 일이 옳은 건지, 그른 건지는 사실 잘 모르겠어요. 하지만 내 목숨은 이제 얼마 남지 않았고, 난 이 아이가 고통받는 것을 원하지 않아요. 이 애가 한 일이 세상에 밝혀지게 되면 이 애는 틀림없이 괴로워하게 될 테니까.

한 부모에게 태어나더라도 종종 '좋지 못한' 아이가 섞여 있는 법이지요.

만일 내가 잘못하는 거라면 신께서 용서해 주시길 바랄 뿐이에요. 하지만 내가 이런 결정을 내린 건 이 아이를 사랑하기 때문이에요. 소피아와 당신에게 신의 가호가 있기를.

에디스 드 해빌런드

나는 잠시 주저하다가 소피아에게 그 편지를 건네주었다. 우리는 다시 조세핀의 작은 검은 수첩을 펼쳐 보았다.

오늘 나는 할아버지를 죽였다.

우리는 다음 장으로 넘겼다. 정말 놀라운 내용이 들어 있었다. 심리학자들이 본다면 무척 흥미로워할 거라는 생각이 들었다. 비뚤어진 이기주의가 가지고 온 분노가 무서울 정도로 명쾌하게 드러나 있었다. 살인의 동기도 적혀 있었다. 딱할 정도로 유치하고 말도 안 되는 이유였다.

할아버지는 내가 발레를 배우지 못하게 했다. 그래서 난 할아버지를 죽이기로 마음먹었다. 그렇게 되면 우리는 런던으로 가서 살게 될 것이고, 엄마는 내가 발레를 배워도 전혀 신경 쓰지 않을 것이다.

여기에 몇 대목만 옮겨 보겠다. 전부 중요한 내용들이다.

난 스위스에 가고 싶지 않다. 가지 않을 거다. 엄마가 보내려고 한다면, 그때는 엄마도 죽여 버릴 거다. 문제가 있다면 더 이상 독을 손에 넣을 수가 없다는 것뿐이다. 아마 유베리 열매로 만들면 될 것이다. 책에서 본 바로는 그 열매에 독성이 있다고 했다.

오늘은 유스터스 오빠 때문에 화가 났다. 오빠는 내가 아무 소용 없는 계집애일 뿐만 아니라, 내가 하는 수사도 바보 같은 짓이라고 말했다. 살인자가 나라는 사실을 오빠가 알게 된다면 나를 어리석다고 생각하지 않을 텐데.

난 찰스가 좋다. 하지만 그 아저씨는 좀 멍청하다. 나는 아직 누구를 범인으로 만들 것인지 결정하지 못했다. 새할머니나 로렌스 선생님이 적당할 것 같다. 사실 새할머니는 내게 심하게 굴었다. 나보고 제정신이 아니라는 말도 했으니까. 하지만 로렌스 선생님은 좋다. 선생님은 샬럿 코르데에 관한 이야기를 해 주었다. 그 여자는 목욕하던 남자를 죽였다고 한다. 하지만 그다지 영리한 방법은 아닌 것 같다.

마지막 대목에서 모든 사실이 다 드러났다.

난 유모가 싫다……. 싫다……. 정말 싫다. 유모는 내가 꼬마 계집애일 뿐이라고 했다. 그리고 내게 잘난 척하지 말라고 했다. 유모 때문에 엄마가 나를 외국에 보내려고 한다……. 난 유모 역시 죽여 버릴 것이다. 이모할머니의 약을 이용할 생각이다. 또 다른 살인이 일어나면, 경찰도 돌아올 것이고, 다시 한 번 흥미진진한 일들이 벌어지게될 거다.

유모가 죽었다. 난 기쁘다. 약이 조금 남았는데 이 약병을 어디에 숨길지 결정하지 못했다. 큰엄마 방이 좋을 것 같다. 아니면 오빠 방도 괜찮겠지. 내가 나중에 늙어서 죽게 되면 그때 경찰에게 이 수첩을 보내 줄 것이다. 그 사람들은 내가 얼마나 위대한 범죄자였는지 알게 될 것이다.

나는 수첩을 덮었다. 소피아의 눈에서 눈물이 흘러내렸다.

"오, 찰스, 찰스. 너무 끔찍한 일이에요. 조세핀은 정말 괴물이었어요. 하지만, 하지만 너무 불쌍해요."

나도 같은 심정이었다.

난 조세핀을 좋아했다……. 지금도 여전히 그 애가 좋다……. 좋아하는 사람이 결핵이나 다른 치명적인 병에 걸렸다고 해서 싫어지지 않는 것과 마찬가지다. 소피아가 말했듯이 그 애는 괴물이었지만, 불쌍한 꼬마 괴물이었다. 그 애는 태어날 때부터 비뚤어져 있었다. 그리고 이 비뚤어진 작은 집에서 비뚤어진 아이가 된 것이다.

소피아가 물었다.

"만일 조세핀이 살아 있다면 어떻게 됐을까요?"

"아마 소년원이나 특수 학교에 보내졌겠지. 나중에 풀려날 수도 있고, 아니면 정신이상자로 남을 수도 있었을 거예요. 나도 잘 모르겠지만."

소피아가 몸을 떨었다.

"그래도 그 편이 나았을 거예요. 하지만 이모할머니가, 이모할머니가 모든 죄를 떠맡았다는 사실이 마음 아파요."

"이모할머니가 선택하신 방법이에요. 아마 세상 사람들은 이 사실을 모르고 넘어갈 수도 있겠지. 브렌다와 로렌스의 재판이 시작되면, 두 사람은 불기소처분으로 풀려나게 될 거예요. 그리고 소피아, 당신은……."

나는 그녀의 두 손을 꼭 붙잡고 지금까지와는 다른 목소리로 말했다.

"나와 결혼해요. 마침 난 페르시아로 발령을 받았어요. 같이 떠나면 이 비뚤어진 집에 대한 건 모두 잊어버리게 될 거예요. 당신 어머니는 연극을 계속할 거고, 아버지는 계속해서 책을 사들일 거고, 유스터스는 곧 대학에 가겠죠. 가족들에 대해서는 더 이상 걱정하지 말아요. 이제 나만 생각해 줘요."

소피아는 내 눈을 똑바로 쳐다보았다.

"나와 결혼하는 게 무섭지 않아요, 찰스?"

"내가 왜 그래야 하는데요? 어린 조세핀은 불쌍하게도 당신 집안의 단점을 모두 가지고 태어났던 거예요. 소피아, 당신은 레오니데스 가문에서 용기를 비롯한 가장 좋은 점들만 물려받았어요. 그래서 당신 할아버지도 당신을 높이 평가했던 거죠. 게다가 그분의 안목은 틀린 적이 없었잖아요. 소피아, 자신감을 가져요. 미래는 우리 것이니까."

"그럴게요, 찰스. 당신을 사랑해요. 이제 결혼하면 당신을 행복하게 해 줄게요."

그녀는 수첩을 내려다보며 말했다.

"불쌍한 조세핀."

"불쌍한 조세핀."

내가 말했다.

"진상은 어떻게 된 거지, 찰스?"

아버지가 물었다.

나는 아버지에게는 결코 거짓말을 할 수 없었다.

"에디스 드 해빌런드는 아니었어요. 조세핀이 범인이었어요."

내가 대답했다.

아버지는 천천히 고개를 끄덕였다.

"그래, 나도 한동안 그렇게 생각했지. 정말 불쌍한 아이야……."

〈끝〉

작품 해설

우리 할머니는 언제나 『비뚤어진 집』을 특별하고 순수한 즐거움으로 썼다고 말씀하시곤 했다. 할머니는 이 작품을 수년 동안 구상하면서 "내가 시간이 많고, 내 자신이 즐기고 싶은 순간에 이 작품을 시작할 거야."라고 다짐하셨다고 한다.

이 작품에서도 애거서 크리스티는 의도적으로 작품의 등장 인물들을 폐쇄적이고 통제된 환경에 배치한 다음 외부의 도움을 받을 수 있다는 희망마저 차단시켜 버리는데, 그녀는 자신의 많은 최고의 작품들에서 극적 효과를 극대화하기 위해 종종 이러한 기법을 썼다. 밀실 공포증을 유발할 수밖에 없는 고립된 시골 집이나 오도 가도 못하는 기차 안, 외딴 섬과 같은 곳에서 다양하게 풀어 나가는 그녀의 밀실 장면들은 저절로 고도의 긴장감을 불러일으킨다.

물론 『비뚤어진 집』은 엄격하게 말하자면 밀실 사건도 아니고, 그

가족들이 외부의 도움을 전혀 기대할 수 없는 상황도 아니다.(『그리고 아무도 없었다』나 『오리엔트 특급 살인』의 경우처럼.) 그러나 고립되어 있다는 기분 나쁜 기운은 그대로 느껴진다. 원래는 따로 떨어져서 살던 레오니데스 가족은 '비뚤어진' 집에 모여 한 지붕 아래에서 사이좋게 살아가기 위해 애를 쓴다. 이처럼 건전하지 못한 상황은 그들을 사회와는 단절된 채 고립된 상태로 살도록 만든다.

찰스 헤이워드는 이 가족의 불행한 내향성을 간파하여 이야기한 첫 번째 사람이다. 그가 가족의 내분을 탐구해 들어가자 깊숙이 숨어 있던 비밀과 고통스러운 질투가 하나둘 그 모습을 드러내기 시작하고, 숨 막힐 듯한 분위기 속에서 가족은 서서히 비극적 결말을 맞게 된다.

애거서 크리스티는 이 작품에서 인물들의 성격을 날카롭게 묘사해 나가는 동시에, 등장 인물의 범위를 넓혀 드물게도 어린 인물들에게 불쾌한 역할을 맡긴다. 서로 어울릴 수 없는 다양한 가족 구성원들 속에서 다루기 힘든 십 대인 유스터스와 그의 조숙한 여동생 조세핀은 작품의 최종 단계에서 중요한 역할을 한다. 그녀는 아이들의 동기 역시 정직하게 보여 준다.

그녀는 항상 나이나 계층에 상관없이 사람을 본연의 자질로서 판단해 왔고, 그래서 누구도 완전히 죄가 없다고 확신할 수 없으며 비난의 화살을 피할 수 없다고 생각했던 것이다. 그래서 할머니의 작품 속에서는 아이들이라 할지라도 어른과 똑같은 사악함이나 영리함을 가지고 있다.

『비뚤어진 집』은 범죄학적 측면에서 봤을 때도 흥미로운 요소들을 가지고 있다. 이 작품에서 애거서 크리스티는 아이들이 사회적인 책임감이 결여되어 있다고 보았다. 즉 '아이들은 아무런 양심의 가책 없이 자신의 욕망대로 움직'이며 그중 일부가 '정신적으로 미성숙한 상태'로 남는다고 보았던 것이다. 거기서 한 발 더 나아가 그녀는 살인이라는 행위 뒤에 숨어 있는 의도까지도 꿰뚫어 보았다. 그녀가 보기에 살인은 '우발적으로 저질러지는' 것이었다. 그녀는 살인이 종종 '미숙한 범죄'라는 것을 인식하고 있었고, 따라서 현대 심리학자들이 주장에 따라 범죄자가 '환경에 따른 희생자'라고 변명해 주지 않았다.

그렇지만 애거서 크리스티는 실제 사건에 있어서 살인자를 악마로만 모는 것은 대부분 잘못된 것이며, 지나치게 단순한 생각이라는 것을 인지하고 있었다. 사실 사건의 진상을 들여다보면 끔찍한 범죄가 잔인 무도한 사람에 의해 저질러지는 경우는 드물다. 살인 사건은 잔인한 얼굴을 가진 정신 질환자들보다는 주로 사소한 동기를 가진 평범한 사람들에 의해 저질러진다. 이런 식으로 그녀는 다시 한 번 우리의 가설에 도전하여 사회의 고정 관념을 무너뜨리는 것이다.

이 작품의 또 다른 특징은 인간 본성에 숨은 냉혹함을 다루고 있다는 점이다. 이 냉혹함은 존경할 만한 강인함으로 발전하거나, 아니면 무자비한 사악함으로 오용된다. 할머니는 예전에 이렇게 말씀하셨다.

"냉혹함이나 잔인함, 또는 가차 없는 무자비함이 없었다면 아마도 인류는 이 세상에 계속해서 존재할 수 없었을 거야. 사람들은 순식간에 멸종했을걸. 요즘 악마 같다고 여겨지는 사람은 아마도 과거에는 성공한 사람의 전형이었을 거야."

이 책에 나오는 레오니데스 일가는 냉혹함의 긍정적인 면과 부정적인 면을 모두 갖추고 있다. 그러나 할머니는 그녀의 작품 속에서 악마에게도 변명의 여지가 없다는 것을 명확하게 하고 있다. 이야기의 결말은 아주 냉정하며, 살인자에게는 가차없는 판결이 내려진다. 우리 할머니는 사악함이 사회에서 파괴적인 힘이기 때문에, 그에 상응하는 처벌이 뒤따라야 한다고 생각했다. 다른 모든 죄 없는 사람들을 보호하기 위해서 말이다.

이 작품에서 주목할 만한 마지막 요소는 결단력 있고 단호한 여성들의 존재이다. 소피아는 할아버지의 책임을 이어받아 가족들의 보호자가 되는 인물로 그려지며, 이 작품에 등장하는 부부 두 쌍 가운데에서도 과감하게 결단을 내리는 쪽은 여성이다. 클레멘시는 슬기와 지혜로 남편을 돕고, 마그다는 교활한 술수로 자신이 원하는 바를 이룬다.

이 작품이 이처럼 가정 안에서 여성이 가진 힘과 영향력의 중요성을 강조하는 것은 제2차 세계 대전의 그늘 속에서 집필되었다는 점과 무관하지 않을 것이다. 이러한 여성의 힘에 대한 새로운 각성과 가족 관계에 대한 고찰, 그리고 의외의 반전을 통해 이 작품 『비뚤어진 집』은 우리가 '안전'하게만 생각하고 있는 가정이라는 제도의 본질을 심도 있게 그려 내 보이고 있다.

매튜 프리처드

옮긴이 | 권도희

서울 출생. 건국대학교 국어국문학과, 건국대학교 국어국문학과 대학원 졸업. 성균관대학교 영한 번역 과정 수료. 영문 소설과 인문 교양서들의 번역 작업을 해 왔다.

애거서 크리스티 에디터스 초이스

비뚤어진 집

1판 1쇄 펴냄 2013년 12월 31일
1판 15쇄 펴냄 2024년 1월 24일

지은이 | 애거서 크리스티
옮긴이 | 권도희
발행인 | 박근섭
편집인 | 김준혁
펴낸곳 | 황금가지

출판등록 | 2009. 10. 8 (제2009-000273호)
주소 | 06027 서울 강남구 도산대로 1길 62 강남출판문화센터 5층
전화 | 영업부 515-2000 **편집부** 3446-8774 **팩시밀리** 515-2007
홈페이지 | www.goldenbough.co.kr

도서 파본 등의 이유로 반송이 필요할 경우에는 구매처에서 교환하시고
출판사 교환이 필요할 경우에는 아래 주소로 반송 사유를 적어 도서와 함께 보내주세요.
06027 서울 강남구 도산대로 1길 62 강남출판문화센터 6층 민음인 마케팅부

© ㈜민음인, 2013. Printed in Seoul, Korea

ISBN 978-89-6017-780-2 04840
ISBN 978-89-8273-108-2 04840 (set)

㈜민음인은 민음사 출판 그룹의 자회사입니다.
황금가지는 ㈜민음인의 픽션 전문 출간 브랜드입니다.